无常之美

寒胭 著

文汇出版社

图书在版编目(CIP)数据

无常之美 / 寒胭著. —上海：文汇出版社，
2018.12

ISBN 978 - 7 - 5496 - 2644 - 1

Ⅰ. ①无… Ⅱ. ①寒… Ⅲ. ①随笔—作品集—中国—
当代 Ⅳ. ①I267.1

中国版本图书馆 CIP 数据核字(2018)第 248307 号

无常之美

著　　者 / 寒　胭

责任编辑 / 戴　铮
封面装帧 / 张　晋

出版发行 / 文汇出版社
　　　　　　上海市威海路 755 号
　　　　　　(邮政编码 200041)
经　　销 / 全国新华书店
排　　版 / 南京展望文化发展有限公司
印刷装订 / 上海颛辉印刷厂
版　　次 / 2018 年 12 月第 1 版
印　　次 / 2018 年 12 月第 1 次印刷
开　　本 / 890×1240　1/32
字　　数 / 180 千字
印　　张 / 8.75

ISBN 978 - 7 - 5496 - 2644 - 1
定　　价 / 28.00 元

青青芳草,迎风起舞

　　我其实一向不是一个会写文章的人。从前在写作上的光荣,想来想去,不过就是高中的语文老师在班上朗读过我的一篇作文。那是学完《荷塘月色》这一课以后,老师叫我们模仿着写的一篇写景作文。我写了我们弄堂里的白玉兰。初秋里已经芬芳了一个夏季的白玉兰花落一地,白的花瓣生了锈,沾满泥泞,我有一些伤感,只是这样而已。老师读的时候一直在点头,说:是带了感情写的。可是他并没有说我用的字好,也没有说我有高尚的情操。我一直用不来高级的字眼,也没有昂扬的激情。很会写的同学去长风公园玩了一趟,回来就可以洋洋洒洒写篇游记登在校刊上,说那里的湖水是"啊! 那么绿、那么酽"。我不认得"酽"这个字,特意去查了字典,心里佩服得不得了。上校刊的念头我是转过的,但我知道自己是不行的,因为我到底还是用不来很酽的字,也不会热乎乎地"啊"一下,所以也只好算了。

　　可我是喜欢写字的人,小的时候就是了。小学里去参加游泳队,和我结伴同去的小朋友在爸爸的教导下学着写日记。她给我看了她的日记，格式非常正规，左上角写某年某月某日、星期几，右上角记录天气、温度。可是她写不出什么内容来，无非是"今天我去寒胭家玩了"或者"今天我们去新成游泳池学游泳了"。

我很羡慕她，也要学她的样子写日记。可我是一个凡事讲究细节的人，我要选特别的一天买下日记本，然后才当当心心地开始写我的日记。我的第一个日记本只有巴掌那么大小，封面是绿色的塑料皮，上面印了一个舞剑的运动员。扉页上我就迫不及待地开始写了，上面写"这是奶奶买给我的"，下面写"红色日记"。"红"字还特意用红墨水描成胖胖的花体，看上去像是搅成一堆的红肠。这样郑重其事地交代清楚了来龙去脉以后，翻开第一页，我写"今天是'六一儿童节'，我要向雷锋叔叔学习写红色的日记"。

就是这样开始写字给自己看的，那一年我九岁。可惜的是，虽然在扉页上我就道下了雄心，但我的日记里并没有多少红色的东西可以拿出来让老师看了也喜欢的。除了后来 1979 年 2 月份打越南的那一回，我恨恨地发誓长大也要跟了一起去打，其他好像都不过是些很不上台面的窃窃私语。

但我喜欢跟日记本讲话。放学背着书包回家，低头走在路上，脸上仿佛有心事。班里有几个男生很讨厌我，他们天天霸在我回家必经的路上，等我走近了就乱喊"勿要面孔"，说我有心事是因为在想与我同桌的男生。就连住在汽车间里的苏北老婆婆也注意到我的心事了，"姑娘啊，"好几次她很同情地关心我，"你学堂里的书老是背不光，是吗？"

等我离开了坐在边上的那个连名字我都不记得的男生、背光了学堂里该背的书、跟一叠日记本讲完话，就已经是读大学的时候了。

在大学里,日记也还是在写的,只是有了男朋友以后,终于找到了一个愿意听,而且听得懂我那些窃窃私语的人,我开始写情书了。其实,那个长得像童安格一样帅气的男生,不过就住我们对面的宿舍,只要打开我自己的窗,就可以看到他那潇洒卷曲的长发了,可是这并不妨碍我一打一打地给他写情书。有月色的夜晚,我们不高兴自习了,两个人溜到长满梧桐树的新华路上去散步。回到宿舍里,我仍觉得意犹未尽,还要躲在帐子里打着手电连夜给他写信。我说我们走过一棵又一棵的梧桐树、绕过一盏又一盏路灯的时候,我看见地板上我自己小小的身影一次又一次地走到他魁伟的影子里面去了,学着琼瑶的腔调,我说"我觉得好幸福、好幸福"。

读了这样的信,他总是要长长地叹一口气,把我裹到他的军大衣里去,然后对着天空握紧拳头喃喃发誓,说"一定要、一定要"照顾眼前这个女孩儿。我到现在一直还是深深相信他那时的誓言是诚挚的。可惜的是,"童安格"虽然看上去很帅气,但内心里却是一个不肯长大的孩子。他自己的生活,就已经不知道该如何打理了,想照顾别人,更是力不从心的。我们吵架了。吵的时候,我就噙着眼泪写日记;吵完又和好的时候,我还是继续给他写情书,仍旧噙着眼泪,因为觉得吵过以后好像爱得更凶一些了。

那个时候,我们大学里也是有学生自己办的文学杂志的,而且办得轰轰烈烈。那些编辑和干事们动不动就请华师大中文系的牛人来讲朦胧诗,自己又跑到复旦的"大家沙龙"里去和哲学系的神仙座谈康德。那个风头正劲的女主编写诗宣告说要"在二十岁的早晨穿一条红色的牛仔裤"把全世界的人都甩到屁股后头去;那个脸色深沉的男主编则在文章里宣布他家有亲戚在海外,要出国是

3
代序

易如反掌，但是他对此不屑一顾。我对照看看自己写的那些爱来爱去的私房话，在这些伟大的题目面前实在是太拿不出手了，康德和红牛仔裤一定会把我写的字扔到小资产阶级的垃圾桶里面去的，我还是不要去招惹他们的杂志社好了。

出国以后，不知道为什么日记一下子就写不下去了。也许是语言、学业、工作、身份这些难关像大山一样一座一座压在背上，在焦虑和狼狈的状态下，人是没有心思也没有时间审视自己的。过去这十多年里，我写的日记都超不过半本。可情书倒是一直都在写的，只是收信的人变了。

最后的那一叠情书，是写给一个要坐二十个钟头的飞机才能见到的人的。那个人，往那里一站的时候，总像一座山似的，任凭什么力量都推不倒他。我站得远远地打量他的样子，总觉得他的额头上仿佛敲了一个印章，上面明明白白写着"no nonsense"。跟他说起他的印章，把他吓了一大跳，问：怎么，我不是一直满面笑容的吗？我低着头笑了，没有回答他。一个像岩石一样刚硬的人，满面笑容或者满面愁容都是掩盖不住他的力量的，那种干脆利落的、像刀一样锋利的力量。

那个时候，我的生活差不多已经安定下来，终于又有心情关注生活里的细节了。暮春的时节里，开尽了的繁花落了一地，我有些伤感了；冬天的黄昏里，教堂的尖顶仿佛是个召唤，我很想去信教；有人到我们美丽的校园里拍结婚照，穿白纱的新娘真美；到对面的马场去跑步，马温柔的眼神让我想起了从前的男朋友；去中国店买东西，看见一块来自故乡的檀香皂，我想家了……对着远方的这一个人，我的笔下总也说不完这些琐琐碎碎的小事情。

在纯粹的爱情里,时空的距离、生活的日常是不相干的。可是在这个世界上,有谁可以活在纯粹里呢?我的信,终于是写不下去了。我的眼泪落下来,可是我转过身去,不想让他看见,因为哭诉没有意义。事业和责任是他的生命,我不是像岩石一样的男人,可是这一点我也会懂的。只是曾经沧海的心,再去哪里寻找巫山的云呢?从此我写不动情书了。

我还是在写一些字的,写得闷了,就站到窗前眺望远方,一直看到窗外的青山渐渐变成了黛色,我才终于明白这些字原是无处可寄的。我的心逐渐寂寞了,寂寞里我发现有一种叫"网络"的奇妙的东西。我站在网络的门口向里张望,但见一派非凡热闹的景象。那里谈论国事的、解决生活琐事的、聊天八卦的、打架骂街的,应有尽有。再细一看时,我发现也有人写了像我一样的字贴在那里的,好像也并没有看到康德或者红牛仔裤把那些字怎么样。于是我想,不如我也把自己的字贴上去好了。

我下载了免费的中文软件《南极星》,学了打字,试着把自己写的东西贴到网络上去。可是那里虽然人声鼎沸,但并没有什么人愿意搭理我一下。我有一点被冷落的失望,不过也并没觉得太意外。我看人家聊天,也想凑上去的,可是觉得非常为难。生活里我本就不是随口跟人搭讪的,唯恐自己一开口,人家反问一声"你是什么人",让我下不来台。

然而网络是这么好玩的地方,我虽只是在门外看看,并不参与其中,就已经不大舍得走了。只是每天看他们打架、八卦、讨论该不该外嫁,这样浪费许多时间,我很自责。看见有人发誓戒网,我想我也该痛下决心,不要再这样整日在网络上流连了。

可是决心下过，人还是照样回来。不仅回来，而且这回又写了一些字贴到上面去了。这次好像是有人注意我的，说：哦，很流畅。我蛮开心的，想：哦，有人在看的。隔了一段时间，我又写了一些东西贴上去，半夜起来上洗手间，半睁着眼睛上网张一张有没有人看，这一张不打紧，我竟然看见很多人在叫"顶"，顶完还刷了一排"！"。我吓了一大跳，彻底清醒了。再看看那些评论，我实在觉得太惭愧了，紧张得出了一身的汗。怎么回事？我怎么突然变得像穿了一条红牛仔裤那样了，这么鲜艳的颜色我是不习惯穿的，我开始诚惶诚恐了。

在那些评论里，我注意到有一个人说："其实寒胭写字，不过是为了双向的，甚至是内向的交流罢了，你们这样评论她，反而吓得她不敢写了。"这句不经意的话，在那羞然令人汗颜的一刻里像是一阵细雨洒落在我的心头，我的眼睛有一些潮湿了。这个人是谁？他怎么会那么懂我的？

我开始注意那个言必称"老夫"的人了。在那个网站上，好像他是一个很受敬重的人、好像他是感性理性兼具的、好像他懂许多杂七杂八的东西，而且好像他是非常英勇善战的。我常常看见他对着人家喊将一声"呀呀个呸的"，然后就拿出榔头在对方头上"锵锵锵"一阵猛敲。对方若是不能招架亦不能接受，不得已顾左右而言他的时候，他便长叹一声——万里之外隔着屏幕都仿佛听得见——"孺子不可教也！"

渐渐地我知道他是跟我做着差不多一样的事情，大概住在什么地方。去他的那个地方开会的时候，有时几个不同题目的会议是放在一起开的。我溜到属于他的那个专业的会议里去张一眼，也许会找得到他的踪迹呢，我想。结果当然是失望的。其实，开这种会的女性本来就不多，我那个地方来开会的就更少了。如果真要找的话，我自己像臭虫一样被捉出来摁死的可能性倒是要大得多。所幸他有次问我到底做哪一行，我含糊其词地混过去了。想到那里，我打量一下左右听报告的人群，忍不住要笑了。

有空也有心情的时候，我又写了一些字贴到网上去。然而因为意见相左，这回轮到有人来找我寻相骂了。我读了那些骂人的话，突然之间明白了网上总那么硝烟弥漫的缘由。科技是越来越发达了，现在如果我们还高兴去打越南，大约都不必亲自去老山，只要坐在办公室里摁一摁按钮就可以打一个飞弹过去了，可是我们站在别人的立场上解读他人的能力，又何尝进步过半寸呢？既然误读不可避免，解释就没有什么必要了。我不善战，亦不喜战，只好选择沉默，沉默里我又读到他的话，他说："寒胭，别人不了解也不想了解你的诚意，你就让他们去吧，这个令人悲哀的世界本是充满误解的，实在是因为'honesty is such a lonely word'。"一时间，Billy Joel 那悲伤但是诚挚的歌声在我的心头响起来，那是一种看穿了真相但是仍旧在盼望着什么的声音。我的眼泪滚落下来，网上这个我从来不认识的人，他懂我，是懂得很深的。

不知不觉间，我到那个网上贴字，快要两年了吧。想起上网之初，我痛下决心，猛背老三篇，也阻挡不住自己在网上晃来晃去浪费许多时间。而那天我掐指一算，猛然惊觉我已有很长一段时间没有上网了，连张也没有去张一眼。这样下去，也许哪一天我就此不再上网了。那么，不是从此就要与他失去联络了吗？我又来到那个网站，看见他还是手握榔头在那里站岗。我看着他的名字，要不要跟过去要一个联络的地址呢？我犹豫良久，最后还是没有出声。

　　还是算了吧，我关上电脑，推开书房里的小窗，久久望着窗下连绵不断苍翠的山坡。快入秋了，山坡上满是疯长了一个盛夏的茂盛的青草。微风吹过来的时候，只看见那些青草随着微风的抚弄就点一点头，仿佛很温柔很听话的样子。初秋的微风不断地吹过来，满山遍野的青草就这样点点头、点点头，一路点到山脚下去，那里就是浩瀚的印度洋了。汪洋大海上，看不见什么船，只有望不到尽头的大块大块涌动着的浓重的蓝色。

　　越过这片浩瀚的蓝色，在海的另一边，也会有这样一片连绵不断的山坡吧。那里的春天就要来了，山坡上很快就要长满青青的芳草。微风拂过的时候，会吹开草丛，露出里面掩埋的小路。那条小路蜿蜒着是一直通向一个小屋去的，小屋里会有一盏灯，灯下会有一个人，这个人此刻正在读我写的字，字里的人，他是懂的。

目 录

乡关何处

爱的方式

无常之美

童年之歌

童年之歌

　　小学一年级学的第一首歌,我现在还记得,"海风吹,海浪啸,我们一定要解放台湾岛!"我们是春季入学的,天很冷。坐在水门汀地板的音乐教室里,歌里还吹着海风,让人更冷了。然而我的手虽然生冻疮了,脑子并没有,一堂课下来我还是把歌学会了。音乐老师姓吴,也不是非常年轻,不知道为什么大家都叫她小吴老师。她说一堂课下来就学会唱歌的新同学,星期六下午可以去学校的总部考小分队。

　　于是我就去赴考了。在那些美丽的高年级小分队队员们犀利的目光下,我战战兢兢地爬上大礼堂的讲台。我不会别的歌,要么只有幼儿园里教过的"我有一双勤劳的手,样样事情自己做"。慌里慌张中,我选择去解放台湾岛。等海风吹完了,我眼巴巴地望着小吴老师,希望她能录取我。但她很无情地说:"你可以回去了,我们小分队不要你。"我很受伤,却也不敢问为什么。过后我才从同学那里知道她不要我的理由:"讲侬是只豁背。"

　　豁背当然是不配加入小分队的,我对音乐课也一直兴趣缺乏。"东方红,太阳升——"那个节奏太慢吞吞了,听起来怎么倒像是阴天里太阳一直不肯升起来的样子,也不知道这"呼儿嘿哟"到底是个什么意思。快节奏的歌当然也不是没有,比如"学习雷锋好榜样，忠于革命忠于党"。这歌听起来虽然刮辣松脆的，就是有点凶，我天生不喜欢凶的东西。活泼的给我们小孩子唱的歌也有的，比如《我爱北京天安门》，听到这歌，我们就会自动摇头摆脑的，像小分队队员们表演的时候一样。只是有一次，小吴老师要我脸上涂了胭脂去给前面表演这首歌的小分队队员们挥舞手里的红花，本来我肯去的，但是听见边上同学说，"哟，猢狲屁股红通通闹"，我就扭捏起来，不肯把脸涂红。小吴老师马上就对我光火了，她倒不去凶讲怪话的人，有点本末倒置，但结果是我骳着背乖乖上台做了陪衬的猢狲屁股。

当然也不是没有感动我的歌。有一阵小吴老师不在，来了一个代课的年轻的杨老师。他教我们唱一首听起来非常悲苦的沪语歌。那个时代悲苦的事情当然都是发生在台湾的——有个孤苦伶仃的小女孩，爸爸妈妈都给仗打死了还不算，摆的地摊还让占领台湾的美国大兵抢了。她失去了赖以谋生的所有，又没有爸爸妈妈，那怎么活下去呢？这画面真让人揪心死了。"喊爸爸，喊妈妈……"杨老师耷拉着嘴角唱着，沪剧的调头似乎很适合表达底层人民的苦难，我几乎要哭了。只是为了这种事情哭是比做猢狲屁股更加没面子的，因为太莫名其妙了，同学们会指指点点："哟，伊老十三点格闹。"于是我拼命忍住眼泪，不当众做十三点。

不知道那个时代的代课制度是怎样规定的，杨老师除了代音乐课也代绘画课，仿佛非主课，就谁都能随便代的样子。他戴了一副很厚的镜片，看上去愁眉苦脸，一个肩膀不知怎么高出一截，整个背一溜斜下去。这使得杨老师正面背面看都是很倒霉的样子。是因为代课而犯愁还是因为看上去倒霉才只能代课？不管什么是因什么是果，小孩子们像猫一样，马上闻出味道来了，坏的那几个男同学总是欺负他。有次杨老师带我们下楼，他自己先一脚下去了，有个男生混在人堆里伸出手来就势给老师一记"头挞"。杨老师居然不吱声，我非常愤怒，真想也出手给那男生一记"头挞"。但我是既没有勇气拒绝老师的胭脂，也没有勇气当众流出同情眼泪的人，当然也不会有勇气阻挡欺负人的手。

好在小吴老师回来了，我们不再需要面对杨老师的愁眉苦脸，我觉得大大松了一口气。有一阵我们常常上街游行，那些平时功课不大好，但是想"突击进步"的同学被派去前面扛红旗。我们就在队伍里跟着喇叭喊"打倒某某分子""反击某某风"。后来也画过四个小人的，他们倒在一把大扫帚下面惊慌失措，画完了又去街上喊口号，要"争当某某小尖兵"。这样闹了好一阵，突然地，很久以前一些好听的歌，又可以拿出来唱了。学够了凶巴巴的歌，我们终于可以唱点不那么硬的歌了。其实那时除了天安门，没有人知道生活里的其他也是可以拿来"爱"的。爱父母吗？简直闻所未闻，听话争气就好了，爱来爱去肉麻发痴啊。我们已经会写"爱"这个字了，但是没有人知道爱是怎么回事，歌里从来没有唱过。我们其实整天只想"在马路边，捡到一分钱，交到警察叔叔手里边"，这样就可以在上交老师的红色日记里记上一笔了。我们哪里知道，"小尖兵"们是可以有私人情感的，而私人的情感是可以用歌声来咏唱的。

所以，当我们终于"穿起美丽的衣裳，来到了花园，快乐地跳舞歌唱"的时候，童稚的心像久旱贫瘠的土壤，总算等到春雨的滋润了。我一直记得学唱《金色的童年》的那一天，我们在高年级的总部了，音乐教室也是水门汀地板的，春暖花开的日子里有点潮湿。我那时突然之间明白大家为什么叫吴老师"小吴"了。体育课去游泳池的时候，小吴老师也跟我们女生混在一大统间里洗澡。她的身量，看不出与女生们有什么区别。我也发现小吴老师其实面目很清秀，并没有那么凶的。我跟着小吴老师唱着这首优美的三拍子的歌，心里非常快乐。歌词总算不凶了，没有一定非要革谁的命。上体育课的班级正在音乐教室外面打球，阳光从玻璃窗格里漏进来，照在写着歌词的黑板上，灰尘在射线里飞舞，我真的有"沐浴着温暖的阳光"的感觉，也看到了"白鸽在头上飞翔"。我长大一点了，懂事一点了。那一刻里，我非常满足，确信自己拥有金色的童年。

然后《我的祖国》也可以重新拿来唱了。"一条大河波浪宽，风吹稻花香两岸"，小吴老师在钢琴上一敲出这段旋律，我就仿佛看到波浪滚滚的岸边稻花在摇摆了，虽然十二寸的电视里放出来的景像是黑白的，但那个律动分明是有生命的色彩的。可是有人的心思似乎在别的地方，当老师唱到"姑娘好像花儿一样"，底下开始叽里咕噜了，再唱到"朋友来了有好酒"，男生们终于起哄了。"谈朋友"是什么"下作胚"的意思大家都已经知道了。十二三岁正是前后脚纷纷发育成"下作胚"的年龄，听见"朋友"两字就不能淡定也是很正常的。卫生课是从来不说发育的事情的，大人虽然一再生出弟弟妹妹来，但是谁敢过问什么呢？"你这么小就这么黄色啊？"除了起哄，再也没有更好的方法面对成长的尴尬。小吴老师再一次凶起来，但是男生们已经不买账了，他们比小吴老师都长得高些了。

老歌一旦放开唱，那就不只是音乐课，全上海的每条弄堂口都有人唱了。后弄堂的建华他们家是新近搬来的，他爸爸前些年造反很成功，一路造到了级别很高的"工宣队"，所以他家能搬进这么高级的公寓房子。"工宣队"的孩子跟我们弄堂里其他家庭的孩子是不大一样的。建华穿着黑色的松紧鞋，一条腿抖法抖法，整天在弄堂口站着，流里流气地乜斜着眼看过路的人。我非常讨厌他，暗地里把他叫成"鸡污"（在沪语里跟"建华"的发音是一样的）。那个时候我已经不龉背了，我看见电视里真由美走路好像很有弹性很好看，就学她的样子弹来弹去走路。有的时候我一脚弹进弄堂口，"鸡污"恰巧在，他就学电影里的日本鬼子怪叫"花姑娘"，还故意张开嘴做出流口水的样子。没有娱乐也没有消遣的年代，"鸡污"没有地方玩，他的松紧鞋就在弄堂口一直守着，要逃过他很难。"鸡污"站到天黑的时候突然会唱起歌来，有一阵他喜欢《洪湖赤卫队》。韩英就要赴刑场了，她跟母亲在牢里告别，"娘啊，娘啊，儿死后，你要把儿埋在那洪湖旁……""鸡污"虽然流气，但是一弄堂的大孩子都不要跟他玩，他也是寂寞的吧。他的歌声听起来像是挑衅，也像是乞求，有点像野猫叫起来的横竖横。傍晚弄堂口的铁门合上时，马路上的电车也不吵了，过街楼形成了很好的音响的条件，全弄堂的人都该听到这歌声了。不知"鸡污"的妈妈听到儿子在那里"交代后事"，有没有什么特别的感想。

不久以后我就上了中学。中学里叫作"唱歌"的音乐课没有了，叫作"图画"的美术课也没有了。教育局给我们安排的艺术教育就此了结，我的童年之歌也唱完了。

新同学

　　要给我们这个居委会的小朋友凭空里新添出一个小学来，真是为难当年的教育局了。两幢带花园的大洋房，东一间西一间隔出许多小房间，花园里新砌一个两层楼的水泥盒子，花园门口再拉上道铁门，这便是我们小学的高年级部了。

　　我们班是用人家的客厅做教室的。知道是客厅因为一面墙上有壁炉，炉膛时常潜伏着许多蜘蛛陪我们上课。老师的办公室是用阳台改的。有石柱的阳台很宽、很深、很高，而且有屋顶，只需立一排木头窗便算改完了。花园改建的操场很小，只够放几个海绵垫子，跳高或跳远就都是用它们了。体操课用的跳箱是藏在黑魆魆的老洋房底层的车库里的。那里也放拖把扫帚这类杂物，我们"盘野猫猫"时掖进去，跑出来时会染上一身发霉的气味。早操和跑步测验是不怕没地方的，马路上去就好了嘛。南京西路到了我们小学这一段，突然开阔起来，人行道、自行车道和马路一起平行伸展，连梧桐树都特意留了一道。我们上课的当儿，人都上班上学去了，零星有行人或自行车路过，看到我们老师在水泥地上用粉笔画的起跑线和终点线，就自然绕开了。

　　而学校的低年级部，是在两条马路之外的另一幢洋房里。那里甚至连铁门都不必拉，三级台阶上去，洋房的原大门便可当校门,只消在门边竖块牌子就行了。这里做早操也不必上马路,洋房的花园够大了。也是在人家的客厅饭厅卧室里上课,厕所倒还是用作厕所的,只是改成了长条的坑。蹲在那里的时候,看到隔壁男厕所的坑里有白色的蛔虫一扭一扭游过来。那一定是杭大大的虫。因为有天看见他咳嗽,很剧烈地咳,咳得像是要作呕的样子,突然他"嗷嗷"叫两声便从喉咙里抽出一条蛔虫来。杭大大脸色苍白,大概自己也被吓着了。如果他没被吓到的话,那么那条虫必定是会被扔到某个女生身上去作弄人家的。

杭大大和另外两个同学都是三年级时插班进来的。南阳路那里的一排洋房前面本是有一片空地的,房管所在那里造好了几幢像火柴盒一样的新工房以后,杭大大他们就从很远的"滚地龙"那里搬来了。他们来的第一天,老师要摸底,就让他们起来回答问题。洪小小是什么都答不出的,而且他话也含含糊糊讲不清楚。搞了一歇之后,一向很严格的老师光火了:"侬上学期语文算术考了几分啊?"呜噜呜噜许久,小小终于答了,"2分和0分"。崔中中跟小小原是同班的,知道底细,"伊是只憨大呀",她回答老师说。听闻此言,大家再次打量洪小小,果然歪戴顶雷锋帽半张着嘴,厚嘴唇抖法抖法眼睛转得很慢的样子。本来对新同学很好奇的全班同学突然就发觉他的身体是臭的,谁也不要跟他坐了。

洪小小其实是个很温和的"憨大"。他从来不缺课,也不闹事,总是笑嘻嘻的。尤其哪个女生不当心跟他眼神相对的时候,他笑的幅度就更大些,还是善意的笑,眼珠更不会转了。于是有女生讲洪小小实际是只"下作胚",因为"讲讲么伊是只憨大噢,专门等了门洞里偷看女厕所"。当作教室用的卧室本来跟卫生间是连着的,现在两室之间的门给固定死了,上厕所得另辟其门。而门虽当墙用了,脱落的门把手上留下来的洞洞眼却没有被封上。洪小小刚好坐在那个位置,别人听课的时候,他有事没事就往洞里张张。

虽讲小小是只"憨大",其实也不是完全憨的。我们去郊区学农,萝卜地里刚拔完草就听见哇啦哇啦叫起来,原来是洪小小掉到污坑滂里去了。污坑挖在地里,发酵的污黑簌簌跟泥地也没什么分别,小小脚一拐便踩进去,即刻就陷下去了。带队的年轻女老师吓得花容失色,手忙脚乱地把小小拉上来的时候,自己也蹭了一身污。

臭成这样子,等歇回程的敞篷卡车肯定是上不去的,老师带他到附近的农家去更衣。洪小小哀哀哭着脱衣洗澡,让他穿衣的时候,他突然不哭了。矮凳上放的那叠干净衣服红的红、绿的绿,是农家女儿的,小小不肯穿。老师气得不行,"格歇辰光伊倒突然之间勿憨了"。

杭大大倒是真勿憨,就是"皮"得拆天拆地。老师们都拿他没办法,只有一桩事体可以笼络他,让他消停点,那就是学校附近的那些剧团来招人。杭大大是个美貌的男孩子,样板戏里要画出来的浓眉大眼,在他都是天生的;外加他牙齿排得刷刷齐,鼻头又长得笔笔挺;面孔上虽东一块西一块地有蛔虫斑,但那个是无大碍的,胭脂粉涂一涂么就好了。剧团要招人的风声放出来的时候,我们上课就太平很多。杭大大不吵了,他坐在教室最末一排,一连好几天神情严肃。剧团虽可以点名要人,放人还需班主任推荐的。大王虽皮,这一点厉害还是晓得的:他要"表现好"才能被荐的。老师得了太平,只祷告这太平可以维持得久一点,就更加拼命表扬他："杭大大哎进步了喏,讲勿定剧团格人来之前,就可以突击加入少先队了。"

杭大大被招走了。每次他都总归会被招走的,老师好像还有依依不舍的表示。可是我们还来不及习惯没有他的安静的时候,他就被退回来了。有一次去的是部队上的什么团,回来时嚓呱啦一身新的军装。可是虽然军装穿在身,上课时也还是吵。我们只好搭高头等下一个剧团来。折腾了好几回,大家都变成"红旗的一角"了,杭大大还是没有戴上红领巾。

小学毕业后我没有跟他们读一所中学,不知杭大大最终星途如何。崔中中我倒是在她家楼下的公用电话亭里碰到过的,那天她新婚。当时我还在读大学,只会跟男朋友一打一打写情书,对婚姻浑然没有任何概念。这些年来,我倒是常常想起洪小小,尤其是到美国来,接触了一些对弱智人群智力开发的理论和实践之后。他应该是个中年的"憨大"了,算算他父母的年纪,现时已经是老到无法再照顾他了。只是洪小小这一辈子,是靠什么谋生的呢? 他老了以后,该怎么办呢? 小学里也有微信群了,可是打听了一圈之后,依旧没有小小的下落,我倒真是牵挂他了。

痴人并非说梦

　　小学上到最末一年,教算术的季老师已经搞不定那些代数题目了。其实这也不能完全怪老师的,是那些人民公社自己太搞了。用了化肥并且学习了《毛泽东选集》之后,亩产就一直变来变去的,翻了几番之后又多了多少斤,实在难以算清它们一年一共丰收了多少粮食。

　　人到中年的季老师看上去一直很疲劳。她戴着厚厚的黑框眼镜,老是皱着的眉头仿佛总在说:又是哪能一桩事体啦,我搞勿定呀! 因为走路没有弹性总拖着脚步的缘故,那个跋拉着的鞋后跟给磨成了一个斜坡。她爬上楼梯拖着脚步走进教室,才在讲台上有气无力地放下课本,还没有开口讲课就已经累了的样子。公社的亩产用这样的公式解似乎是对的,但换一个公式好像也有道理,可是答案不一样了怎么办呢? 唉,题目本身就已经很搞了,班上那几个不听话的男生还捣乱。这把季老师折磨得更疲惫了,她转身面对全班两手一摊,脖子往一边歪过去,眉头皱得索性连眼睛都闭上了,"你们勿要吵了好伐啦。"她求我们。

　　大家安静了一会儿,可是过了五分钟又闹将起来。没办法,只有轮到不怒自威的班主任语文老师腰板笔挺地站在讲台边上的时候,大家是太平的。如果是英文老师上课,也算太平,因为她能拍桌子骂人或扔粉笔和黑板擦,虽然常常打不中目标,再说她怒到极点时还能一把扑将过来捉人的。

　　吵吵闹闹中我们稀里糊涂地立着方程式。其实谁关心公社里小麦和高粱各收了多少斤呢?我们又不吃那些的,粮管所要是能多发些大米的配额就好了。仿佛从来没吃过纯大米的一碗饭,淘米烧饭时总是要拌入一半籼米的。我们一边开小差,一边盼望季老师要是能把题目跟我们解读一下就好了,总是要弄明白题目问什么我们才能回答的呀。但是季老师对应用题的解读方法就是不解读,而是让我们大声朗读题目,好像直着嗓子大声读完了,我们就自动会明白题目的意思了。我们那时的教育方式是非常相信朗读的,语文课上大声朗读然后背诵自不必说,晨跑之前的早自修也是朗读一段《毛泽东选集》。电影拍到模范小学的模范班,一定是一班人坐得笔笔挺声情并茂在朗读。至于英文嘛,就更是要靠朗读了,而且据说要大清早在梧桐树底下大声朗读效果才是最好的。

　　本来这些教育方式是能把我们摆平的,可是到了毕业的那一年,教室的空气中仿佛总散发着异样的气味,让人有些心神不宁,原先教我们的办法都不怎么管用了。先是晨跑的时候有几个高个子的女生忽然神秘兮兮地红着脸躲到卫生室去不用跑了。凶的那些男生要质问的,凭什么她们能不跑?而我们一众还矮着的女生,虽然无处得到明确的答案,但都兀自焦虑起来。人家都已经可以不跑了呀,什么时候才轮到自己呢?洗澡的时候看看自己的前胸,还是煞煞平的,要是什么都长不出来怎么办呢?在焦虑中恐怖的谣言又四散开来,女生们都在风传隔壁初中里最漂亮的那个女生的故事。她已经可以不晨跑了,听说已经和读高中的男朋友生出小孩来了。我不能相信这个离奇的故事,这实在太"拉三"(沪语里是女流氓的意思)了。但是传话给我的同学信誓旦旦,"我跟侬向马恩列斯毛保证是真的",说得仿佛她是在产房里亲自接生的护士那般肯定。我还狐疑着,不幸这故事已经传到我妈耳朵里去了。那天晚饭时我看到她跟我爸不断交换眼色,打量我的眼神就好像我是那个"拉三"一样。

女生们被不用晨跑的同伴搞得坐立不安的时候,男生们也开始不太平了。男女生之间不讲话、课桌上画三八线这样不成文的规定都已经实行好几年了。本来不理睬就拉倒,可是现在男生对女生的仇恨变得有点攻击性了。不晨跑的女生从男生中间走过的时候,他们会莫名其妙地起哄,有时候男生堆里还会有一个好欺负的被一把推到路过的女生身上去。这种事情发生的时候教室里就鸡飞狗跳起来:哭泣的、找老师告状的、兴奋怪叫的、旁观看热闹的,顿时乱作一团。

虽然"空气在颤抖,仿佛天空在燃烧",但是不管暴风雨来不来,数学课总归还是要上的。那天季老师又叫大家朗读应用题了。底下吵得很,大家脑筋都不在,她叫了两次,全班都没有齐声开口朗读。同学们正在犹豫要不要读的时候,在教室里最最安静的那一瞬间,只听得坐在最末一排的卫祖国用最清楚、最响亮的声音大叫了一声:"月经。"

全班都呆住了,包括季老师,大家过了几秒钟之后才鼎沸起来。坐在第一排的郝忠诚兴奋到几乎要站起来了,他回过身去对卫祖国大喊:"哎哟哎哟,侬日白头做啥梦啊,想女人想到这种程度啊!"

太不堪入耳了,这么"下作胚"的话,出自一个胡子都还没长全的小男生之口。季老师实在听不下去了,她两手一摊,又把眼睛紧紧闭上,头扭到一边去了,长叹一口气哀求道:"好了啦,郝忠诚啊,侬勿要再讲了啦!"

卫祖国小小年纪就长了一脸横肉,在家里虽是阿娘的心肝宝贝儿肉,但在学校里,因为表现实在太差了,一天到晚要给老师劈头盖脸骂的。他早给骂得不知自尊是何物了,现在的脸面再给大家踏在脚底下踩一场也没有很大的不同。

……

过了很多年以后,听说卫祖国混得不错哦。"哎呀侬勿晓得啊,伊混了老好的。讲政府迫害伊,只肯让伊生一胎,那么寻借口到美国政治避难去了呀,现在老早绿卡拿好来!"

又过了很多年,我到纽约法拉盛的中国城去吃生煎,在一个私人停车场找车位的时候,猛然发现那个坐在风口里看车位的人正是卫祖国。我打量了他好一会儿,确认那就是他,因为那一脸更肥硕的横肉就是胎记。我几乎就要摇下车窗跟他打招呼了,但是我不想吓人家一跳。再说,也许他根本就不记得我是谁了。

那天在开车回家的路上,我突然之间明白了:当年那堂小学的数学课上,卫祖国并没有发痴说胡话,只不过是那个亩产翻了几番的人民公社有个该死的名字,叫"跃进"(在沪语里跟"月经"的发音是一样的)。

人间最遥远的距离

　　其实，和所有的小女孩一样，飞飞小的时候是很黏妈妈的。她总记得自己刚刚学会认时间的那段日子，每天五斗橱上的三五牌闹钟敲过五下，她就会马上放下手里正在玩的东西，走到弄堂口去等下班回家的妈妈。妈妈上班的地方，飞飞是认得的，不过她并不敢离开家门口走到半路上去接妈妈。她只是把自己小小的身体紧紧地靠在弄堂口那个跟她差不多一样高的消防龙头上，脖子伸得长长地盯着妈妈回家的路。

　　等到差不多晚上五点二十分，妈妈的身影就会在路口的转角出现了。那时飞飞就会一下子跳起来，像小燕子一样在下班回家的人丛里穿来穿去，真的是飞一样地向妈妈跑过去了。妈妈的手里总是提着一个大书包，有时另一只手里还会捧着一包路边买的水果，就是这样两手满满的，妈妈也还是有本事把飞飞一下子抱起来。"天天都叫你不要再到弄堂口等我的，给坏人拐跑了哪能办啊？"妈妈总是要责备飞飞的。"我的手一直捏牢消防龙头上的铁链条，捏得牢牢的，坏人拐不走我的。"飞飞知道妈妈的责备不是真的，可她还是要解释一下，好让妈妈放心。妈妈每次听见这样的解释，都要笑出声来，把飞飞抱得更紧了。

　　于是邻居们天天都看到飞飞和妈妈这样头靠着头笑着走回

家,两双长得一色一样细而长的眼睛里笑意盈盈,眼角弯弯地翘上去,好像新月一样。"飞飞跟伊姆妈要好得来。"邻居们总是这样说。飞飞听见这样的说法,就更加要往妈妈的怀里再钻一钻,把头靠得妈妈更紧一些了。

飞飞学会写字的那一年,轮到妈妈去五七干校接受再教育。飞飞还从来没有跟妈妈分开过,想到天黑以后等不到妈妈回家了,她急得就要哭。妈妈给她看领导寄来的信,那封信的上面印着很粗的红色的字。飞飞虽不太明白那些字的意思,但她知道那样又粗又红的领导,必是很厉害的,即使她再哭,妈妈也还是一定要去的。于是飞飞只是眼眶红了又红,到底忍着没有让眼泪落下来。

妈妈去干校干农活,是要补充营养的。那时候大家都相信巧克力是有营养的东西。于是妈妈去南京路的第一食品店买了一大堆砖头巧克力回来。她把它们敲碎了分装在许多小塑料袋子里,然后再把这些袋子藏在行李中。如果让领导看见这些东西,妈妈是要吃批评的。

妈妈做着这些事情的时候,飞飞站在一边默默地看着。她真的没有哭,只是细长的眼睛里写满了无奈。一个小孩子的无奈,最是让大人心疼的。妈妈从行李里拿了一个小塑料袋子给飞飞,摸摸她的头叮嘱道:"不要一下子就吃光了噢。"

载着妈妈去干校的大卡车启动了,飞飞伸长脖子望着那辆卡车的背影,一直等到实在连车的影子都看不见了,她才低了头,跟在爸爸后面走回家去。那一天,她手里一直小心翼翼地抱着那包巧克力。有时她打开袋子,吃一点点巧克力,然后很快封上;有时她打开袋子,但并不吃,只是看一看就封上了。"要吃得很慢很慢很慢,等到妈妈回来的时候才吃光。"飞飞在心里跟自己说。因为她觉得这样,好像就可以离妈妈近一点了。然而无论飞飞把这包巧克力抱得多么紧,她还是觉得心里空空的,这是从来都不曾有过的难受的感觉。她在房间里转来转去,把小人书拿出来看过一遍,把洋娃娃的衣服脱了又穿上,把集邮册里的邮票换个样子重新排过。做完这些,她的心里却还是空的。于是她把五斗橱上那个存钱的胖小猪搬下来,取了八分钱,跑到街角的烟纸店买了一张邮票,然后回家铺开信纸给妈妈写信。

"亲爱的妈妈,我很难过,因为我很想您。"飞飞写下这一行字的时候,就听见很响的"啪"的一声,原来是自己的眼泪滚落下来打在了信纸上。到这个时候,飞飞才终于哭了出来。她的眼泪"啪啦啪啦"地落下来打湿了信纸,把自己写的字都弄花了。

烟纸店的对面有一个绿色的邮筒。飞飞拿着信,仔细地再次确认了干校的地址,才把信当当心心地投进去。那封信落入邮筒的当儿,她听见"噗"的一声,就好像同时有个小小的希望落到自己心头似的,那里没有那么空了,因为过几天,妈妈就会回信的。

过了五天,妈妈真的回信了,可惜信封上写的是爸爸而不是飞飞的名字。信里说了许多干农活的辛苦,提到飞飞的那一段,妈妈说,干校的学员都羡慕得她要死,因为她有一个这么贴心的女儿,妈妈上午才走,女儿下午就来不及地写信说想妈妈了。

飞飞给妈妈写了许多信,告诉她家里发生的事情。秋天到了,可是家里还在睡席子,窗户上还挂着竹帘子;哥哥学着缝厚被子给飞飞盖,又粗又长的针扎得手出了血;临睡前爸爸会讲一个《一千零一夜》的故事,那盏神灯非常奇妙。碰到不会写的字,飞飞就跑去问邻居,或者注上拼音。她真的好想念妈妈,总是觉得心里空空的。写了信,才会觉得那空着的心里踏实一点。

那袋巧克力虽然吃得很慢,然而终于吃完了,可是妈妈还没有回家,飞飞开始焦虑起来。那天又收到妈妈的信,她嘱咐飞飞不用再寄信给她了,因为"月底"她就会回家。学校里老师刚刚教过一个月分"月头、月中、月底",按照老师的讲法,二十一号到三十号都算是"月底"的。飞飞迫不及待地拿出月份牌来查日子,原来第二天就是二十一号了呀。飞飞抱着洋娃娃在沙发上连打了几个滚儿,她实在是太兴奋了。

第二天一放学,飞飞撂下书包,功课也来不及做,就到弄堂口去等妈妈。她现在已经长高了,只需轻轻一跳,就可以像跳山羊那样一下子坐到消防龙头上去了。她坐在龙头上,两只脚吊在那里不停地晃啊晃,妈妈就要回来了呀。

可是等到天黑了,还是没有看见干校的大卡车。飞飞无精打采地从消防龙头上慢慢地滑下来,"大概,妈妈明天才会回家吧。"她安慰自己说。可是,就这样在消防龙头上坐等到二十五号了,飞飞还是没有等到妈妈。"妈妈是不是有事不能及时回来了。"飞飞东想西想,眼泪又要落下来,她实在是太想妈妈了。于是她拿来信纸,又给妈妈写了一封信。

"亲爱的妈妈,我已经等到月底的第五天了,您还没有回来,您到底什么时候可以回家呀?"寄走了这封信,胖小猪的肚子就完全空掉了。

这一次等妈妈的回信,飞飞比以往更焦虑。终于忍到第五天,飞飞一放学就赶着往家里跑,妈妈的回信今天应该到了。才飞跑走上台阶的时候,飞飞就看见家门口堆满了行李。呀!是妈妈回来了呀！飞飞兴奋地从行李上跳过去，落脚的时候却不小心踩在旅行袋上，她一时站不稳，一屁股跌下来，正坐在一个竹篓子上，里面全是鸡蛋，那是妈妈冒着被领导批评的风险，用粮票跟干校隔壁的农民换的。坐在沙发里读信的妈妈一下子弹起来，她看也不看飞飞，只顾检查那个篓子，里面的鸡蛋全都压碎了。

"你这个小孩，哪能这样毛手毛脚，几十斤粮票全部泡汤了。"妈妈很生气，"还有啊，跟你讲我月底回来，你还要多写一封信，白白浪费八分钱邮票。"妈妈一边说一边把信递给飞飞，那是飞飞写给妈妈的最后一封信，给干校退回来了，上面敲了"查无此人"的印章。

飞飞裤子上沾满了碎鸡蛋，手里拿着那封信，站在屋子当中僵住了。她以为妈妈回来了她会跳到妈妈身上去，妈妈会把她抱得紧紧的。她等这一天等得那么久了，可是现在，她却觉得委屈得连眼泪也不肯掉了。

长大了的飞飞，跟妈妈生得一模一样，两张脸好像是一个模子里刻出来似的。母女俩走在路上，熟人碰见了，总是要感叹"哪能长得这么像"。飞飞自己看看，倒是看出不像的地方来。妈妈的五官更分明，其实比她长得好看；而她自己脸上样样东西都长得圆一点，那是爸爸的基因掺和的结果。然而她们不像的地方倒不是在脸上，妈妈走路，是拖着步子走的，即使走到马路中间，车子就要压过来了，她还是可以慢慢拖；飞飞走路，有点走台步似的夸张，即使不过从客厅走到厕所，她也要走出一点款款的意思来。妈妈话多，总有事情要抱怨。黄梅天下雨，衣服晒不干，她要不高兴；爸爸看书，多开了两盏灯，她要不高兴。而飞飞在家里，总是没话说。黄梅天下雨,她也不打伞,毛毛细雨里走一圈,她最高兴做这样的事情;妈妈抱怨爸爸浪费电,可是飞飞回家,最不高兴看到爸爸一百零一回坐在昏黄的小灯下看书,她总是顺手把墙上的开关按个揿下去,把家里的灯都开了。中学读书的时候,学到鸡兔同笼的数学题,妈妈就觉得难了:"哎呀,实在搞不清爽一共有几只脚。"可是飞飞读完大学,仍旧觉得意犹未尽,还要出国读研究生。对于这桩事情,妈妈其实是不鼓励的:"小姑娘读这许多书,吃也吃力死了。"然而飞飞也不听,自管忙她的 TOEFL 和 GRE。

飞飞和妈妈是长得一模一样的,但属于完全不同脾气的两种人,她们难得有坐下来谈心的时候。虽然飞飞是爱哭的孩子,但是她很少在妈妈面前掉泪。她仿佛不怎么需要妈妈操心,就很乖很独立地长大了,独立到妈妈不知道她脑子里整天在想什么。每次她回家,要么椅子还没坐热,倒又要出门了;要么一下子就揥到沙发里头去,用一本书挡住脸。妈妈看到她这副腔调,总是要说她:"你看隔壁的辰辰,比你年纪还大,倒是跟妈妈还那么贴心,啥事情都跟妈妈讲,你倒好,样样事情都是自作主张。"

飞飞看到隔壁的辰辰和她妈妈胳膊挽着胳膊上街的背影,她心里何尝不是羡慕的。想起当年小时候,她跟妈妈也是很亲热的。那时她天天都要去弄堂口等妈妈回家,黄昏里一看见妈妈的身影,她就飞一样地跑过去搂住妈妈的脖子。可是那样的情景竟是恍若隔世一般遥远了,从什么时候开始,飞飞只是把妈妈看作妈妈,她对妈妈再也没有无限依恋的情感了。飞飞揥在沙发里面,从书后面看着妈妈在房间里忙来忙去的样子,只觉得一阵辛酸涌上心头。她其实很想放下书过去抱一抱妈妈的,可她只是躲在书的后面,努力眨着眼睛,不让眼泪滚落下来。

瘪掉的梦想

　　我虽然不懂绘画,但是每次看到人家说出那些熟悉的画家的名字时,就总归要乱激动的。当年我找不到脾气相投的小朋友玩,最开心的事便是哥哥那一班搞绘画的朋友到我家里来。"轮波浪(伦勃朗)""康定司机(康定斯基)""裂冰(列宾)",是他们常常说起的,另外我还听到过"没了"(米勒)"丢了"(丢勒)这样的怪名字。其实我绝对不是一个讨人嫌的妹妹,我只不过是搬个小板凳乖乖地坐在边上听他们高谈阔论而已。但是哥哥总是嫌弃我,"侬烦煞了,"他一对我开口便是这个样子的,"自家一个人到边上去白相。"奇怪我自尊心这么强、连爸爸妈妈的重话也不肯听的一个人,居然不介意哥哥这样呵斥我。下趟他的朋友来的时候,我还是把小板凳挪到那个圈子边上去了。

　　哥哥在绘画上的特长,一早就表现出来了。爸爸给我看过一张画,那是哥哥在读幼儿园的时候画的火车。一列长长的火车,有许多窗、许多轮子,火车头上正冒着烟,车轮下面还有铁轨。那些烟并没有像翘辫子那样直冲到天上去,它们斜斜飞扬着,表示火车是开着的。那两根铁轨也紧紧地贴着车轮,并没有像其他小朋友那样,把铁轨画到远开八只脚的地方。这张画让我心生钦佩,因为即使是现在叫我到黑板上给学生随便画两条抛物线,我也未必画得出这样流畅的线条来。

　　哥哥在画火车这种小儿科东西的时候，我还只是个在吃面糊糊的肉团团吧。等到我有记忆的时候，他已经像模像样地拥有一只蓝色的木质小画箱了。每个礼拜天去老师家习画的时候，他都提了那只宝贝箱子，很是一副艺术青年的派头。最开始他从老师家带回来的画纸上，有个叫大卫的人总是鼓着一只水泡眼，有点难看相。到后来他把一个叫摩西的人带回来的时候，那摩西除了头上长了两只角有点怪异之外，看得出那是一个头脸周正的帅哥了。这些石膏弄完的时候，我又看见他在那里用一支很细的毛笔来临摹华山川的连环画。他翻版出来的白毛女，在故事刚刚开始的头几页，那喜儿的脸盘看着比她爹杨白劳还阔大些。但是等到故事结束，大春前来英雄救美的时候，喜儿除了穿得破烂些，她已经白发飘飘，俨然是个老妪的样子了。

　　除了摆弄他的画箱，哥哥口袋里还藏个小本本。兴之所至的时候，就摸出来画两笔，说这个叫"速写"。他是什么都有本事拿来写的。有时他写自家养的母鸡，那母鸡正钩起一只脚来，偏着头在动脑筋，仿佛正举脚不定。有时他写在弄堂里打瞌睡的老头，那老头歪在躺椅里，脑袋一直垂到胸脯子上，不用特意在边上画一串"Z"，看的人都听得到老头的鼾声。实在没有其他东西值得写的时候，他也勉为其难写写我：一个小女生，眉眼都还不曾长开，梳了两根扫把一样的辫子，看上去也就是一根扫把而已。怪不得哥哥赶我"自家一个人到边上去白相"的时候，他那一班文艺青年谁也不来搭救我。他们只有在吹完牛准备四国大战的时候才会跟我说"过来"，因为那时他们需要一个公证人。

　　可是当我才把军长和旅长哪个大搞清楚的时候，哥哥他们这一班人已经对坐在家里画画和论画不感兴趣了。他们背了画箱，打点了行李，说是要到外面去写生。他们游遍名山大川，一路上找了许多生的东西来写。他们写了生的高山、生的阔水、生的密林，还写了好些穿得跟我们不一样的生的人。我非常羡慕他，可是我既长得像扫把，又没有什么天赋，况且还是个女孩儿，爸爸妈妈也懒得培养我。我就只有趁着哥哥游山玩水的当儿把他书架上的画册偷出来翻一翻。

哥哥写完生以后，又出了新的花样，他要开始画油画了。画油画好像就是坐在一块画布面前，用大大小小的画笔轮流在那布上点点点。哥哥的耐心非常好，他可以坐在那里点上一整天。他画油画多在暑假里，大概那时日照长，一天可以点上一大片。我看他光着膀子点得汗流浃背的样子，就扔一条毛巾给他擦擦汗。想不到这一扔就闯了祸，毛巾砸到他的手，他把笔点到隔壁去了。"侬烦煞了。"哥哥头也不回地呵斥道，一边左看右看有没有补救的方法。我好心做了坏事，虽然觉得很委屈，心里却依旧崇拜他。开学了语文课上写作文，题目是《记一个我最……的人》。我坐在教室里，脑袋一歪就自然想到他，于是在作文簿里很把他夸了一番。

哥哥的画艺在那时真是"磅磅响"的。他每点完一块布，就做了画框把它挂在墙上。墙上慢慢挂了一整圈，弄得我们家好像开了画廊一样。在那些画里，我最喜欢"裂冰"的。密密的森林里有一座小木桥，桥上站定一个穿着白色华丽服饰的女子，她微微侧过身，仿佛是在听松涛，又仿佛是在想心事。草地上的那一幅我也喜欢。有几个女子坐在那里做女红，姿态闲闲的样子；一个花白胡子的老头靠在太太身边打瞌睡，手里拄根拐棍好让自己不东倒西歪；一个穿着军服的男子在读报纸，他不过是随便地往树桩上一坐，那姿态却英气逼人;还有两个小孩蹲在草地里玩,他们闷着头认真的样子像是找到好玩的虫子了;午后的阳光透过树枝照下来,明明晃晃地洒了一草地。

那时到我们家里来的人都一口咬定哥哥是要成画家了。爸爸妈妈也觉得非常欣慰,这么些年这个儿子没有白白培养啊。那段时间我们家里有数不清的表哥表姐要结婚,每个要结婚的人都要到我们家里来做两件事。一是请我妈妈去给他们缝被子,因为她被大家公认是一个好命的女人,这样的好命人缝过的新婚被子是会给新人带来好运的;二是来挑一张我哥哥的画去挂在新房里。由我们家的人参与布置过的新房,一边是我妈妈打理过的鸭绒被、丝绒被、电热毯、羊毛毯一路顶到天花板那么高,一边是我哥哥画的俄罗斯草地森林以及俊男美女,用现在时髦的话说起来,那真是"欧陆风情"得一塌糊涂。那一干来闹新房的年轻人心里羡慕得要死,他们恨不得也要认我哥哥做亲表弟了。

那段时间我们家墙壁上的画,每挂出来没多久就有人当宝贝一样拿了去。哥哥得了这样的鼓励,愈发意气飞扬,他要开始搞创作了。他的第一幅创作,我可以打包票,绝对是"康定司机"那一路的,因为它不很让人看得懂。哥哥解释说那幅画的题目叫作《祖国母亲》。这个立意当然是非常好的,他的选材更是一级棒,他要用黄河来做母亲的躯体,这个当然就更加对头了。只是呢,他打着"康定司机"的幌子让自己的胆子壮过了头,因为他决定让像黄河一样躺着的祖国母亲不穿衣服。我相信哥哥那时是个一心盼望国家富饶起来的热血青年,因为他无视河套地区土壤贫瘠的事实,在那里画了两只鲜美的大乳房。现在想起来,当然也不能排除十五六岁的他有发春梦的嫌疑。总而言之,《祖国母亲》有个几何形状不规则的脑袋、面貌不甚了了、两条流畅的线条表示腿,当然拦腰里还有那一对让人触目惊心的大乳房。

《祖国母亲》挂在我家的墙上实在让人觉得别扭,但我们是眼看着哥哥从小火车一路用功地画过来的,他最终画出这么神圣的艺术品来我们当然没有资格去亵渎它。恰又逢到一个表哥要结婚,他妈妈到我们家索画来了。这个姨妈是个厉害角色,她是在一个很大的机关里面做党支部书记的。从来我爸爸妈妈跟她讲话,不是被教训就是被开导。可是那天姨妈一脚踩进门来看见这幅画的时候,她竟然既没有教训也没有开导,她只是非常严肃地站在那里不出声。姨妈不开口骂人,反倒弄得我们一家子有点不知所措了。大家垂手立在那里听候她的发落,然而党支书只是一味地不出声。我站在角落里偷偷地打量她,但见她一手紧紧地捏着黑色公文包,一手握拳收在腰间,而目光如炬,直射到那两只乳房上去。那两只神气活现的乳房实在经不起党支部书记的严厉审查,渐渐失去了嚣张的气焰,终于瘪了下去。

这幅画最终没有什么人来要。哥哥第一次兴致高昂的创作就遭此滑铁卢,实在深受打击。哥哥当画家的梦想,就好像那两只乳房一样,有点瘪掉了。但主要是其时社会风向已变,做专业艺术家已经不是有为青年的最佳出路,紧跟时代脚步的年轻才俊们都转而选择实用性强的专业去了。考大学的时候,哥哥那班喜欢绘画的朋友里有人借了他的习作去考美院,结果倒也蒙混过关考上了,而他自己,则决定去学法律。爸爸妈妈再三劝说,然而他去意已定,多说亦是无用了。

等我出国的时候，哥哥在一家房地产公司里做律师。过了几年我回国，他变成了经理，再过几年回去，他已经是董事长了。变成董事长的哥哥开车到机场接我回家。我悄悄打量他，觉得这厮当年不去美院学画大约还是对的，因为他现在的样子，看上去实在不像跟画家有什么瓜葛。董事长的工作就是白天不断地开会开会开会，晚上不断地应酬应酬应酬。白天的会议开得他一脸疲惫，眼神里面失去了艺术家具有的灵气；晚上的应酬吃得他突起了一个大肚腩，看上去像我们小时候歌里唱过的《金瓶似的小山》。

哥哥现在是住上了豪华的花园洋房了，同一片小区里还没有卖掉的房子上面打着"西班牙别墅"或者"英伦山庄"这种具有煽动性字眼的广告。可是我并没有在这种字眼里体验到什么"欧陆风情"，站在那些硕大的广告牌下面，隐约里我听见的，是从前的小贩在黄鱼车上兜售女人内衣的叫卖声。"欧陆风情"，反而是在我们小时候简陋的家里出现过的。斑驳陈旧的墙壁上曾经展览过许多哥哥临摹的油画，在欧洲大陆的森林和农庄里，无论是打着阳伞散步的贵妇还是弯着腰拾麦穗的农妇，那些人物都有着一种闲闲的、沉静的风情。而现在这种风情在哥哥那个高级得一塌糊涂的家里是没了、丢了。我想想实在可惜，就忍不住去说他。

"喂！老早爸爸妈妈下了血本来培养侬学美术，每趟逢年过节就要送红包去拍那些老师的马屁。但侬现在倒好，变成一个跟画家浑身不搭界的商人了，皮带嘛还得系这么高。"

"侬烦煞了，"很好嘛，几十年过下来，哥哥给我的，倒还是那句老话，"我吃也吃力煞了。"

哥哥一边说，一边把车钥匙扔到茶几上。只见他一屁股倒将在沙发里，然后顺势把脚也搁在茶几上了。这头才刚把脚放稳当呢，那头就已经鼾声四起了。看到他累成那个样子，我实在是心疼他。我很想帮我的老哥换个姿势好让他睡得舒服点，可是他土豆似的一大堆倒在沙发里，我哪里搬得动他？算了，我还是"自家一个人到边上去白相"吧。

我到哥哥的书房里闷坐着，想想有些伤心：当初爸爸妈妈要是培养培养我，说不定我倒是块艺术家的料子呢？搞不好我也有本事创作一幅《祖国父亲》，能把长江"康定司机"成一个雄起的男体。我越想越没劲，还是上网找点东西看看好了。于是我打开哥哥的电脑，开机的声音"嘎啦嘎啦"响过之后，壁纸上出现的，俨然是一幅"裂冰"嘛。密林的小桥上站着一位一面听涛松一面想心事的妇人，那种熟悉的姿态是久违了，我久久读着那幅画，心里终于得着一些安慰了。

只　毛

　　楼上阿婆刚把小猫抱来的时候，它才几个礼拜那么大。在陌生的环境里，小猫害怕得瑟瑟发抖，还来不及跟众人打个照面，它"嚓啦嗒"一声就钻到碗橱底下躲起来了。碗橱下面新近刚刚撒过六六粉的，小猫在粉上滚过，那还了得。阿婆一声惊呼，众人即刻寻了棒头把猫捅了出来。旋即猫儿就给捏住头皮，被七手八脚地摁在水龙头那里用绛红的药水肥皂清洗了。

　　以为不能生育的阿婆四十岁上意外得了独生子，自然宝贝得不得了。阿婆叫儿子"猫弟"，百般疼爱不够的意思。等真的猫弟来的时候，它已经没有名字可用了，于是里里外外就只管叫它"只毛"。除了开头慌里慌张做过六六粉猫，此后只毛倒也太太平平住了下来。

　　只毛小的时候也到我们房间里来玩的。我在绳子下面绑只毽子豁来豁去，几根公鸡的彩色羽毛引得只毛蹿上跌落，人猫都兴奋不已。玩得时间久了猫不露面，阿婆就会开口寻："只毛去子啥场乎啊？"阿婆是无锡人士，一口家乡话夹杂了吴语和沪语，虽软绵绵的但不完全没有威慑力，我就只好放只毛走了。它亦不常来，因为我们家里其他人都不怎么喜欢它。

从前的上海是没有"宠物"这个概念的，要么表哥晒台上"咕噜噜咕噜噜"叫着的黑灰色的鸽子算宠物了。黄昏放鸽子的时候，它们颈脖子一探一探地踩出笼子，先是在青白的天空里翱翔几圈，渐渐就远飞成几个黑点子了。表哥说，唱京戏的人，是靠追着看鸽子来练眼神的。我也试着追了，只是眨眼间便分不清谁是谁了。看来京戏我是唱不成的。我本一无所长，现在多加一项，也不在意料之外。然而意外也还是有的，表哥的鸽子训练有素，有时会把别家的鸽群也带回来，于是饭桌上就有额外的鸽子汤可以喝，都说那是很"补"的东西。

　　杀家养的鸽子来吃是没有什么稀奇的，西摩路小菜场那里，冬天还卖过狗肉呢。有一度甚至还卖过稀有的兽肉，不知是豹子、狍子还是虎的，价钱亦并非奇贵。新社会真的是越来越好了呀，连这些东西我们普通百姓都有的吃。家里买了还是没买，我不记得了。但如果是买了的，我也肯定是白吃了，因为不记得这些肉的味道。只有一点我是确定的，猫肉我们肯定没买过。听奶奶说，她小的时候在广东乡下吃过"龙虎斗"的，就是蛇与猫放在一起烧。据说猫肉实在一点也不好吃，酸的。

　　只毛养来不是宠也不是吃，而是用来捉老鼠的。还是古久的年代里永安公司造的房子，几十年住下来，老鼠一定是有的。只毛来之前，我是太小了，即使被老鼠舔过面孔，也不会记得那个滋味。只毛初来时，的确是显过好几次身手的。老鼠给它叼住了，拖到厨房里当玩具拍了玩。玩了好一歇，老鼠完全不会动弹了，只毛这才过了瘾，从从容容把老鼠当饭吃掉。老鼠也是聪明的，给叼过几次以后它们就都跑到隔壁邻居家里去了。

不能餐餐吃老鼠，只毛就要靠喂了。虽然养了只毛一幢房子里上上下下四层楼的人都是得益的，喂猫却独是阿婆家的事。好在邻居里若有人吃鱼，是晓得自动把内脏、鱼鳃、鱼头之类留下来给只毛的。阿婆家吃饭分几拨的，第一拨是阿婆、猫弟、猫爸吃，第二拨是阿婆的老父爹爹和远亲寄养在上海的小姑娘吃。爹爹和小姑娘吃完了，下一拨才轮到只毛。小姑娘负责去洗碗，爹爹则把鱼和吃剩的饭菜搅拌了放在炉子上热一热给只毛吃。温度升高时，鱼腥臭即刻弥漫了一厨房，只毛支着尾巴，迫不及待地绕着爹爹"呀呜呀呜"转圈子。猫盘才着地呢，只毛也不管饭还烫着，已经探头"咯吱咯吱"嚼得头颈一伸一伸的，像是给鱼骨头卡住了一样。它一天只吃一餐的，挨到此时已经饿煞了。

只毛吃饱了当然是要出水出污的。它的便盆放在大家公用的马桶间外面，倒也是合情合理的安置。住在弄堂底垃圾箱隔壁的那一户人家是还烧煤球炉的，把煤灰讨来了当猫沙倒是刚刚好的。只毛趴在便盆上很认真地把煤灰扒拢来盖住自己的水和污，然后挥一挥尾巴、弓一弓背，满意地踮起脚尖走了。

只毛有猫盘吃饭，有猫盆出水出污，困觉嘛上下四层楼随便寻只角落就可以打瞌仲的，偶尔还有蟑螂和鼻涕虫当零食，日脚本来蛮好过的。但是春天来了呀，棉袄绒线裤褪下来的时节，水井边上的梧桐树就开始长出一点点嫩黄的树芽了。雨总也不肯爽气落下来，一把伞不管怎么撑总也挡不住从横里飘过来的水丝。当树叶挣破芽苞隔夜间就长成一张张期盼的小手时，空气里的水分饱和到把万物的心都淋湿了。只毛开始坐立不安，整天在厨房里乱兜圈子，连水都不肯好好出在猫盆里，要到处乱撒。它有点神志无知了。

爹爹请只毛吃了生活,然而它还是到处乱出水。终于有一天大家发现夜里一向关紧的厨房窗户被打开,只毛半夜开溜了。"只毛啥场乎去哉?"阿婆在饭厅昏黄的灯光下,一边扒饭一边牵记。弄堂中央的路灯底下,是有一只泔脚钵斗放在那里的。一整条弄堂的居民们把啃不了的骨头、拣出来的烂菜皮、洗过碗的淘米水都自觉倒到那个陶土的酱色大缸里去,每天一大早会有人来收了泔脚送去郊区人民公社喂猪的。半夜里的泔脚钵斗是附近野猫的聚集地,"夜快头去看看只毛啊来朗。"阿婆吩咐爹爹说。

夜快头爹爹轻轻推开后门,悄悄去寻猫。野猫看见有个巨大的黑影无声地移过来,"呀"地抗议一声跳下钵斗四下里飞快逃散了,但只毛不在那里嘛。那些天半夜里野猫在弄堂里吵得非常凶,有猫群像狂风一样来回奔跑的脚步声,间或有猫"呀呜呀呜"地叫骂,是抗议抑或是威胁。接着又有猫像婴儿那样啼哭起来,哭声凄厉又野蛮,是原始的兽的声音。众人都竖起耳朵听了,只毛也混在这猫堆里吗?

野猫吵了几天,终于太平了。有天大白天的看见一只猫夹着尾巴灰溜溜地走过来。大家正奇怪呢,野猫哪能不怕人了?再细一看时,那分明是只毛呀!它瘦了一圈落了型,头脸都被抓破了,猫毛醍醐得一缕一缕的,像只"讨饭锅子"一样。"姘头没轧到嘛吃子生活回来哉",阿婆又心疼又生气。大家又捏住只毛的头皮,七手八脚地把它摁在水龙头那里用药水肥皂洗了。外头六六粉有没有不晓得,跳蚤一定是有的呀。

如此周而复始,阿婆养了只毛好多年了。可是那年明明早已过了毛毛雨时节,为什么只毛又到处乱出水了呢?它还溜进我们房间,一泡水出到军用帆布床上去了呢!奶奶揪牢只毛请它吃了一顿生活，然而只毛并没有半夜跳窗出逃。它是老了，老到小便失禁了。不要说轧不动姘头，只毛现在连这个念头也不会再有了。不出两三个礼拜，放学回家时听见大人议论说："只毛死掉了。"

大概因为只毛是死在屋里的，它留下了好重的阴气。爹爹是可以不用再烧猫饭了，可是为什么他看上去突然老得缩成一粒枣子一样了。那天逛马路，从南京路转到西摩路上去的时候，我看到爹爹居然立在泰昌门口望野眼。他哪能抖法抖法一个人走到这里来了呀！站在上海时髦的街角，爹爹穿着打了补丁又补丁的衣服，还戴了一顶早年无锡乡下带来的黑毡帽，看上去非常扎眼。他背着手立在那里望着南京路上的车水马龙，浑浊的眼珠里有不知所以然的快慰的笑意。

烧夜饭的时候，听见厨房里面议论说爹爹口袋里的十块洋钿在南京路上给"三只手"弄掉了。"带了这许多钞票去南京路朗做啥捏？"阿婆埋怨说。爹爹没有分辩，也不知是不是听懂了，他依旧笑嘻嘻的，仿佛灵魂出壳似的。那天睡到半夜，听见楼上一迭连声地吵："爹爹走掉了！"有人叫嚷。"老头子夜饭胃口倒是蛮好，还吃子两块煎带鱼。"阿婆讲。

打了补丁又吃了两块煎带鱼的爹爹快乐地跟着只毛去了天国。老鼠马上就得到消息，它们移民回来了。爹爹走了、阿婆老了，他们不会再养猫。这房子里住进来的人是越来越多了，可是谁都不会养猫的，这不是便宜人家了嘛。半夜里我一只耳朵支起来听老鼠在厨房里猖狂作乱，一只耳朵里塞满《托福听力六百分》。

只毛走了就走了吧，我算了算最近一次英文模拟考试的分数，知道自己反正在这里也住不久了。

美　珠

　　简·爱说,当我们穿过坟墓来到上帝面前的时候,大家都是平等的。那么,在大家走到坟墓之前呢?

　　美珠上学不出一个月就引得大家注意她了。老师说上游泳课需要办一张游泳卡,得交一张照片。第二天人人都带了一张一寸的报名照来,唯独美珠交出一张风景照,还是她和妈妈的合影,两个人趴脚歪着脖子站在人民公园的花坛前。怎么这样缺少常识!老师一声惊呼,大家便都转过头去看美珠了:好丑的一个女孩子,眼珠突得太厉害,以至于平白中也带上一种惊诧的表情;下巴是缩进去的,从嘴到头颈一路是个斜坡,这使她像一只惊诧中期待机遇的麻雀。

　　老师派了精明能干的小班长放学后跟了美珠回家要报名照。符合规定的照片没有要到,带回来的,是一个不明白报名照是什么意思的妈妈,也像麻雀一样的,只是大了一圈。大小两只惊诧的麻雀站在校园里被一群一年级的小学生叽叽喳喳指点着该怎么干,无论最后是否拿得出正确的照片,这样的开头对美珠来说,已经注定是不妙了。

　　除了一个不懂常识的妈妈,班长还带回来一个让人意外的消息：美珠家只有一扇窗，正对着弄堂里的小便池。她家不开窗是热死，开了窗便是臭死的。班长自己是住北京西路的爱文义公寓的，每天和住在隔壁"绿房子"里的副班长手牵手上下学。她们以为大家都是住"蜡地钢窗"的，条件差一点的家里最多地板不打蜡就是了，谁知道美珠家里居然还是烂泥地板的，连水门汀都还不是。

从南阳路和陕西北路交界处的弄堂口走进去，迎面的几个石库门有着高高的马头墙，门庭深深还是很登样的，不然从前的上海大学也无法在这里开办。只是往弄堂深处走走，就有点乱象了。先是有些水泥砌成的二层楼小平房，横里一幢斜里一幢，但是还算平整。再往里拐几个弯，眼前的房子就毫无章法了，有些是泥墙、泥中露出草茎；有些是石灰墙、糊在竹片上的，它们乱哄哄地摊在眼前，一副乱世里随便将就的模样。拐弯拐得快迷路的时候，差点就错过一条曲折小径，小径窄得只够两个小学生并肩而行，行至公共小便池处，对面便是美珠家了。倘若再沿着碎石子路的小径往前行二十来米，突然之间市声鼎沸压将过来，原来是车水马龙的南京西路了呢。刚刚从美珠家门口屏住呼吸快步逃出来，赫然看到马路对面傲然挺立的平安大楼、珠江酒家、中苏友好大厦，恍若隔世。

住的是"上只角"里最最蹩脚的棚户，脑子笨又生得不好看，如果爹娘疼爱点倒也算了，偏偏美珠家里还供着一个"三代单传"事事占先的弟弟。天天穿条打着两大片补丁裤子的美珠，像棵被腌过之后又临时丢在桶里的咸菜，天生是被欺负的。

那次区里的列队比赛，美珠的班级代表学校去参赛。大家放学后还操练到天黑,辛苦了一个月,本以为赢面很大,结果还是输了。大家憋了一口气回到教室里,有女生嘟嘟囔囔埋怨说,如果不是没下巴、趴脚又穿补丁裤子的美珠排在第一列,比赛就不会输。真有可能是美珠影响了队列的美观吗?还是大家要寻一个出气的宣泄口?或者纯粹是十来岁的小孩身体里匍匐着的兽性?突然美珠就被几个"皮大王"劈头盖脸打了,她的辫子松了,披头散发的样子愈加难看了。没有人出面阻止,大家袖手而立,各怀心机。美珠并没有哭,她甚至连委屈的表情也没有,她只是焦虑,搞不明白如何惹祸上了身,焦虑中又严肃地急切地想讨好谁。

是报名照为何物都搞不清楚的妈妈生出来的,美珠读书一百样都考不及格。平均考九十分的同学,在二年级就率先第一批加入少先队了。依此类推,平均分数每降十分,就晚一年入队。到了六年级时,全班就剩美珠的脖子上缺红旗的一角了。老师也不想在班上留个落后生,就说读书不行的话,做好人好事也可以争取戴红领巾的。

终于,可以讨好人的机会让美珠等到了。六年级时大家老是不在教室里读书而是到处野营拉练,这种活动的本意大概是让大家在真打仗的时候有本领逃得快。学生和老师都每人左肩斜背一个绿色书包,里面放只面包和苹果,右边斜背一个军用水壶,这样前胸后背打了大叉似的排着队在满上海大走特走。走着走着就累了,水壶喝掉了半壶还是很重。美珠在队伍里赶前抢后地给大家背水壶,虽然她还是丑得让人嫌弃,但是没力气跟她争了,她想背就让她去吧,自己省力点到底是好的。

拉练拉了两个礼拜,美珠就变成少先队的预备队员了。她戴着那根来之不易的红领巾,双手放在背后,坐在座位上纹丝不动,生怕一动又出差错。再在什么地方做点好人好事呢,这根红领巾就可以永久地套在脖子上了。好在机会又来了。这次是大家敲锣打鼓上街游行庆祝,能拉手风琴的同学坐在给队伍开道的黄鱼车上表演革命歌曲,嗓门大的同学拿了麦克风领着大家喊"打倒……""拥护……"。但光这样胜利的气势还是不够,队伍里还需要有红旗。美珠做了幸福的红旗手,她奋力举着一杆大旗走在第一排,风把红旗吹得呼呼作响,美珠的两条腿趴得更厉害了。

美珠终于正式地戴上红领巾小学毕业了。但是到了中学里她的功课已经彻底跟不上,学校只好让她留级了。每届有两百来个学生,而几年里才会遇到一个留级生。美珠这样不走运也实在是她太丑家境又极差,面相干净点或者有老师肯帮她说句话也不一定。现在就让她留级吧,学校既树立了威信,她家里也不会拿大家怎么样。

美珠留了一级,虽然是天塌下来般极度丢脸的事,但她对这样的事是非常习惯的。她走到低一年的班里去时,除了唯唯诺诺地讨好地笑着,倒也没有什么异样。虽然她个子是小的,但是老师派定她坐在教室的最末一排。让她自生自灭好了,没有人会在意她的。上了中学的美珠倒是不穿那么显眼的大补丁了,虽然裤脚和袖子总是短得把她吊起来似的。"皮大王"的男生们到了中学里倒也平和点了,不再随便欺负人。

早上吃过泡饭来上学的胃,在上过两堂课后就咕咕叫了。课间休息的时候,食堂里开了一个窗口卖馒头给学生吃。虽然只有家里条件好的人才有零用钱买来吃,可是课间时间短,青春期里容易肚子饿的又多,窗口依旧拥挤得像野蛮的春运火车站一样。但是怎么美珠出现在队伍里了呢？她居然也有零用钱？瘦小的美珠挤在人堆里，异常奋勇：她挤得眼珠更突出了，两用衫的袖子拉扯成了短袖。她一手高高举着馒头，一手握紧找头杀出重围。她的脸放出兴奋的光，这回像只找到虫子的麻雀了，而且是只母雀，她没有吃虫子，而是把馒头恭敬地交给站在一边等候的明芬。

舞蹈队的明芬漂亮白净得像只小天鹅似的，她住在北京新村的望德堂。可以想象，她轻巧的脚步从她家那个西班牙风格的门廊走出来的时候是多么相宜。此刻她先掏出一只小猫形状的塑料钱包收好美珠递过来的找头，拿出手帕擦擦手，这才不慌不忙接住馒头来吃。美珠在一旁候着，面露恍笑，也没有咽一下口水。乱哄哄的食堂台阶上，一个吃一个陪，各得其所。

美珠这算有一个"搭子"了，但也不是全天候的，得看时机。明芬去舞蹈队排练的时候，美珠从来不跟班的。明芬放学做功课要找人讨论的时候，也没美珠什么事，她就在操场上那棵广玉兰下面漫无目的地兜圈子。但下雨的时候美珠会及时出现给明芬打伞，一把伞整个护在明芬头上，自己的肩膀全湿了。也或者，有时看到她俩一起上下学，重的东西全在美珠身上挂着。美珠虽然功课是很笨的，但是她从来不在错的时候"搭"明芬，她总在需要"帮佣"的那一刻才现身。

不知道美珠是否初中读到毕业了，反正大家还在读书的时候，就已经看到她在西康路和南阳路口的烟纸店里站柜台。去那里打酱油的时候，看她算盘倒是会拨的，一块黑色的抹布握在手里，什么东西都是用它来擦。那个烟纸店的地势非常低，夏天暴雨季节店堂里总是水漫金山。美珠把裙子绑在屁股后面用簸箕奋力铲水，像她小时候想做少先队员时一样巴结。水铲完的时候发现柜台下有只被淹死的老鼠，她伸手捡起老鼠就扔马路上了，还是在那黑抹布上擦擦手。她大概铲水实在铲得累了，一屁股倒在椅子里，叉开了两条腿。她忘了解下裙子，内裤松松垮垮的，连私处都给人看见了。

之后的上海开始大拆特拆起来。美珠小便池对面的家第一批就轮到拆了。他们可以搬去漕河泾的，但那里除了新公房什么都没有，没有学校，没有烟纸店，当然也没有小便池，连树都没有。从南京西路过去，不堵车的时候单程坐两个钟头公共汽车才能到。如果不搬过去，根据他们家的面积和房型，政府可以补贴十三万元的。美珠妈妈合计了一下，就做了决定：这么远的路不搬，还是拿了钱在附近租房子住划算，十万元给儿子，自己拿两万元，一万元给美珠。

起先美珠还在烟纸店里搭一张军用帆布床睡的，传闻说看到烟纸店门口划鳝丝的小贩在美珠那里留宿，只送了些没卖掉的黄鳝就睡了她，他自己在乡下倒还有一个老婆。想不到如此丑陋的美珠居然也挺花的。但也有人说，那个门槛贼精的小贩其实不过是想把美珠的一万元钱嚹出来。反正大家买了鳝丝打了酱油转身就走了，没有人在乎他们为了什么在一起，而在一起又干了什么。

烟纸店消失以后也不知道美珠去了哪里。驱车经过恒隆广场的时候，大家会偶尔想起来，从前有个很丑的女生是住在这里的呢，她家的窗口正对着小便池。

等到同学里也有了微信群之后大家问起美珠的下落，才知道她早已经过世了，是肝癌。查出来时已经是晚期，需要肝脏移植才有救的。手术费用非常昂贵,她失业之后的医保有限,拿不出那么多钱。如果弟弟肯捐半个肝给她做亲体移植,稍微可以便宜点。弟弟在犹豫的时候,弟媳一口拒绝了:捐给她不如卖给别人呢,至少还有十来万元可以拿。

在等死的时候,从前欺负美珠的"皮大王"里最凶的那个"一只鼎"在同学里张罗捐款,他自己开了一个建材公司,因而捐得最多。但是筹够钱的时候也已经无济于事了,癌细胞扩散得到处都是。大家掏钱的时候也知道的,不过是在出钱给自己买一份良心上的安慰而已。如果能给美珠买好一点的止痛药,让她走得不那么痛苦就已经很好了。

群里说起美珠的过世,明芬也很吃惊。她大学时是校花,自然嫁了学霸,一早就跟着出国了。她在望德堂的家倒是不会拆的,西班牙门廊下的房间现在空关着,如果肯卖的话,那里一个平方米就可以开价十三万元了。明芬的先生现在是麻省理工的教授,儿子在普林斯顿读物理,都是一等一的智商。知道美珠病逝,她在群里先贴了两个哭泣加两个祈祷的表情包,过几分钟就在朋友圈里放上了自己在波士顿华人新春晚会上的舞蹈留影。九宫格的照片虽然小,但是可以看得出明芬保养得非常好,她依旧美丽,和从前在中学食堂门口吃馒头时没有太大分别。

沙
上
的
名
字

沙上的名字

　　再见他是因为他出差来到我居住的城市。年轻时的一个四月的夜晚，他曾来与我道别。在我黯然离去的刹那，他在我的额头上留下了仓促而陌生的吻。从此以后我们两个人的生活就完全走出了彼此的视线。现在回想起来，已经算不清那一幕离现在有多少年了。还没有忘记的是，那一条行人稀少的小路上，街灯暗淡昏黄，梧桐树的叶子都还没来得及长大，疏疏落落的树枝遮挡不住那一夜又清又亮的月色，沉默的天空温柔而辽远。

　　见面只有两个小时的时间，而且是一个众人参与的饭局，在一个嘈杂的海鲜馆。时间这样短，我们彼此间的距离这样远。结婚了吗？有孩子了吗？这是不需问也知道答案的问题，我踌躇着不知从哪里开始我的话题。大家争先恐后地说着无关紧要的事，在一片热闹之间，他突然轻声地问我："你现在戴隐形眼镜了吗？"我没有料到这样的问题，心里竟是一惊。许多年了我周围的人一直都不知道我是近视眼。我和他之间，实在是太久太久不见了，然而这一问却也让我觉得有一点安慰了：那么他还记得我从前的样子啊。

　　"是的，我戴了已经有十二年了。"我转过脸去，望着他的眼睛，还是那双和年少的时候一样的眼睛，那么明亮，仿佛有火苗在跳动的眼睛。当我回过头来,看着我眼前盘子里的清蒸虾的时候,那么不争气的,我觉得自己的矜持在瓦解。我的心仿佛被灼热的东西烫了一下,而这种疼痛是我曾经多么熟悉的感觉啊。

在他走了以后的一段时间里,我总是想起以前他抄在教室后面墙报上的《海之诗》。那首诗的最后两行写道:

> 我在沙上写下你的名字,
> 阿格妮丝,我爱你。

无论我走到哪里,我的心总是反复地咏叹着这两行诗。有好几次我站定了试着回想整首诗,可是不管我如何努力,我怎么都想不起来其他的诗句了,我连诗人的名字都记不清了。

这首诗紧紧地缠着我,我再也睡不安稳了。总是在半夜里醒来,听着无家可归的风呜咽着吹过我的窗口,和这两行诗句、和那一双明亮的眼睛纠缠着一直到天亮。是海涅的诗吗?我上网查了"Heine",没有找到那样的句子;我去最大的书店找"Heine",也没有找到。于是我翻箱倒柜地搬出了那个存放旧物的箱子,还是没有找到那首诗,可是,他的信却还在那里。

离开上海十二年了,我从来没有碰过那些信,我以为我已经完全忘记他了。可是,当我小心翼翼地打开那些早已泛黄的信纸,眼光抚过那些已经再也投寄不到的地址,当我的手指轻轻地触摸他写下的日子:那些苦苦地等他的信、反复地读他的信、满怀着深情给他写信却又不敢告诉他心事的日子,那些不安的、期待的、心酸的、伤痛的日子,原来它们都还在我的心里啊。

只是他来告别的那一夜，我的心，痛得是那样尖锐，受伤的我反而不懂得哭。而此刻，回首年少的岁月里那一场一往情深许多年，而最终都没有被读懂的爱情，我终于阻挡不住自己的热泪了。有谁能说小孩子的爱情只是不懂事，小孩子的心事不能算一回事啊。正因为当时年纪小，我的无法启齿的爱情才会是我全部的心事；正因为年少的矜持和害羞，我才没有勇气也不知道怎样表达我自己；而年轻的没有经验的心，更不懂得化解自己的痛苦。我就这样让他的目光灼痛我最初的没有防卫的心；我就这样独自守着我的秘密，让我的心事和我的青春一起长大了。在那些年写下的许多本日记里，到处都是我的心酸、他的名字。一直到那一夜他来告别，一切突然戛然而止了。当时他说过什么话，我已经记不清了。我只知道，在那一个四月的夜晚，当羞怯的花儿还只是小蓓蕾，流浪的猫儿还没有找到伙伴，羽翼未丰的雀儿还来不及筑巢，我年轻的心却已经碎了。从此以后，他的名字在我的日记里消失了，而我再也不能听到任何人提到他的名字了。

　　现在，他从同学那里辗转知道我的下落，他来询问年少的时候是否曾经错过了我的心事。隔着时间和空间的一片汪洋，原来还会有这样的一天啊。然而除了终于可以含着眼泪说出我曾有的期待，已经没有什么是我能做的了，就连我曾经受伤的心都已不能痊愈。埋在我心底深处的那一场爱情，原来与我的生命已经紧紧相连，没有那样的伤痛，我的青春竟是无所依附了。我已经没有能力去分辨，此刻我心里涌上来的悲伤，不知是为了那一场错过了的爱情，还是为了再也回不去的青春。

　　我只是终于领悟了，生命原来不过是写在沙上的名字。岁月的潮水无声地漫上来,卷走了我无瑕的青春里最初的爱情,没有什么宝贵的东西是我可以留下来,紧紧地抓在手里的啊。我只能等待,再耐心地等待下一季的潮水吧。等到皱纹布满我的脸,等到我白发苍苍,也许我终于能够参破红尘,笑谈过往,那就是我能回去的时候了。

让我穿过陕西路口那个安静的三角花园,走过秋天里铺满梧桐落叶的威海路,望一眼茂名路上那间做煤球的黑黑的小店,过石门路的时候小心避开那些横冲直撞的汽车,这就来到了不起眼的校门。别忘了对守门的老师微笑,他总是对我的班主任说我"太骄傲",绕过校园里那棵夏季里开花的白玉兰,迎面就是银灰色的教学楼,夕阳把它的影子拖得好长啊——让我回到我高中四班的教室去吧,再去探望那一个放学以后还在墙报上写诗的英俊少年。

"来了"

其实小学快毕业的时候,班上有几个女生就已经"来了"。"来了"的女生多是高挑的,妙哉她们还一律好看而功课笨。离学校步行半个钟头的范围内有剧团数个,团里的人讲得一口悦耳的普通话,时不时居高临下地到我们小学里来选"苗子"。我们戴着红领巾,坐得笔挺头颈伸得老长,指望自己能被讲普通话的手指头点到。然而没人点我们,每次总是"来了"的女生被选中,外加那个浓眉大眼面孔老是红通通的皮大王"小江北"。好在选去的人没几天就总归会被退回来的,回来以后功课更笨了。看到这样的结局我们这些还"没来"的女生总算心平气和了。

然而有件事情还是非常不公平的。"来了"的女生可以不晨跑、不上体育课。冬天晨跑"吭哧吭哧"很苦的,凭什么她们可以不跑?她们也装模作样跟大家一起排队的,只是出了教室门就径直向卫生室去了。几个凶的男生如"小江北"等人要是当面质问,"来了"的女生就哭哭啼啼告状告到卫生老师那里去了。"那叫阿拉哪能讲法子啦?又没办法讲的咯。"她们很激动,脸红得厉害,但也不完全是生气,委屈里分明有骄傲的意思在里头。

到了初中,"来了"的女生不必躲到卫生室去了,她们堂而皇之坐在教室里不晨跑不早操。读中学的男生到底不是没有见过世面的"小江北"了,他们对端坐着的女生视而不见,自己排着队鱼贯而出。倒是女生们一直眼睛瞄法瞄法在观察到底有多少人已经"来了"。

"到底是哪能回事体啦,啥感觉啦,痛伐啦?"还"没来"的充满好奇地问。

"哎哟,老触气的啦,我跟侬讲,烦是烦得来……"通常是"新来"的对这种问题答得比较起劲。

然而不管这是如何触气的一件事,"没来"的还是非常期待"来"的。左等右等,忽然有一天,毫无征兆的,就"来"了。哎,"来"了呀,轮到自己可以不用早操了,是羞涩也是骄傲的。

都获得可以不早操的资格了,只剩一个还"没来"。平常她就是一个爱发愁的人,功课多了点,她叫"哎哟来不及做,来不及做了啦";考试之前,她又叫"哎哟我都不懂的,考不出哪能办啦,哪能办"。现在大家都"来了",只有她还"没来",这真是让人愁死了。"哟,我哪能到现在还不'来'啦,真是急煞老百姓啊,侬讲我要去寻个医去看看伐?"她抓住新近"来"的那些女生的臂膀,焦虑地恳请指点。

我们的臂膀被她抓了好一阵,终于在初三的某一天早晨,她也坐在那里,用不着早操了。谢天谢地,大家终于"来"齐了。

填志愿

　　小学考初中，其实考的不是学生，而是老师。找一大堆对路子的参考资料，让学生做个昏天黑地，不懂也记住了，哪有考不好的道理？别说只是考初中，就是考 TOEFL 和 GRE，用的还不是这一招？可惜的是，我的小学老师们都不太明白，也不打算弄明白对付应试教育的窍门。当我们这一班小孩子吵吵闹闹、稀里糊涂地上完最后一堂数学课，还没弄懂两辆列车在何时会迎头相撞，便战战兢兢地上了考场。考试结果是可想而知的，我们这些天资还算不错的小孩子，只有一个考上了市重点，三四个考上了区重点，余下的四十来个去了一所弄堂中学。后来倒是托弄堂中学老师的福，这四十来个当中又有十几个考上了重点高中，此乃题外话，暂且按下不表。

　　话说我是撞上大运的那一个，小学毕业时勉强考上了区重点。说"勉强"真是一点也不过分，我的考分刚够那所学校的最低录取线。不过，这最末一名还没来得及让我培养出"我是差生"的自卑，各种名目的测验就开始了。我的测验结果都还过得去，这样，"差生"的名头自由别人去背，我感到安全了。当然我也想过要考得更好一些，无奈怎么努力，总是东错一点，西错一点，错到头来离第一名相距甚远，也只有作罢了。

等到我对老是拿不到前三名感到火气大，想发奋图强的时候，已经快到考高中的前夕了。发奋之下，成绩似乎进步得蛮多，父亲便建议我考市重点。本来这不过是填写志愿表时，第一栏写上市重点"某某中学"四个字这么简单的事情。可是小孩子的世界，有时却也不是想象中那么简单的。

先是班主任老师给我们洗脑，"千万不能填市重点啊，万一考砸了，市重点不要你，我们区重点也不会要你了。谁叫你不把我们放在第一志愿的，到时候你只好去读非重点，结果是大学也考不上，长大了只能去工厂做工人。"

像我这种从小被家里宠坏的小姐，有个顶古怪的脾气。在家会跟父母像仇人似的顶嘴，想想亲生父母总是为子女着想的吧，可我从小就不把父母的话当一回事。但是在学校里，老师的随便什么话，我都奉若圣旨；同学的意见，也会严重地左右我的情绪。班主任的警告当下吓得我不轻，市重点我就决定不填了，回家还跟父亲耍了脾气。做父亲的教导我这个任性又敏感的女儿，想来也是一件头疼的事情。分明是我自己缺乏接受挑战的勇气吧，却还凶巴巴地用歪理来掩饰自己。父亲不忍说穿我，只好想了各种办法软硬兼施，旁敲侧击。终于在交表格的前一晚，他看着我在报名表上用钢笔写完"育才中学"四个字，这才长叹一声，熄灯睡觉去了。他以为，我这条船，已被他安全地放入阴沟里去了。他再也没有想到，经不起风浪的船，到哪里都会翻。

话说交表格的那一天中午，有个"不速之客"来访。那是我的好朋友燕子来打听填写高中志愿的消息。燕子是我小学的同学，是个极聪明、极要强的女孩，小提琴、手风琴、唱歌，甚至于跟男孩子打架，样样了得。她也是我们那一小撮考上重点初中的一个，但她就读的是另一所区重点中学。听说她的书读得更好，他们那里的第一名总是她。

得知我的第一志愿后，燕子说自己才不会填"育才"呢，"万一考不好，区重点也保不住了"。那口气和我的班主任一模一样。燕子走了以后，我眯着眼、支着脑袋想了一会儿，然后拿出自己的报名表，用磨砂橡皮小心翼翼地擦去了"育才"两字，换上了自己学校的名字。

一个月以后放榜了，我的考试成绩很高，不要说是市重点，就连全国重点也能进。然而后悔已经太迟了。放榜的那天正遇上台风，我望着院子里被暴雨打得满地都是的落叶正发呆，燕子来了。她一手打着伞、一手提着小提琴，兴冲冲地嚷："育才录取我了，我现在去考它的乐队！"乌云密布的天在我的眼里一下子变得更灰暗了。正是爱上层楼的年龄，我觉得自己被整个世界要了。那一年的九月，我带着闷闷不乐的心情升上了原校的高中。像别人欠了我一百吊似的度过了高中的三年。

到高中里我们又考试了，我还是东错西错的，但是比我厉害的同学去了市重点，于是我错到头来居然是第一名。这个意外给了我极大的刺激，我倒真的就此开始非常用功地读书了。三年以后，我考上了号称"重点之重点"的大学。那个学校牛气冲天，校歌里唱的那一句"相聚在东海之滨，汲取知识的甘泉"让我激动了好一段时间。而燕子自从到了育才中学以后，遇到了许多厉害的人，她从第一名变成了中下游。还是脆弱的年龄，她无法适应这残酷的落差，这么聪明要强的人，就此真的一蹶不振，甘居下游了。三年以后，她去了一所二流的非重点大学。

许多年过去了，当我把能读的学位都读完了，到了澳洲一所大学任教的时候，听说燕子也在附近的一个城市里。她当年受不了TOEFL之苦，走了读语言学校这条捷径。后来她嫁了一个出租车司机，膝下有一双儿女，自己开了一个杂货铺。而我呢，到了做老姑娘的年龄了，还是孑然一身，有过几次恋爱的经历，却找不到合适的丈夫。

　　过年了，当我深夜写完论文回家，发现冰箱和食品柜都是空的。想要炒一盘年糕为自己的新年讨个彩头，可是半夜三更的到哪里去找呢？于是我想起来，那东西，大概燕子的杂货铺里会有的，我有一些想她了。

我的语文老师们

　　虽然工科是我的饭碗,但对文字我却一直喜欢。除了是自己的天性,语文老师对我的引导也是与之有相当关联的。十几岁的孩子,就仿佛是一块新鲜的橡皮泥,为师者小心塑造,橡皮泥便有了形。孩子长大离校,融入茫茫人群,而最初在师长手里塑成的形态,却会与他们相伴终生。

　　初中时,语文老师不喜欢我的作文。描写景色,我用不来华丽的词句;若是议论起来,我的文字亦不铿锵有力;轮到写人,又批我是"自然主义",然而"自然主义"比起马克思主义来,究竟错在哪里呢? 我这些都还没搞明白,就糊里糊涂到了高一,做了张老师的学生了。

　　张老师做过"右派",来教我们语文的时候,似乎才回归正常的生活不久。他戴副金丝边眼镜,头发打理得一丝不苟,典型旧式江南才子的模样。虽然在牛棚里住过很多年,张老师倒一点也没住成牛脾气,他讲课生动又细腻。

　　讲到《荷塘月色》,张老师说:"那些景色、香味、声音的描写,其实都是用来刻画作者心情的。"原来作文是可以这样的吗? 不需要着眼于一个宏大的主题,光是把玩文字,仅仅为了表达一份情绪? 张老师让我们模仿朱自清也写一篇景,于是我写了家门前的广玉兰。初秋里,已经芬芳了一个夏季的广玉兰落了一地,白的花瓣生了锈,沾满泥泞,我有一些伤感,只是这样而已。张老师把这篇文章当范文读了,读的时候一直在点头说好,"因为是带了感情写的"。我得了鼓励,从此懂得:不必刻意表现高尚的情操,不需卖弄高级的字眼,能表达真情的,就是好文字。

高二的时候,张老师不教我们了,语文课上,我情绪低落。教我们语文的,换成了一个讲普通话的李老师。好在几个礼拜一过,我对语文课的喜欢又恢复了,因为李老师实在有趣得紧。

他是山东人,嗓子哑哑的,讲起话来别有一派不同于上海人的幽默。他批评一个男生写作文不会用标点,只一个句号了事:"啊呀,你一个标点也不用呀,你不标点,我只好一口气读下去呀,读得我快喘不过气来啦。好不容易碰到一个句号,可以缓口气了,接着又得再喘。"李老师端着作文本,做出上气不接下气的样子,大家笑得岔了气。有了李老师的这番点评,我至今小心我的标点符号,知道这东西除了表达情绪之外,还能用来帮读者喘气。

李老师烟瘾蛮大的,两堂语文课之间必到走廊上去吸一支。有一次他摸摸口袋没烟了,于是点名叫人,"寒胭呀,你帮我到办公室去拿包烟好吗?"当然好的咯,我得了指令,即刻飞跑到语文教研室去拿烟。可我不认得李老师的办公桌,带我找烟的老师嘀咕道,"这个老李,一堂课的时间也熬不住啊。"我手里接过烟时暗笑了,其实这不关熬得住熬不住的事,李老师只是要差他喜欢的学生做点事而已。

李老师喜欢我们,他不需说我们也是知道的。他常常站在操场边上看我们打排球。那时,他已经离休了,是被返聘回来教我们的。他平时给我们上完语文课便可以回家了，不需要坐班。两堂语文课后，正是我们的体育课。那时我们一群女生因为痴迷小鹿纯子而爱上了排球。我们自以为本事大到可以"流星赶月"，其实只是尽在操场上胡乱挥手而已。可李老师一点也不嫌弃，他提着黑色的公文包本是要回家去，看到我们打球便站定在操场边不走了。他歪着头笑眯眯地看我们打球，神情恍恍然仿佛在读一本童话。有时有人摔倒了他马上伸出手来，像是要来扶的样子。其实，他是扶不到的，我们站得那么远，只是他心疼我们呢。我知道那一刻的李老师是快乐的：那么多可爱的、充满了青春活力的孩子，每一个都拥有着像谜一样不可知的未来，老师的心也一定跟着我们的雀跃，变得年轻了吧。

　　然而，李老师的喜欢有时候也是会让人尴尬的。我们去佘山春游，山上是有天主教堂的。正值青春年少对生命的意义和自我的价值充满困惑的年龄，在记叙春游的作文里我写，"想去信教了"，因为"我的困惑大概在上帝那里才会找到答案"。然而，那时我虽傻，却也知道这样的写法是会被班主任找去谈话的。于是在文章结尾的时候，我就给自己找了一个台阶。我说，回到山下，已近黄昏，恰遇一个老妇在农舍外煮夜饭，在夕阳里回望老妇人，我看到逆光给她的身影勾勒了一轮金边，突然间我就顿悟了，说："那头上闪烁着神圣光芒的劳动人民，才是真正的上帝。"

　　游记交上去了，我也不再多想。过了两日，我走过广场要回楼上的教室去。远远地李老师看见我，他三步并两步赶过来，一把抓住我的手，"啊呀，寒脯呀，你怎么差点就到山上去了呢？"他握住我的手摁了又摁，像是庆幸我最终没有误入歧途，"多亏老太婆救命呀！"

若平常听见李老师这样开玩笑，我是一定要笑出来了。可是那天，班上的几个坏男生正站在走廊上拿了一把粉笔头丢过路的女生呢。有李老师的光头罩着我，他们自然不敢再丢，但是这样给老师抓住手，等下进了教室，逃不了要听那帮人起哄了。

到了高三，李老师教文科班去了，我非常不舍，却也不能随着老师换文科。来接手我们班语文课的是陈老师，也是个讲普通话的胖胖的北方人。陈老师虽然已是花白头发了，用现在的话来讲，却有一种萌态。他一年四季剃个板刷头，颈脖子上总噜噜出来一圈肉。讲课的时候，他一掌大手常常抓耳挠腮，忽而兴致上来的时候会满脑门儿囫囵捋上一把。上作文课，他给我们布置了题目，自己则找个空位置坐下来，然后整个身体趴在课桌上，两手抱着脑袋，望着教室外面的蓝天发呆。趴在课桌上数白云的陈老师，看上去分明是个童心依旧的小男孩。

于是我跟他捣蛋了，在一篇《记一个……人》的作文里，我描写他，"有一个胖老师啊，人还没走到教室呢，肚子先进来了"；又写"有一只白胖的肚子浮在水面上，也不见泳者勤快地划动四肢，白肚子总也不会沉下去"。我是见过陈老师游泳的，那时我在学校的游泳队，天天要去室内的温水池训练，冬天里陈老师时常也来"氽水"。多数时候他是仰泳，真的有本事不怎么动就能浮起来。

准备高考的高三里我们写了许多没有留下任何印象的八股文练笔，寒假日记总算不是命题作文，可以随意写了。我写了奶奶养的两只鸡，大点的母鸡是留着春节给客人吃的，小点的公鸡则是年夜饭时自家吃。上海的冬天阴冷潮湿，太阳下山后，益发觉着寒意刺骨。黑暗里一大一小两只鸡紧紧地依偎着相互取暖，白得几乎透明的眼皮半开半闭地眨动,像是冷得睁不开了。天虽酷寒,两只小动物这种相互依傍的模样却让人心头升起一丝爱怜的暖意。可是大年夜的早晨小鸡不见了,晚上就要变成餐桌上的白斩鸡。黄昏里我再去外面看养在阴沟旁的母鸡,它落单在大年夜的寒风里,周身的羽毛被风吹得一飘一飘的,看得人又冷又心疼。年夜饭的时候我没去吃那鸡肉,算是对人类残忍的抗议。

开学后,我们又去温水池训练,当我哗啦哗啦游到陈老师边上时,他叫住了我,"寒胭啊,你那鸡肉真的一点没吃?"陈老师含了一口水吐出来,很好笑地问我。我很不好意思赶紧一个翻身游走了,因为其实我生完气、写完作文、矫情完了就偷偷把留给我的那份鸡吃掉了。

上了大学以后,我跟陈老师还有通信的。他给我写过一首短诗,具体句子不记得了,依稀有"矫健的游泳选手"的意思。而李老师我在大学毕业后还去拜访过的,他说"别班的好学生是好得标准,但你们班好的学生是好得有特点",果然,李老师是喜欢我们多一点的。

如今张老师80多岁了,前两日看到他的相片,老师头势依旧清爽,眼神依旧犀利,是我们亲切又派头的上海老克勒的样子。听闻李老师、陈老师早些年已经不在了,不知道两位老师在天堂还好吗?再过几十年,请你们留意天堂的门口,那里会来一个老太婆。如果仔细辨认,你们会惊讶地发现这个老太婆就是你们的学生寒胭呀!

老师,让我再做一次你们的学生好吗?让我们在天堂里找一片桃花源,那里的天空会像从前我们教室外面的天空一样蓝。让我们在桃花林边找条石凳坐下来，我们不用高考了，也不用写八股文了，让我们就单纯地赏析中国文学吧。我很想你们再次引领我，去寻访那遍地的鲜美芳草和缤纷落英。

繁　星

　　是放学后在教学楼最高层那陈旧而安静的阅览室里读到都德的《繁星》的，很单纯很美丽的一个爱情故事。

　　孤独的牧童长住在山顶上放羊，每个星期由管家送饭给他。那天管家有事，庄园主美丽的女儿自己上山送饭来了。牧童心里满是惊喜，他暗地里爱慕她已经许久了。送走了美丽的女孩，牧童喜悦的心还没来得及平静下来，女孩又折回山上来。原来前面的小河雨后涨水，她过不去，只能留在山上过夜了。温柔的夜里，羊群在羊圈里睡着了，他们俩依偎在温暖的篝火旁一起仰望满天的繁星。她问他每一颗星星的故事，而他是什么都知道的。女孩听着听着，头滑落在他的肩膀上睡着了。牧童一动也不动地守护着美丽的女孩，生怕把她吵醒了。夜色皎洁，繁星继续它们的旅程，柔顺得像羊群一样。他想："星星中最美丽、最善良的一颗，因为迷了路，落在我的肩上睡着了。"

　　合上书，我也迷失在这个美丽圣洁的爱情故事里。阅览室的老虎窗外长着几棵蒲公英，风吹过时微微地颤动起来，毛茸茸的种子随风飘落在窗外的屋顶上。城市尽头的残阳笼罩在灰蒙蒙的薄雾里，仿佛对它普照着的尘世充满理解似的，无尽的爱意都满含在那沉默而温暖的余晖里了。我坐在陈旧的阅览室里，一时间竟不知身在何处。还没有经历过爱情的单纯的心，因为一阵一阵涌上来的感动而疼痛起来。我未来的爱情是怎样的呢？会不会也有这样一个牧童来呵护我，为我解开生活里所有的谜题？对于爱情的幻想，就像天上的繁星一样，开始在我青春的生命里闪烁起来。那一年，我十六岁。

爱情的种子，是不是都是以相类似的方式撒落在孩子们心里的呢？我开始喜欢男孩子了。

程是我们的班长，一个颀长英俊的少年。在很长的一段时间里，每天清晨赶去上学的路上，我心里最期盼的，就是踏进教室的一刹那，可以看到坐在最末一排的程迎接我的明亮的眼睛。那个时候，如果有可能，我真想把自己变成很小很软的东西，放在他的手心里，天涯海角，也随他去了。高中的三年，我从来都没有跟程讲过一句话，除了用一个无法申诉的眼神，我不知道如何表达我内心的感受。

围在程身边的女孩子真是太多了，我总是站在远远的地方，装作漫不经心的样子打量他们。可是我心里却是又妒忌又骄傲地想，我虽然不能得到他的爱情，可是我考试一定要比他考得好，等到我们很老很老的时候再告诉他，我那时用功读书考第一名，原只是为了要得到他的重视啊。到了那个时候，他会不会因为最终知道了真相而觉得又辛酸又骄傲呢？没有勇气去表白的爱情，让我初次体验了痛苦的滋味。这样的痛苦无处倾诉也无法解脱，拼命用功读书，那是我年轻单纯的日子里唯一能抓得住的依靠了。

初恋苦涩的滋味，并不只是我一个人要咀嚼的。十六岁的花季里,爱情如风一般吹过,在她的种子随意飘落的地方,都会有青涩的痛苦在滋长。也有男孩子喜欢我了。那么巧的,刘刚好是班长的同桌,也称得上是一个英俊的少年,可是我却从来没有注意过他的存在。在那些埋头读死书的日子里,一个成绩很好的女生会留意一个成绩普通的男生的可能性是很小的,哪怕他有潘安之貌。不记得从哪一天开始,刘出其不意地出现在我放学的路上。当我对一个男生没有什么感觉的时候,反而是可以很大方地与他交谈的。刘天天变换了许多话题与我套近乎,我勉力地应对他,心下却想,我们实在不是一路的人。

高中的班主任都是做"克格勃"的料,不知从哪里她就知道刘陪我回家的事了。那一天放学后为着什么事情我留下来给老师打小工,我听见班主任叫住在走廊上磨蹭着不走等我一起回家的刘。她那沙哑的嗓子分明厉声地训斥道:"侬癞蛤蟆想吃天鹅肉啊!"这一句话听起来是那么刺耳,当下连我自己也觉得被羞辱了,委屈得脸都涨红起来。虽然我对刘没有特别的感觉,知道他功课平平,但是我从来没有觉得他之于我是癞蛤蟆与天鹅的关系。对于这个老师,自从她说了这一句势利眼的话后,我就再也不能尊敬她了。

老师的这一句训话,大大地伤了刘的自尊。他都没有给我一个解释的机会,从此就恨定我了。他纠集了一个把兄弟,两人一搭一档地开始欺负我,而且一有机会就作案。上课我回答老师提问时,他们必定起哄;体育课时,他们必定用球踢我;假期里面,每天都打传呼电话来骚扰……我恨自己不是泼辣的女生,没有本事跳脚与他们对骂。

那一段日子,真的是难挨极了,一边是天天欺负我的两个魔头,一边是我才下眉头却上心头的心事;那边还有围在程身边的,眼里向我射出箭来的女生。我实在不知道该如何应对这样的局面，唯有像鸵鸟一样把头埋在书里。我只是想着，一定要考第一，考了第一我就出了一口闷气了。那个学期结束的时候，我是考到第一了。老师宣布名次的时候，我很没有出息地当堂流出眼泪来。我想表达的心愿全都在这些委屈的眼泪里：你看见了吗？你看见了吗？围着你转的女生那么多，可是她们谁都不如我功课好；你看见了吗！你看见了吗！你欺负我有什么用？我照样考第一。

到了高三，来年的七月里那一场生死攸关的考试，像石头一样沉沉地压在大家的心头。每个人都收了心，更加用功地读书了。毕业的时候，我如愿去了上海最好的工科大学，程如愿去了上海最好的文理大学，而刘是不是如愿不得而知，他去了上海的一所地方外贸学院。

进了大学，来自五湖四海的同学带来了许多新鲜的奇闻逸事，我兴奋得把所有的往事都抛在了脑后。可是入学不出一个月，我却很意外地收到了刘的来信。他原来在外贸学院里读的是法文，那是一个美女如云的地方。他说他一进大学就把我和他班上最出色的女生做了比较。他说我其实不如她们漂亮，可是我有种优雅的美，是他的同学没有的。而且我很善良、很倔强、很能干，我的才能比他强数十倍。在中学的时候，其实他是很崇拜我的，可是却觉得无论怎么努力都赶不上我，所以非常恨我，以至于常常要欺负我才能解恨，因为那时的他，照他信上的话说，是"有勇无谋"。

这封信让我非常惊讶，难道他那时候蛮横地欺负我，竟是出于对我的好感吗？刘的爱情逻辑让我恍然大悟，原来一个人是会因爱而生恨的。这是我第一次得到一个男生表白的好感，虽然他的表达方式有点鲁莽,但是许多年来,我对他给我的这一封信一直心存感激。我想一个年轻女孩的自信,在一定程度上,是建立在她周遭的男人对她所表示的欣赏里的。我很感谢刘,在我还完全没有自信的时候,第一个给了我肯定。其实在他的信里,只有评论我不如他的女同学漂亮是事实,其他的,都只是一个天真的男孩子对于完美爱情的想象而已。可是与我后来听到的其他的表白相比,刘的那一封信,是最单纯和最真挚的,就像繁星下与羊群共眠的牧童一样可爱得让人感动。

从十六岁的时候刘等我放学回家开始,一直到初进大学,算起来他喜欢我,已经有一段日子了。我不知道这段恋情有没有带给他很深的痛苦。想来作为一个放得开的男生,在他"有勇"的表白里,在他"无谋"地欺负我的过程中,多少也是解脱得差不多了。而我喜欢程也有同样的时日了,可是因为我"无勇"也"无谋",我的痛苦却始终无从解脱。

程的举手投足之间,仿佛总像是举着一面伟大正确的旗帜,旗下永远跟着一班人,呼啦啦地随着他挥手的方向前行。我是不合群的一个人,终日里无非好读一些伤心的故事,流些莫名的眼泪。与他们这些具有时代感的人比起来,我有的只是离群索居的自卑。想来他在文理大学里,围在身边的女生应该是越来越多了吧。离开中学以后,我不再想他了。我只是不能去追看当时流行的电视连续剧《上海滩》,因为我总是在许文强的眉眼里看见程的影子。他真的是变成了一个影子,离我已经很远了。

然而大学的第一个寒假里,程竟然给我来信了,用的是他们文理大学的纪念封。短短的信里说,以前听说过我有集邮的爱好,所以特意寄上一张。从邮差那里接过信的刹那，我一眼就认出了他的笔迹。以前班里的墙报都是他出的，他的那些字体我熟悉得连每一个转折都认得。我拿着他的信，心里真是狂喜啊！真的是他，真的是他嘛，那个名字占满了我的日记本的人；那个高中的三年，彼此从来都没有讲过话，连相互的微笑也不曾有过的，却是我每天都想念着的人；他的眼光果真越过了重重包围着他的女生，注意到我的存在了嘛。想起过去天天期待着与他的眼神相遇的日子、那些心事重重却又无处倾诉的日子，我的泪大颗大颗地落下来，打在他的信上。不敢让家里人看到我的失态，我拿了他的信，走到大街上去了。

过了一条马路，再过一条，就是南京路；在中苏友好大厦那里转个弯，就是他住的弄堂；在那弄堂口的那扇小小木门的后面，就有我爱慕的少年。可是我来这里做什么呢，流着眼泪去敲他的门吗？告诉他我爱他很久很久了吗？我失魂落魄地站在南京路上，什么也不能做。所爱的人就在眼前，可是为什么咫尺却远如天涯。原来爱一个人爱到尽头的时候，是这样无语又无为的无可奈何！我的眼里涌出的热泪，滚落脸颊时就被北风吹得冰凉。正是除夕的黄昏，南京路上寥寥几个都是行色匆匆赶着回家团圆的人。20路电车的喇叭远不如平日里那么喧嚣，叫得有点有气无力。梧桐树上的叶子落得一片也不剩，纵横交错的光秃秃的树枝，把繁华的南京路衬得一片萧瑟。只有马路尽头温暖而苍凉的残阳，依旧笼罩在灰蒙蒙的薄雾里。

除夕的深夜，我坐在灯下给程写回信。我拿着他的信，读了无数遍，读到连标点符号也记住的时候，才不得不承认，那里除了一个普通的给老同学的问候，其实什么也没有。我终于还是要继续忍耐暗恋他的痛苦吗？我原以为，进了大学，新的生活会让我忘记过去的伤心。却原来，我的爱，还是一如当初；我的痛，亦是一如当初。

如果我至少可以用平静的口吻问候他大学的生活，用客套谢谢他的纪念封，后来的一切会不会有所不同？可是在长久的等待之后，当我终于有机会写给他第一句话的时候，我却挑了一张印有长城的明信片，给他写下了"不到长城非好汉"这样的句子，还要在新年里与他"共勉"。是我下意识里想用冷漠的句子掩藏我内心的激情吗？是我不能忘记围绕在他身边的女生吗？还是我埋怨与他同桌的刘欺负我的时候他的沉默呢？连我自己都不能明了我的内心。上海有城隍庙或者外滩可以去逛一逛，为什么要野心勃勃地去长城呢？明明是一个爱流眼泪的女生，为什么一定要做一条劳什子的好汉呢？我其实是那么崇拜他，一点也没有要跟他争着做好汉的意思；我其实只是想在他的大旗下面，有一个容身的位置；我其实只是想，天涯海角无论他去哪里闯荡，好让我也一起跟了去。可是为什么，我却从来都没能像刘对我那样，把我的心事明明白白地告诉程？

自从接到刘的来信以后，我和这个英俊的男孩子就此有了一些来往。从他的一个永不厌倦的话题里，我了解到向来都是有不计其数的女孩子追求他的，从同班的同学、实习时的小秘书，一直到马路上的奇遇。我对他那些离奇的艳遇从不置评，耐心地听他滔滔不绝。而这个话题常常最终停止在他把我和那些女孩子所做的比较里。他总是以阅人无数的姿态总结性地归纳出我的完美之处。那时我和刘之间已经像好朋友一样，没有谁追谁的顾虑了，所以，他给我的赞美因为无所求而显得更加诚心诚意。我再怎么虚荣，总算也还是知道他慷慨地送给我的这一头的高帽子，在我一转身回到现实里去的时候就会七零八落地掉个一地的。

刘虽然夸夸其谈，但却始终是童心未泯的一个人。其实他一直都相信这个世界上是有一个完美的女孩子存在的。他只是选了我来替他实现这样的理想。因为我没有成为他爱人的可能，所以他的理想永远也不会破灭。这个不肯长大的男生，尽管有许多幼稚的地方，但是他始终保留着一颗追求完美的虔诚的心，有着不自觉的宗教情结。我因此常常受到感动。

我们俩的交谈，往往都是他说得更多，我总是默默地听。我从来没有跟刘提到过我的感动。他到底是一个有霸气的男人，未必愿意一个女同学当面指出他的天真。但是在我不多的话里，每次我都会以看似轻描淡写的语气问他，"老早那个坐在你边上的人"，现在过得怎样了？自从我寄了程"共勉做好汉"的回卡以后，他再一次杳无音信了。虽然我每个星期天返校都会路过他的家门口，他的小窗里倾泻出来的灯光总是会温柔地迎接我故意放慢了脚步的身影，可是无论我如何张望期待，我一直都没有机会见到他。又一年过去了。

大二的时候，上海的几所高校为市里的政治任务搞联谊活动。秋高气爽的傍晚我们许多人跑去人民广场跳舞。路过文理大学队伍的时候，我又一次本能地张望起来。这一次，我在人丛里看到了一个熟悉的、久违的、顾长的身影。像是遭受了雷击的那个瞬间，我只觉得地转天旋，我呆立在那里，发不出任何声音。程转过身来，他看见我了，他的眼睛像是被点燃的火炬一样亮了起来，他急切地迈开大步走过来,他是惊是喜地看着我的眼睛。跳舞的人潮就在我的身边汹涌,可是我感觉不到那些波动;高音喇叭里的音乐就在我的头顶上喧嚣,可是那声音仿佛飘自很远的地方;我舞伴的手,几时已被人群冲走了。在那一个秋天的夜空下,我只看见满天的繁星向我蜂拥:而繁星里最美、最亮的那一颗,和我的眼睛相遇了。

过了几天,程给我来信了。他说:"你还是和中学里的时候一个样,永远都是一个妩媚的、真正的小姑娘。""不过,"他接着说,"现在你有成熟和大胆的目光了,而那个时候,我们心里曾经有过颤动的琴弦,是吗?"我忍住夺眶而出的眼泪,拿着他的信从宿舍里逃也似的跑到红太阳广场边上的小树林里躲起来。捧着他的信,一读再读,我的滂沱的眼泪啊!是了,是了,程,程,原来那时我的心,你是明白的啊!可是一切都已经太迟了,曾经的心愿像断了的琴弦,永远都不能成曲了。大二的时候,我已经有了男朋友,而再过了一个学期,程也有了女朋友。

我和程终于开始有了交往。在与许多朋友的通信来往中,我总是特别地期待文理大学来的信封。我给他的信可以写得很长,可是见了他时,总也因为在他面前无法摆脱的紧张而木讷无词。而他见了我,却是从不停嘴地说,从托夫勒的《第三次浪潮》到萨特的《存在主义》,都是时髦的大学生必读的作品。那些名词很新,那些概念常常听得我一头雾水。这些听不懂的东西让我益发崇拜他了。程本来就是一个早熟的人,在大学里,他更是一路飞速地成长起来。而我对他,却始终保留着十六岁时的情怀。在给他的信里,我请他"一直都不要走出我生命的视野好吗""一直都给我写信好吗,即使你将来结了婚,做了父亲的时候",因为"你的信总是给我带来许多宝贵的东西"。所以,当我知道他和女朋友分手的时候,当我和男朋友的关系岌岌可危的时候,我开始祈祷,让我们重续前缘,再次拨响曾经颤动的琴弦吧。

那一阵,我们的通信比往常更加频繁,等到春天来临的时候,他来信里的措辞越来越热烈了。是四月的一个星期天,我们约好了晚上去看中学的语文老师。那天下午的阳光真好,妈妈在院子里晒了许多过冬时的被子。我搬了一把小椅子,躲在厚厚的棉被中间读他的来信。他说:"有的时候我真想吻你的唇,可是那样会不会亵渎了十六岁时的纯洁呢?"这样的句子,真的是让我眩晕。不断地涌上来的幸福的感觉一波一波冲击得我的心也痛了。我抬起脸,仰望万里晴空,热烈的阳光刺得我睁不开眼睛。我用他那张粉红色的信纸罩住自己的脸,世界在那一刻变成了温暖的红色。经过了那么长久的等待以后,迷路的星星,真的真的终于可以落在牧童的肩膀上了吗?

从老师的家里出来,回家的路长得好像走也走不完。最后,我们停在一条轻幽的小路上。路边那些阳台上的落地长窗后面,有温馨的灯光;沉默而辽远的夜空里,月色又清又亮;我望着还没有长大的梧桐树的叶子,它们都像是渴望成长的小手,安安静静地挂在树梢头。我在等待,他在踌躇。良久,良久,他终于哑着嗓子说:"你回家吧,不要再胡思乱想了,我不再来招惹你了。"然后,他俯身在我的额头上吻了一下,转身走了。

我很奇怪那个夜里我竟没有泪,我只是完全不知道自己是怎么回家。当我终于有了清醒的意识之后,程的名字从此变成了我心里的刺，一碰就会戳痛我的心。我再也不能听到他的名字了。这一次，是我自己，彻底地走出了程的视野。

转眼就到了要出国的夏天，我去和刘道别。我们坐在平安电影院的咖啡座里。刘不再提女孩子追他的故事了，话比平时少了许多。虽然对新的生活我有许多兴奋的、忐忑的憧憬，但是我都没有提及。我知道刘一直也想要出国的，但是总有各种各样的原因不能成行。咖啡座里又冷又湿，冷气机里打出来的风有些黏人，大理石的地板上也渗出湿漉漉的潮气，面前的冰激凌化成了一汪不成形的水。我和刘都有一些伤感。他还是学生，却买了很贵的礼物来，我有一些意外。告别的时候，他握着我的手说："寒胭，和你认识，不止是开心，更是一种幸福。"他重重地、认真地、一字一句地说："以后我有了孩子，一定请你做教母。"我望着眼前这个一向诚心诚意地看重我的男孩子，为什么心里却再一次有被戳伤的刺痛。程，我要走了，你还好吗？你在哪里？你那么英俊潇洒、那么聪明过人、那么才华横溢、时代都要跟了你才找得到它的方向，可是为什么，我从来都看不到你的真心？

我就这样走了。

去国十数年以后，有一回过圣诞节，我去一个初来乍到的老同学家聚会，餐后我想帮着一起洗洗碗。"算了，算了，还是我来吧，"同学的太太把我推回到客厅里，"你们的老同学程说这种事情你是做不来的，他说你是'两只碗要汰半半六十日'"。不期然间又听到他的名字，我的久已麻木的心，还是有些微刺痛的感觉。

"'寒胭聪明嘛是聪明的，而且小姑娘味道十足，但是伊实在是太敏感、太脆弱了。我一看见伊落眼泪水，心里就慌得一塌糊涂。

要是跟伊谈朋友一不当心谈崩坍，到头来做不成夫妻，结不成婚，伊肯定是吃不消的，那我就更加吃不消了。'"同学的太太学着程的口气讲话，一屋子的人听得都大笑起来，我也跟着笑了。笑声中，墙角里那棵挂满了彩灯、堆满了礼物的圣诞树显得更加热闹了。我走上前去，轻轻触摸眼前闪闪烁烁的彩灯，想起许多年前在人民广场上遇到他，他的眼睛里也曾经有过这样闪烁的光芒。原来，程，原来你从来都没有爱过我。

因着中学百年校庆的际遇，在那栋爬满了常青藤的古老的教学楼里，我和程与刘又见面了。从前灰扑扑的阅览室已经重新装修过用来做了会议室。这两个昔日的同桌此刻就坐在我的对面。他们都变成了魁梧的中年人，眉宇间依然有着旧时熟悉的英气，神色里却有些许陌生的疲惫。相谈之下，我知道他们都娶了个护士，想来都是相夫教子，不会让丈夫心里"慌得一塌糊涂"的好太太吧。

他们依旧话多，而我也不像从前那么沉默了。以前刘给我戴了那么多的高帽子，我因为虚荣有点舍不得把它们摘下来，所以只好保持沉默做淑女。而我自己又给程戴了一头的高帽子，他是不是受用，我不知道，但是那些高帽子倒是把我自己吓得不敢说话了。我微笑地望着这一对同桌，想我们大家明里暗里牵挂了这么多年，其实我们从来都没有在不戴帽子的情况下好好谈一谈。

我笑着站起来，推开了会议室里的老虎窗，窗外立刻传来操场上学生们的喧哗。已经看不到城市尽头的风景了，青青的校园四周早已建起了太多的高楼大厦。失望间，却看见窗外屋顶上的瓦缝里，依旧还长着几棵蒲公英。我探出身去，小心翼翼地折了一棵下来。娇柔可爱的一团小小的毛毛球,在我的手里微微地颤动。我把它举起来,轻轻地吹了一口气。漫天里,只看见那些毛茸茸的种子,张开脆弱的翅膀,充满了对生命的渴望,快乐地四处飞扬。

落 玫

一

中学教学楼的隔壁是现今已经不复存在的大中里。初中的教室是在底楼的，一路排到我们班的时候，一墙之外恰巧是大中里的大粪池。每天早上九点环卫车来抽粪时，我们的教室即刻就像掉落粪坑，酸臭无比。坐在靠窗这一排的同学，就会自动起来关窗。然而这一本能的反应，在时事课上却遭到了批评。那个老师说，关窗便是对环卫工人的不尊重。此后每逢时事课，我们都只好在臭味的侵袭里、在马达的隆隆声中，硬着头皮听她照本宣科。

我们一开始自然是不喜欢这个农场抽调上来的老师的。她倒是赶时髦烫过头发的喏，两团像木耳一样的前刘海耷拉在脑门儿上，烫与不烫一样毫无个性。然而有一天上课，她苦着一张脸，意外地大胆吐露真心："其实我们做时事老师的，有些个人的想法是无法在课堂上表达的。"

那天课间休息，照例女生们在走廊上是要好成一团的。大家议论着谁的新罩衫别致、谁的裤子有点喇叭，又或者谁家条件好，是住"腊地钢窗"的。在这样的对话里，牟玫突然不合时宜地说："其实我们的时事老师还是蛮有想法的。"我看了她一眼，两人同时想到环卫车来时的情形，对时事老师的隐忍，于是就有了同情。

　　其实友情和爱情的发生，过程都是相似的。一个眼神传递了欣赏、一句话产生了共鸣，默契的花便自然地开了。从那一天起，牟玫成了我的好朋友。在所有的女友中，她和我的脾气是最相投的。

　　我们常常在放学后一起挽着胳膊穿过大中里和天禄坊，从吴江路走到了南京路上才依依不舍地分手。她往东去，没几步就到新成游泳池隔壁的上海新村，而我还要穿越长长一段熙熙攘攘的南京西路才能回到家。

　　有默契的好朋友之间，无话说亦是不会尴尬的，常常我们默默牵着手走完大中里和天禄坊。有时学校里自习得晚了，路过大中里时，已经闻得到厨房里飘来夜饭的香味了。是一锅鸡汤浓郁的味道吗，悠悠然从哪个窗口弥漫开来；又或者哪家在爆炒青菜，油锅哗呖剥落响过，铁铲和铁锅之间即刻发出刺耳的金属声；最是那热烈刺鼻的，该是草根的煎带鱼了，若是腌过的咸带鱼，那味道更是压倒性的，隔着好几个窗口就侵略到鼻子下面来了。碰到落雨的日子，夜饭的香味在潮湿的空气里仿佛飘得更远，更像是一个回家的呼唤了。我们两个人打着一把伞，勾肩搭背从一个个石库门口的烟火气里走过，肚子饿得叽里咕噜地响，塑胶的套鞋上溅满了污浊的水迹子。

　　走完灰墙青瓦的大中里，一个左拐便是红砖红瓦的天禄坊了。这里的市井味道没有那么重了，也没有大粪池。家家户户门洞深深，彼此不相往来似的隔着距离，夜饭的味道也不那么浓烈地像是一个敞开的邀请了。有时会有邓丽君的小调从哪个红砖的窗户里飘出来，听不真切究竟歌声是从哪扇窗里来的，但那绵绵的温柔的、让人的心软成一汪湖水的声音，分明是有的。我们常常当街站住了，听完那曲令人向往的《小村之恋》，就开始"不知道为了什么，忧愁常围绕着我"了。喜欢这种不健康的歌曲，学校里是不能提的，《新民晚报》新近刚刚批判过《美酒加咖啡》。我和牟玫互相挽着手，一边心照不宣地喜爱着这"靡靡之音"，一边想着各自的心事。有点渴望一段忧愁的来临，却又并不确切地知道到底为什么忧又为谁愁。走完安静的天禄坊，来到人声鼎沸的南京路上，我们微笑着互道"再会"，莫名的忧愁，就被抛在脑后了。

也不是所有的时候都这么安静走路回家的。路过教我们平面几何的杨老师家门口的时候，我们就会疯笑起来。杨老师他年纪大了，却不肯戴老花眼镜，样样东西拿到手里都要推得老远眯着眼睛一边看一边猜。有天班上那个调皮的、笃头笃脑的男生拿着一份作业请杨老师看："杨先生，杨先生，侬拿这只答案读出来好伐？"杨老师便把这答案推得远远的，眯着眼当着全班很响亮地读了："7475787"（在沪语里，发音跟"吃尿吃屎吃不吃"一样）……他还没有把这串数字读完，下面已经笑得岔了气。"杨先生哪能会真的去读的啦？"我和牟玫总是又好笑又奇怪，笑得浑身打战。

从对时事老师有新的看法开始，我们俩要好了有一段时间了。大中里和天禄坊里，天天都留下了我们的脚印子。可是我们还没等来青春的忧愁时，成长的麻烦却来了。到了初三，我们的初潮一前一后地来了。在最初，我们常常有可怕的、像是惹怒了某个神灵一样的血迸。好在过了一段时间，我的周期正常了，可是牟玫的大出血，似乎是她周期的一个常态。她常常脸色苍白地坐在教室里，告诉我这个月又用掉了多于常人好几倍的卫生纸。然而我们谁都对此没有太过在意,除了她需要问父母多要零花钱买卫生纸之外。我不就是自己好了吗,她也会的。

　　我们初三的教室搬到楼上了。这下非但大粪池的恶臭可以留给低班的学生去受罪,连石门路上梧桐树的树干,都伸到我们教室的窗前来了。每天用刚刚迈进青春的脚步,搭着绿色的扶手、在灰色的楼梯上跳跃而上的时候,我们心里充满了成长的骄傲和喜悦。都说要好的女友之间,到最后就是周期都会接近的。果真这个说法不是空穴来风,我和牟玫常常在同一个时间段不用去晨跑早操,于是我们常常一起站在教室的窗口看梧桐叶子。初三那一年春天里的梧桐树,有着异乎寻常的美。春季开学的时候,那些叶芽儿先是嫩绿的鹅黄的一点点小,不留意的话,还以为树枝都还是秃着的。隔两天再看时,突然发现它们都悄然挣脱了束缚,把叶子像是孩子的小手一样撑开了。那些孩子的小手掌,日日夜夜都在赶着长大。在绵绵的春雨里,每一张小手掌都很乖地倒挂着。它们密密地排着队,安安静静的,却对生命充满了无限期待的样子。有时雨丝在树干上积聚成一颗很大的水珠落下来,打中了一片叶子,那小手掌便急切地摇动起来,可是它摇了几下就停下来,又回到安静地等待的队列里去了。我和牟玫望着这些叶子不言语,彼此都体会着青春期里成长的甜蜜和痛感。身上和心里,都有些什么东西隐约在紧张、在骚动、在疼痛,像是要挣破芽苞自由伸展躯体的小树叶,对最终将要面临的大人的世界充满了不安的期待。

二

　　高一的时候,牟玫去隔壁中学读书了。没有机会再一起挽着胳膊回家，星期五下午团支部开会的时候，成了我们见面的时间。虽然入团是每个好学生都积极争取的事情，有些表现好的，初中就已经光荣地进步成团员了。可是我和牟玫对"入团"这件事，就好像对抽粪时不能关窗一样，本能地觉得别扭。我们才不去管"进步"还是"落后"的标签，如果要做成三好学生，是需要忍受开会讲自己不想讲的话，那么说我们落后，也就落后罢。星期五下午，当团员和争取入团的同学们热烈地讨论社论的时候，我们在牟玫家里随着性子玩别的东西。

那些年旧时翻译的外国诗集大量再版了，有一度我们迷上了普希金。我们在家各自先读了诗集，到星期五碰头时，就挑一首自己喜欢的来朗读给对方听。牟玫的视野就像她的身量一般广阔，她钟爱气势浩瀚的《致大海》，或者乐观积极的《假如生活欺骗了你》。我虽然能够欣赏她的推荐，但是本能里总是喜欢伤感的情诗，或者像谜一样的《一朵小花》。为了那朵小花带来的许多忧伤的疑问，我还特意在爸爸的花盆里摘了一朵茉莉夹在那首诗的书页里。

不读诗的时候，我们也有许多知心话可以讲。在爱情还没有降临的时候，青春期里脾气相投的同性好朋友，是比父母都还值得信赖的人。一定是我们之间友爱的加深使得她更信任我了，那天她把阿娘支开，锁上房门，突然告诉我说："其实我不是我爸爸妈妈生的，我中间的名字'牟'是自己爸爸的姓。"怪不得！本来就奇怪她的名字里这个怪字的，本来就奇怪她个子比她爸爸还高的。这是她第一次让家庭之外的人知道这个秘密。想来这个天大的秘密压在她的心头许多年了，想来她想找一个人释放她心头的压力已经许多年了，想来她确信我不是一个"我给你们讲桩事体，你们勿要去讲给人家听噢"这样的女生。她的信任让我很感动，一时里我也想分享我内心深层的秘密回报她的信任，可是我实在没有什么惊天的秘密可以拿得出手的。

读完诗，讲完知己的话，差不多就是外国音乐节目的时间了。我们臂膀里抱着她家的半导体收音机，开了窗立在阳台上，一边听音乐一边眺望城市的远方。托赛里小夜曲里的那支曼陀铃的颤音，撩拨得人的心都跟着一起颤抖了，而《沸腾的生活》里的那只电子合成的海鸥，呜呜地呼唤着，驮着人就盘旋到沸腾的城市上空去了。唉，唉，如果我们之间永远是这么彼此信赖的，永远是这么友爱的，生活是多么美好呢！

高二结束的暑假里，正在读大学的哥哥天天给我洗脑子。他说这个"团"迟早还是要入的，大学生里是没有非团员的，所以大学里所有的活动都是以"团"的名义办的，不是团员等于是没有机会参加任何集体活动了。"啥信仰不信仰，你去想这许多做啥呢？"哥哥是他们大学的学生会主席，党员都老早已经做了好几年了。高三开学的时候，我于是写了一份入团申请书。过了不久，星期五也要跟着一起去学社论了。

最后一年的高中，大家的功课都比以往紧了，我和牟玫已经许久没有时间一起玩了。再见面时，她意外地发现，我已经变成一个也要去学社论的团员了。对此她的反应非常强烈，觉得我一个人先去入团，是对我们友情的背叛。天知道我没有要瞒着她入团的，我只是没有想到要跟她商量，也没有及时告诉她我的决定。我搬出哥哥的话来想解释我立场的转变，"只是为了大学里和大家玩便当一点"。牟玫不大肯听，她很犀利地批评："你下趟为了便当就会随便放弃立场了。"

我是不大听得进批评的人，对她的指责我想生气的，但是又觉得她说的是对的。我只是想，入团不算太伤天害理的事情，她的激动有点太幼稚了，不过我没再说什么。不是什么都说的友情，就是生分的开始了。

三

我和牟玫是考上同一所重点大学不同系的。当我们的父母在因为听到"你家妹妹本事很大"这样的评价而开心无比的时候，他们永远不会知道，刚入大学的那段日子，其实在他们的妹妹的人生中，是最灰暗的。我和牟玫对凡事都有着多于常人的敏感，却并没有安抚这种敏感的成熟。大学里所有的东西都让人害怕：那个数学竞赛在他们省里拿过一等奖的男生、那个文艺晚会上能歌善舞的漂亮女生、学校的文学杂志上那些铿锵有力的诗句，还有那个总是阴沉着脸、难以捉摸的指导员，他在新生开会的时候大声呵斥"高分低能"，那我们是不是刚好就是那些本来低能却以高分混进来的人呢？在开学最初的兴奋期过后，我和牟玫其实都有些抑郁的症状了。我们偶尔见面，大家都心事重重，笑容也不常有了。

每天日落时分，学校的广播站总是没完没了地播放 Joan Baez 的 *Sailing*。"I am sailing"，开篇的时候，一个女声在那里反复地吟唱。可是她的声音在汪洋大海上是这样的孤单，只有一把孤零零的电吉他陪着她，真让人觉得这条小船是挣扎不到大洋彼岸就会沉下去的。等到后面乐队的锣鼓喧天伴随着众声合唱铺天盖地压过来的时候，怎么倒是让人觉得，是汪洋大海上的滔天巨浪快要把小船掀翻了。是的,我感觉我要沉下去了,在这个灰色天空下的灰色校园里,我紧张得不能呼吸,就要沉没到灰黑色的海底去了。我和牟玫在校园的操场上漫无目的地乱走,秋天黄昏里的狂风,刮起操场上的煤渣,直吹到人的眼里去。我眨着眼睛流着眼泪想把渣子冲出来,用手帕去抹煤渣的时候,却觉得无助真的哭了。

第一个学期很辛苦地挨过去了。功课上其实没有那么难的,难的是总也赶不走这孤独的在汪洋大海上挣扎的感觉。牟玫比我聪明,她更敏感,更不懂得放松,所以她的适应更艰难。其实她的课本都有花时间在读、在画重点,可是她的重点画在了所有的句子与句子的转折词上。我知道的,她其实什么都没有读进去。寒假里去她家玩的时候,她告诉我她的大学物理不及格。我听了长久地沉默。她不是简单的聪明,那种一拍桌子就能把上下五千年的朝代滔滔背出来的聪明,她是一个有慧根的女生,可是在"账面"上,她是不及格的。

读书的日子一天一天挨得很慢,学期倒是很快地一个一个都过去了。当我们各自有了男朋友以后,彼此的联系就减少了。只是有一段时间,我们不约而同到"教一楼"顶层晚自习的时候会遇上。那个顶层的教室,不知什么时候成了恋人们专用的晚自习的地方。想来看到隔壁桌上卿卿我我的这一对对,孤吊一人的同学,一边看了反感,一边也就自动回避了。在没有旁人在的教室里,是时常会撞到一对恋人在那里难分难解地拥吻的。在我和牟玫很尴尬地撞上了彼此的亲热以后,有一天她突然问我:"你是不是很想结婚?"说这话时我们站在"教一楼"的露台上,脚下正是三号门外一大片一大片的棚户。我很意外她问这样的问题,是因为下面那一大片杂乱昏暗的万家灯火引发了她想成家的念头吗？对于我来说，成家是非常遥远的事、是大人的事、是跟那个年龄的我一点没有关系的事："我从来没有想过要跟我的男朋友结婚的。"

"你这个人是非常虚伪的。"这是在我的记忆中，牟玫留给我的最后的最重的指责。我花了很长的时间去想她为什么这样指责我。有一天我突然想明白了，她的"结婚"是指合法的性生活，而我的"结婚"就是成家，怪不得她说我"虚伪"。我没有再去找她解释这个误会。那个时候，我已经没有那么看重我们之间的友情了，有许多更重要的事情在前方等着我，她误会不误会的已经没有那么重要了。

四

在出国最初的两年里，我们都还有通信的。最后一次交流的时候，我告诉她我打算读博士。问起她是准备出国还是生孩子，她回信说两个都没打算，"因为病了"。病了？二十几岁的人，无非得个感冒罢了，能有什么病呢？我没有把这病放在心上，只是我们从此就失去了联络。

十多年前，我们这些失散了许多年的中学同学开始大规模地聚会了。从那时开始，每次回家我都想找牟玫，可是每次回家总是时间不够用。"等下次吧"，每次我总是这样对自己说。随着互联网的发展，聚会上找到的同学越来越多，可是牟玫从不在其中。问起同学，回答总归是个"不晓得"。

我越来越想念她了。走过越多的地方，认识越多的人，就越发感念她真挚和直率的可贵。在朋友里，她是一直扔给我重话的那个人。有的朋友稍微说我一下，我就恼了。可是牟玫的重话却从来没有真正地让我生气,因为她聪明、因为她真诚,所以她的重话总是准的。即使有误会,误会背后的逻辑也是合理的。二十多年不见了,我多么想和她分享彼此这些年来对生活的感受。我知道我们的交流是不会让人失望的,无论我们分别在不同的环境里浸润多少年。因为,在小时候,对于诗歌我们曾有过那样相似的天真的感动,对于真假我们曾有过那样相似的本能的判断。本质的东西是不会因为环境的改变而改变的。

等到通过辗转了又辗转的渠道打听到牟玫的下落,才知道她在十年前就已经过世了,是血液病,就是从二十多年前她写信告诉我"病了"的时候开始的。那么就是说,当我们其他失散许久的中学同学们,因为再次相见而激动地拥抱尖叫的时候,她在病床上奄奄一息地挣扎。那么就是说,当我把寻找她的计划一次一次往后推移的时候,她其实已经等不了我多久了。

得到这个消息的那晚,我在父母家的淋浴室里放声痛哭。我既不知道她病了,就连她的辞世,我也过了十年才知道。我的友情对于牟玫来说又有什么意义呢?我想念她,又责备我自己。我的眼泪混着花花的流水转眼就旋入污水槽里去了。我想起了我们初潮来临的年龄里,流血不止的牟玫脸色苍白地坐在教室里的样子,那个时候其实就是病灶的开始了。可是我们那么年轻、那么天真,谁都没有在意,她连父母都没有告知。原来,在那一个万物生长的春天,在许许多多安静地排着队,等待着长大的小树叶里,她就是被沉重的积水打中的那一片。

我常常想起牟玫。梦见她的时候,她还是住在上海新村的弄堂里。她还是从前预备对我开口讲重话的那一副严肃的样子，不同的是，她总是穿了病号服，要不就是躺在病床上。只是慢慢地我不再责备自己没有回去看望过她了。这些年来，如果我带着幸福的爱情去看望她，如果我带着可爱的孩子去看望她，如果我带着学业和职业的满足感去看望她，我知道她是会为我感到开心的。但是我不能肯定，我离开的时候，敏感的她内心是平静的：如果你少女时代的朋友在兴兴头头地生活，而你只能躺在病榻上毫无希望地等待奇迹的发生。我的消失也是好的，我宽慰自己说。

今晚，我又想念牟玫了。从书架上取下泛黄的《普希金抒情诗选》，翻到《一朵小花》的那一页，我早已枯萎的小茉莉，居然还在。我记得那个夏天里，爸爸的花盆是有点淡淡的臭味的，那是因为刚刚在泥里埋了鱼肚子的关系。我还记得，满盆开放的小茉莉给小小的家带来的满屋子的清香。我摘了一朵放在茶杯里，又摘了一朵夹入诗集。我更记得，在牟玫家读诗的时候，还新鲜着的小茉莉掉在书桌上，我小心翼翼地捡起它时，她嘲笑我说："你这个人，有辰光是蛮蛮的。"

牟玫，我知道你和你的养父母都已经过世了，现在可以把压在你心头的秘密说出来了。我不知道你们葬在哪里，不能在清明时节到你的坟上献上一束鲜花，那就让我把这朵普希金的小花送给你吧。这首诗，你小的时候是听我读过的，现在如果你能再听到我的朗读，你应该知道的，是我来看你了：

《一朵小花》
我看见一朵被遗忘在书本里的小花，

它早已干枯,失掉了芳香;

就在这时,

我的心灵里充满了一个奇怪的幻想:

它开在哪儿? 什么时候? 是哪一个春天?

它开得很久吗? 是谁摘下来的,

是陌生的或者还是熟识的人的手?

为什么又会被放到这儿来?

是为了纪念温存的相会,

或者是为了命中注定的离别之情,

还是为了纪念孤独的漫步

在田野的僻静处,在森林之荫?

他是否还活着,她也还活着吗?

他们现在栖身的一角又在哪儿?

或者他们也都早已枯萎,

就正像这朵无人知的小花?

(作者: 普希金,翻译: 戈宝权)

小豆豆

　　高中毕业的暑假里，有一天下午我在家中打瞌睡。昏头昏脑睡得正香，一名手执黑布长柄伞的男子推门而入，我被吓得一个翻身就坐起来了。还没来得及睁开惺忪睡眼，黑布伞自我介绍是大学一年级新生的指导员，他是来指派我去接待外地来的新同学的。

　　按幼稚程度来讲，其实我自己更需要入学后在生活和心理上被接待，然而既是指导员派下来的任务，我还是一早搬去宿舍，兴兴头头接待照顾外地同学去了。新生接待站设在香花桥校区新大楼底层的教室里，我那天的任务是，每来报到一个人，我便负责把他/她的名字圈掉。精密仪器系的两个班，来了好多漂亮女生。我们的班主任于老师和苏老师互相往对方的女生堆里瞄个不停，一惊一诧地把自己这一堆里的女生赞个不歇，仿佛选美比赛现场似的。但是对不起于老师得很，我们这一班显然输得一败涂地。

　　那厢两位人到中年的女老师在热热闹闹地物色漂亮女生来做文艺委员，我这边老老实实地埋头帮她们圈名字。这时教室门口犹犹豫豫地冒出一个高个子男生的头来。确认了这是他该来的地方以后，他整个人就幅度很大地轰隆轰隆一路撞了过来。他每一脚都扎扎实实地踩得稳稳的，仿佛脚下是泥地似的。当他撞到我跟前与我很认真地一对眼的时候，我就想大笑，但是我拼命忍住了,知道这指导员派定的场合,是万万疯笑不得的。然而要忍住笑真的很难,我只好快快地问了他的名字,趁着面对那张纸圈名字的当儿偷笑了一阵。

后来我发现我们班上的女生都跟我一样,觉得这个男生很好笑。刚入学的时候,我们女生常常在宿舍熄了灯以后议论男同学。讲起他时,我们给他取了一个绰号,叫作"小斗斗"。虽然他并不是小个子,女生们"小"他,想来是觉得他可爱的缘故。"好笑"和"可笑"是很不一样的,"好笑"是有可爱的成分在里头的。果然,过了一段时间,"小斗斗"变成了"小豆豆",愈发是个可爱的绰号了。

小豆豆功课蛮好的,字迹也像女孩子一样工整娟秀,很衬他家乡的名字"兰溪"。其实对从前有点文艺腔的上海女孩子来说,一个从上海的工人新村,比如闸北旱桥长大的男生是不会让她产生什么幻想的,倒是江浙一带背景的男生会让她生出天马行空的想象来:徐志摩、戴望舒、郁达夫不正是这一路的吗?读到大三的时候,小豆豆功课似乎不如前些年那么好了。我男朋友跟我说,小豆豆分心写武侠小说呢,都已经写了大半本了。是吗?也不见他在《新上院》《寸草》这些了不起的校刊上整出什么动静,私底下倒有笑傲江湖的架势嘛,果然是有徐、戴、郁那样的真功夫哇。

可惜剩下的小半部武侠演义最终也没有听到下文,再听闻同学讲起小豆豆时,是他得了肝炎,被关在门口校医院的隔离病房里了。我们女生去他的宿舍探病,大家都站在离他两米远的地方,手插在口袋里不敢拿出来。因为这个病,他是要留一级了呢。小豆豆看上去愁眉苦脸的,鼻子、颧骨和眼睛都愁得尖到一作堆去了。

离开隔离病房时,我想他现在走路大约没有力气再狠狠踩他脚下的地板了。

我们早他一年毕业,各自先散了。原以为小豆豆功课不错,下一年会考研究生的。没想到他医好了肝炎,放弃了武侠大梦的同时,连硕士梦也一同放弃了。

再见小豆豆,我们大学毕业都十年了。那一年我路过深圳,跟几个大学里的老同学碰头。那天杨红宇、罗筱平来了,娄志祥从上海来了,小豆豆也来了。我们在一个农家乐里吃饭,餐厅包房的门窗上挂了好多大蒜、辣椒那样的装饰,看上去都有点假。倒是看到眼前这些亲爱的同学们,觉得大家毕业十年以后各自的成熟是货真价实的。吃饭的时候,男生们讲了好多有色笑话。从前在交大校园里也有过胡扯的时候,可那时谁敢如此放肆地涉及这种话题呢,过了十年大家都肆无忌惮了。我大笑的同时既觉得有点陌生又觉得非常感慨:想来当初那些单纯的孩子们,在各自散开到了社会上以后,都结结实实地"生活"过了。只是这一路,大家都走得还顺利吗?

从前写字那么工整娟秀的可爱的小豆豆,那天也积极贡献了一条跟《水浒》和《三国》的人物相关的有色谜语。我们大家只猜得一个"宋江"便没了头绪。当小豆豆揭晓谜底的时候,我们几个爆笑到连餐厅的屋顶都要掀翻了。我抬头看了看包房,这屋顶像是跟隔壁房间连通的样子。我一边担心隔壁那一桌听到我们的笑话如何还能安然用餐,一边不由得从眼下的水泊梁山想到了小豆豆从前的武侠故事。而他架了一副金丝边儿,俨然一副大人模样,不再是来自兰溪的一粒青涩的"小豆豆"了。我看他鼻尖笑得红红的样子,当年那个未完成的武侠故事的结局,恐怕他自己都已经忘了吧。

——写给我们交大精密仪器系同班六十粒曾经的"小豆豆"——

想念一些朋友

很久不见那些一起写字的朋友了。早些年,我在网上一个小小的文学社群里玩,群里的文友把那个地方叫作"庄"。庄里有许多我喜欢的作者,而我自己写的东西,无论是获得批评还是赞扬,总有被点中穴位的感觉,这让我很感激。后来因为自己工作上的烦心事,就没有心思再去玩。最近回到庄里看看他们,发现庄子原来已经散伙很久了。

过耳风是庄主,她是学德语的,嫁给德国丈夫以后就移居德国去了。我非常喜欢她的文字。她的叙述表面上潇洒坦诚,但字里行间隐藏着一种很深的生命的痛感。常常读完她的文字后,我有种想痛哭一场的愿望,不为自己也不为她,只为生命本身无解的痛苦。前几年去德国玩,我并没有联系她,走在路上却东张西望的,总想碰到一个牵着两个混血男孩的中国女人。最近哪里看到说过耳风的小说得奖了,真是由衷地为她高兴。应该的,这么有天赋的女生。她的小说一上手就写出了性欲,不是热烘烘轻飘飘的那种,是寂寞的、疲惫的性欲,以让人窒息绝望的人生做底子。

娅米大概是中文系硕士毕业的吧,以前大家总以为,聪明人都学理工去了,学文的,是剩下的那些脑子不大灵的。虽然在某些情况下这是对的,但是从娅米那里我再一次感到:其实学文的当中那些真正聪明的脑子,他们对生活深刻的领悟以及富有灵性的表达,是大部分学理工的头脑及不上的。因为生活的感悟是抽象的,是没有数学公式可以描述的,比起一般的理工职业,需要更高层次的抽象思维能力。娅米就是这样一个让人赞叹的聪明人。她的文字其实就是一个"静"字。她诗意的叙述以及冷静的观察,以她的忧伤为底色,带着一股平静但是巨大的力量,让读者忘掉嘁嘁嘤嘤的忙碌和生计,跟着她一起安静下来,安静下来倾听、思索、读书、表达。

豆汁我猜是未名湖畔的女才子,可惜在庄里玩的时候我对诗歌的兴趣不是很大,错过了她的诗,也错过了与她的交流。最近回头再读她的诗,我被她的那组《纽约哀歌》震动得热血沸腾。一个柔弱的苏州女性,却在长长的组诗里表现出持续不断的、雄性一样的爆发力,她的思考和表达的能量是从哪里得来的? 那些诗句,与人、环境、生命和神的对话,自由又合理地穿越,而她在古诗词上的修养又让她委婉的深情和浑厚的力量有了优美而丰富的表达。怪不得当时庄子里有人很崇拜地说,豆汁的诗如果成书,是应该放在书架上最崇高的位置的。前一段时间在他们《未名诗社》的微信平台上看到这组诗,我才确认她原来是北大的,只是看起来这几年前写成的组诗到现在都并没有机会被发表。

发表,是需要经营的一件事。而写作,尤其是写诗,完全是另一码事了。写作本来该是件寂寞的事、是件让自己的心安静下来的事、是心安静下来之后做的事。是微信时代的交流特色吗,还是别的？现在在文字之外，我听到了无休止的噪声，这些声音让我悲伤不已。我想念当年庄子里安静写作的日子，那些消散不知所踪的朋友们，我想念她们。

乡关何处

乡关何处

一

　　等狗狗疯过了装神弄鬼的万圣节，我们就开始预备去上海的行装了。每年夏天都带狗狗回去看外婆的，但是这一次，因为怕世博会的人潮，我们没有去。然而也等不及明年夏天了，外婆电话里一再惦记："我多少想狗狗多少想抱抱他啦！"每年都长十厘米左右的个子，再不回去，外婆很快便不能把狗狗揽在怀里横竖乱亲了。那么就趁着感恩节的假期，搭头搭尾旷几天课回去吧。

　　秋冬之交时节，正是学期中，我一开始是上课后来便是教课，很少回上海的。上一趟这季节回家，还是多少年前做学生写论文的时候。那时的上海，还没有整个拆光了重来，父母和兄嫂还住在老房子里。而我那时靠的是一份奖学金，虽然觉得住在家里不习惯了，却还不舍得花钱住到宾馆里去。

　　拆光重来之前的上海，连城市的气息都不大一样的，早晚的温差似乎也不如现在这样大。深秋的早晨从缝着毛巾"被横头"的被头洞里醒转来，是觉得故乡的太阳已经升起在外头了。虽然知道这日头一整天都会照在那里，然而它永远在地平线那头青灰的尘霾里隔膜着，端的让人觉得凄惶。空气倒是很清冽，鼻尖是冰凉

93

乡关何处

的，却不觉得有寒意刺骨。我走在马路上，是去对面老虎灶边上的点心店买生煎。还没私家车这回事，驾辆摩托突突而过就已经很耀武扬威了。成群成群的脚踏车蜂拥到红灯那里停下来，又在绿灯亮起的当儿蜂拥往前去了。大家都忙，就我是个闲人，虽然是度假，心里竟也荒芜起来。在"丁零零"催成一片的铃声里，这深秋早晨的空气愈加清冽得让人发慌了。

生煎店的老板生了一张过目便让人遗忘的脸，然而他脸上的表情却是鲜明的。他不苟言笑，神情戒备又机警，像是随时预备支起胳膊肘把人顶开或者把东西抢回来。平常这样的神情是不多见的，上了飞机就骤然觉得这样的警备多了起来，及至下地则举目皆是了。老板往炉灶里添了煤，添完煤不及擦手便坐下来往肮脏油腻的绞肉机里塞肉皮，肉皮上似乎还有未拔净的猪毛。等待下一锅生煎的队伍把这一切都看在眼里却是一言不发。我们对万事警备又对万事苟且，要从蛮荒年代里一路生存至今，不这样大约也走不了这五千年吧。

一会儿长满猪毛的肉皮就变成了鲜美的汤汁。吃完生煎，用汉堡、比萨、热狗这些总也满足不了的食欲终于觉得"落胃"了。我要去楼上的卫生间擦嘴洗手，这先得去自家的房里打开楼梯灯。楼梯转角的墙上，横七竖八支着几只结满蜘蛛网的灯泡，那分别是属于我们和邻居的。楼梯的扶手上积累了经年的黑腻，我当心着不碰到却又忍不住多看一眼。白瓷浴缸里的污垢，厚重得让人震惊，仿佛这里曾经杀过一只鸡，鸡头颈里四溅的不是鲜红的血液而是黑色的污汁。浴缸下面铜质的老虎脚上，斑斑驳驳长满了像珊瑚一样的锈迹。这灰绿色的铜锈，看得简直让人心也跟着一起灰绿了。然而我抬起头来，却发现浴室的白墙上倒整整齐齐贴了一方洗得干干净净的白手绢。唉,在这脏到面目狰狞的环境里,至少还有这一面瓷砖墙是白净的,至少还有这一方手绢是清爽的。白手绢上细碎粉色的梅花,因为还潮湿的缘故,粉红得透明起来。这透明、细碎的粉红,像是淤泥的双手捧出来的花朵,看得真叫人心疼。这花朵多么像我们自己的人,一代又一代地繁衍,顽强又脆弱。在这个漫长的过程里,有那么多人为了想要得到更好的生活,都散落到遥远的土地上去了。我突然之间要哭,想起在外头的种种不易,然而那一刻并没有一个真心疼爱我的男人在那里,这眼泪就是流了也是没有人要看的。

二

从未有人预料到,上海会以这样惊动天地无法阻挡的速度大规模重建起来。而我自己离开上海之后跨越海洋的大搬迁,也是在出国之初从来没有想象过的。

重建之后的上海,除了旧时租界里几条标志性的马路和几个标志性的建筑,是一个全然让人陌生的城市了。它大得、高得、忙得、灰得简直具有胁迫性。发财的机会就仿佛是尘霾里的微粒,无处不在地悬浮在这个都市的上空。虽然不自在时拿上海人来开销一下一直以来都是一种普遍适用的心理平衡疗法,然而纯粹在嘴皮子上开销的治疗效用已经不大了,越来越多开销着上海人的人要来上海讨生活、买房子了。走在这个城市里,看到40岁以下的白领阶层,其实已经无法分辨这是上海人,还是开销上海人的人了。上海变成了全国的,甚而是全球的,这些年来被开销得连自己的方言也式微了,就算穿件睡衣上街,都不得不看人的眉眼高低。

而我搬来搬去的，心却反而慢慢安定下来。东南西北的，其实无论在哪个半球生活，只要英语不变，思维方式、行事作风便是相似的。搬多了我反而习惯起来，觉得"搬"，也可以是生活的常态。终于有真心疼爱我，又让我真心疼爱的人在身边了，不容易啊，真——的——不——容——易，但我反而却不再为自己的际遇委屈流泪了。是不是离开故乡、是不是在职场的江湖里沉浮、是男人还是第二性女人，我们被生下来就要活下去。在这个过程里，谁又是轻松的？谁又天然被赋予了发嗲的权利呢？

　　我们仿佛是一粒米，上海则好像是一锅滚烫的粥，落入其中便只有跟着一起急速翻滚，不知所以。而他乡于我们倒更像是一碗温吞水，浸入其中便徐徐沉到碗底。我们三个人在温水里沉静下来，连朋友都不大肯交了。是可以去中文学校结交朋友的，周末节假日里便可以有大队人马挨家挨户轮流去派对。然而人与人一旦交接，便会生出千丝万缕的牵绊，热闹是以失去散漫行动的自由为代价的。好在只要及时交税、按规章办事，在这里特立独行的自由散漫是不妨事的。

　　我们离家乡远了，离人群更远。从新年开始，到春节、复活节……一直过到年尾的感恩节、圣诞节，我们永远也只有三个人在一起。三百匹马力的越野车载着我们穿越繁忙陌生的都市，走遍偏远的崇山峻岭。在人迹荒芜的群山脚下、在被人遗忘的墓地里，那座最高的石碑下面刻着：伊丽莎白·麦考曲太太 1798 年安葬于此，时年 82 岁。两百年了，那个时候竟也有这么长寿的人啊？这长寿的麦考曲太太是从爱尔兰还是苏格兰坐帆船漂洋过来的？石碑开裂了，上面杂草丛生，麦考曲现在的后人在哪里呢？长着白色尾巴的小鹿，跟着鹿妈妈鹿爸爸从墓碑间左顾右盼地跳跃过去了，走到墓地尽头时，它还支起脖子来回望我们。麦考曲太太如果有后人的话，现在也该传到第十几代了吧。她不是名人，没有人记得她，连她的后代也把她遗忘在这荒郊野岭里。

我抬起头来看看天，深山里的天真蓝啊。白云在澄净得让人心痛的蓝天里悠悠地飘过，仿佛跟它好商好量的话，是可以跟着一起云游四方的。那么我以后就是葬在这里了嘛，跟这些不相干的爱尔兰还是苏格兰人在一起？或者还是回到苏州的东山去吧，奶奶和外婆是葬在那里的。在东山的墓碑上，每个头像都跟我一样长着平面的脸孔吊的眼。他们倒是一律谦和地微笑着的，到了墓地里，大家终于可以放下一辈子的警备了。我看看身边的狗狗，他正弯腰在墓地里找蚂蚁。一直以来，死亡最困扰他的就是："埋在地底下的时候，有蚂蚁爬到身上来咬那怎么办呢？"宝贝，你既然怕蚂蚁，那妈妈不如一把灰直接撒到海里去吧，如果我自己不在乎，又有谁会在乎。

三

我到底还是想念上海，又要回去看看了。这次，父母是住在从前上海的郊区了，但这郊区哪里还有半点从前郊野农村的样子呢？哥哥的新宝马在公路上格楞格楞地飞奔，公路两旁是茫茫无际的楼群。我觉得自己像是一粒尘埃，在楼群脚下被气流轰隆轰隆卷着走，就快喘不过气来了。上海马路上的好车真不少呀，夹杂在其中满身灰尘的货车也一样多。宝马在货车间穿行，货车上面扎得摇摇欲坠的货物，可不要掉下来砸到我们呀。格楞格楞，宝马跑个不休、没完没了的，两边还是高楼，格楞格楞，还是还是……终于楼房矮下去了,间或还有农民的房屋一闪而过,我们到了。

这个秋冬之交的清晨,我是醒在一条河浜边上的。河水绿央央的,不大游走。对面有个老人,一早就放副鱼竿在那里垂钓。河面上突然有细碎跳动的波纹,"那是虾",他们告诉我。不必自己去买生煎了,有阿姨买了端上来。父亲刚刚换下玄色的练功服,不及喘口气,倒又拿了笔墨说是要去学国画。有只野猫大大方方来到花园的桂花树下拉屎,拉完笃悠悠迈着猫步走了。间歇听见母亲在花园里"哇啦哇啦"叫将起来,原来她方才遛了狗回来,那定期到美容院洗澡修面的宠儿,见到那堆猫屎就好像我见到生煎一样,眼珠一绿便挣脱绳锁扑上去了。

这是跟我有关联的家吗?这河浜、这花园、这宠物?然而在大理石地板上转进转出的,分明是我的双亲。哥哥有这个能力和孝心提供给他们这么富足的晚年,还有什么能比这个更让我觉得欣慰的呢?狗狗赖在外婆的床上不肯起来,他手里抱着一只还暖着的热水袋,面孔让被头洞里的热气熏得通红。他枕在一只很旧的枕套上,那是母亲特意找出来的,"你妈妈小学三年级的时候绣的,她本事大伐?"洗得泛黄的棉质白布上有一大朵一大朵百合花,却是紫色的,倒绣得非常平整,出乎我的意料。我的本事真的不小呢。这是我唯一做成的女红,之后就再也没有心思了。我和母亲从来没有坐下来好好谈谈过,但是她的心里,也是珍藏了许多我成长的记忆吧。

住得这么远,到市中心看望朋友亲戚就非常不方便了。不认得路的人本来坐出租车是最好的解决办法,但是现在也不行了。要么郊区的车去不了市区,要么讲崇明话的司机指望我带路,总算碰到认得路又可以去市区的出租,路却又堵了。格楞格楞,我们是掉落在钢筋水泥的灰色丛林里了；格楞格楞，望不到尽头的车龙倒让人等得连坏脾气也变好起来。

"啊呀，那么侬就搭班车到地铁站呀，上了地铁嘛就啥地方都好到了，很便当的。"他们老是讲"很便当的"，讲得多了连自己也相信住得那么远是"很便当的"了。然而我倒是也喜欢坐地铁的，我喜欢在摇摇晃晃的地铁里看人的脸。

眼前这个女人二十来岁的样子，油腻腻的头发一缕一缕在围巾上擦来擦去，那豆沙色的围巾也是织成一缕一缕的。她像是一个小保姆，又或者是哪家饭店的服务员。她屁股靠着栏杆，驼了背，两只脚支出去老远。初时她是蹙着眉不甚友好的，忽然之间眉目展开奶声奶气起来："那你叫妈妈呀，叫了妈妈过年就有玩具玩。"她温柔地笑着，紧贴着手机说悄悄话，仿佛想把笑容也贴到手机里传到那头去。那头是她的孩子吧，孩子太小不能带上来打工吧。那么带孩子的人还可靠吗？我兀自猜想起来。

对面坐着的女人像是五十来岁了，却剪了一个童花头，整齐的前刘海底下是一副浓眉大眼。眉和眼线都文过了，越发弄得眉眼一团黑青凶相起来。她带了许多行李，有些用脚夹住，有些放在身边的座位上，于是一个人坐了两个位子。看见我和狗狗站在那里望着她仿佛想坐的样子，她翻了我们一个白眼即看到别处去了。

歪着身子斜靠在车门边上假寐的那一个，必是工地的民工无疑了。他倒是穿了一套西服呢，只是西服脏得看不出原来的颜色。他的头发像乱草一样蓬在脑后，上面落满尘土。这头发让我想起了高架桥下面种着的草垛，一条一条纤细的草茎蒙着厚重的尘土，在这个城市永不止歇的隆隆声里顽强地震动，惊心动魄得让人的胃里翻江倒海。

我看着这一车的人,这一车和我有着同样血脉的人,种族的温暖像潮水一样涌上来,鼻子一酸那潮水就要从眼里漫出来。我忙低下头来看狗狗,他仰着小脑袋,在那里吃力地辨认门框上的站名。他识的中文字不多,加上拼音和英文,方才能认出我们要到哪里去。

　　很快又到了离家的时候。一直来来往往跑惯的,情绪上大家都波澜不惊了。只是这一次,在候机大厅里还好好的,飞机一滑动的时候,狗狗就开始大颗大颗落眼泪。"不想离开上海?"猛点头;"想外婆了?"猛点头;"美国太寂寞了?"猛点头。"那春节时妈妈给你买张直航的机票,你自己一个人回去好不好?"这下他点头没有点得那么肯定了,依旧呜呜地抹眼泪。我打开了椅背上的小电视,屏幕上显示飞机才转了一个方向,刚刚把机尾对准上海。我们还没离开多远呢,他倒已经不舍得想着要回来了。我抱住狗狗的小肩膀,等他平静下来。终于他哭得累了,歪身在狭小的座位里睡着了。

　　飞过海洋、飞过山川,我们终于飞到了地球的另一头。下了飞机,眼前的光景即刻是不一样的了。这里的人衣冠楚楚、气定神闲。招牌上的文字,狗狗不必费力辨认,就都可以看得懂了。一切都是熟悉的,太熟悉了以至于我知道,我们跟他们,永远是隔着的。爸爸已经在外面等着了,他和边上等着的人长得是不一样的。大门拉开的时候,一阵北风刮了过来,狗狗马上躲进爸爸的怀里,我们三个人紧紧地拥抱在一起。

檀香盈袖

　　已是来到阿城的第二个冬天了，早已习惯了每个周末去中国城买一个星期的食用。今天蹩进街角一家名叫"香港"的杂货铺，在一堆真正的杂货里，一眼瞥见久违了的上海蜂花牌檀香皂。实在是难得的老相识了，我欣然买了一条，等到回家才发现，那塑料包装上已积了薄薄的一层灰。也难怪，在这个巴黎香水风行的时尚里，还有谁能记得檀香的芬芳呢？更何况在这个离家千万里的异乡！

　　可是在当年的上海，檀香皂并不是一件等闲的东西。在那些一毛钱也要当心着花的日子里，我记得我们常用的，是比檀香皂要低一个档次的"白丽"香皂。据广告上说，用了那个东西以后，是会从"今年二十"变成"明年十八"的。

　　在我出生的时候，一幢三层的楼房，虽然叫作"Marks Terrace"，却被五户不同姓的、与 Marks 家完全不搭界的人家住着。我们排队轮流等着用 Marks 用过的浴室，那个印着"H"字样的龙头，从未流出过半滴热水。而为了好让家里安置下一张妈妈渴望已久的三人沙发，墙角的壁炉也只得铲平。反正我们从来不曾被炉火温暖过，在上海阴冷潮湿的冬天里，一向都是捂着"烫婆子"也还是要生冻疮的。

在那样物资贫乏的日子里,冬天时我们的个人卫生是只能一个星期大扫除一次了。记忆里每一次洗澡,都是花几分钱去老虎灶买开水的。那个大嗓门讲苏北话的老伯伯,一根扁担挑着两木桶开水,进得门来穿堂入室直闯浴室,一路上滴滴答答踩得满房间都是水迹子。每当这种时候,妈妈总是心疼地盯着她的打蜡地板,要知道我和哥哥进屋是要被勒令脱鞋的。不过面对苏北老伯伯,她是敢怒而不敢言,因为无论是讲理还是吵架,我们家都远不是他的对手,有麦克风帮忙也没有用的。

这样的冬天过了一轮又一轮,我上初中了。那时候教我们英语的,是一个学俄语出身的梁老师。梁老师长得小巧玲珑,谈吐从容。清晰地记得她在冬天的时候,总是把娇小的身躯藏在黑色的呢大衣里。装有暖气的教室在那个时候是无法想象的事情,我们总是穿着庞大的一堆衣服,两个人挤在窄小的椅子上。好在与我同桌的咪咪是一个极为温柔的女孩,我们相处得不错,总是她谦让我的时候多一些吧。

在我们女生的眼里,那一个冬天的梁老师,差不多就是一个时装模特儿了。因为呢大衣在那时可是很有派头的装束,小孩是不够资格穿的。妈妈也有几件的,那似乎是外婆留下来传家的宝贝。妈妈总是非常当心她的这几件家当,每年的黄梅雨季过后,我都要帮她把那些厚重的大衣搬到太阳下暴晒了才收到樟木的箱子里头去。家家户户在院子里晒冬衣的时候是非常可观的景致,邻居的好婆会趁机过来估量一下各家的家底。"这几件大衣好料作,英国呢,现在市面上买不到的。"她踱到我们的那一摊,很内行地下了结论。隐约记得大衣里面那些印着繁体字的缎子商标已经泛黄了。那个买得到英国呢、用繁体写字的年代,在我年少的想象里是有一点神秘和奢侈的。是否那个时候 Marks 洗澡,只要打开热水龙头就可以了?

平常的日子,妈妈是舍不得碰那些"英国呢"的,只有逢年过节的时候她才会穿,然后心疼地挤上公共汽车去拜客。我总是很羡慕妈妈对着镜子顾影自怜的样子,觉得那种硬邦邦完全没有线条可言的剪裁是美丽的。暗地里我盼望着快快长大,长到可以结婚那么大的时候,这些呢大衣和樟木箱就轮到传给我了吧。虽然在那个年龄,心理上和生理上都不觉得有恋爱的必要,但是为着这些宝贝,姑且结他一次婚好了。

初中的日子过得单纯而安心。我们没有赶上崇拜歌星和影星的时代,也没有层出不穷的潮流杂志来干扰我们除了读书还是读书的简单。那时候让我心仪的,是梁老师的气质。她讲话的方式是缓慢温柔的,罩在黑呢大衣下的步态是优雅飘然的。有一阵子她做了我们的班主任,那段时间的早自习就自然用作英文补习了。补习的内容总是朗读,老师读完一句,全班同学跟一句,没有别的花样。印象当中梁老师的发音似乎并不太标准,即使是作为一个初中的小孩,这也是不难分辨的,那时我已经跟着哥哥在读电台的英文中级班了。

朗读的时候,梁老师总喜欢在教室前面点着轻盈的步子飘来飘去,即使是僵硬的黑呢大衣也罩不住她的飘逸。我的个子小,坐在第二排。星期一的早自习,每当梁老师飘到我们身边来的时候,总是送过来一阵若有似无的清香。这时咪咪就会碰一下我的手,我们心照不宣地相视一笑：梁老师是习惯每个星期天洗澡的，用的是檀香皂。

其实那时的上海也不见得完全没有时髦的潮流。再封闭的社会，总还是有一小部分人不愿安于平凡，要搞一点标新立异的花样，而大部分的人则不甘心有人与他们不同。因着这不安和不甘，于是就有了时髦和潮流。总之，大街上出现喇叭裤了；手提式的四喇叭录音机音量放到最大招摇过市；有人戴着墨镜，上面的商标是不可以撕掉的。只是在那个不懂得打扮也不觉得有必要打扮的年龄，对于潮流，我的反应不仅迟钝而且抵触。我和咪咪是拉过手指发誓不涂口红的。逛服装店或布店在我们眼里是没有品位的行为，清高的我们上街从来只去书店和图书馆。那时最让我们关心的，是考试的名次，排名落后了那是比没有漂亮的衣服穿更加让人伤心的事情。

当然不是所有的女孩子都如我和咪咪那样书呆子，班上有几个女生迟迟疑疑地试探着套上喇叭裤了。不知道是不是这几个爱打扮的女生刚巧成绩比较差的缘故，这几条裤子立刻引起了校方的重视。星期五下午照例是开班会学政治的时间，要梁老师谈政治实在是有些难为她了。她没有把喇叭裤牵连到政治觉悟高度的本事，但她却轻描淡写似的看了我一眼，说出一段我至今记得的话："你们看寒胭，穿着格子布的衣服，梳着两条小辫子，斯斯文文，清清爽爽，多好看。"

在毫无准备的情况下，当着全班的面被点了名，虽然不是什么坏事，害羞的我还是红着脸低下了头。

跟着梁老师朗读英文的日子渐渐地淡去，淡得如同日落后的群山,虽然分明存在,却已依稀遥远。如今在异国他乡,我自己也成了一个老师,每天都用着当年她教过我的语言。虽然面对几乎是清一色高头大马的男同事和男学生,我仍然会有害羞的感觉,但是我还是变了。我没有信守跟咪咪一起立下的誓言,梳妆台上竖起了一排口红。工作压力大的时候,逛时装店买衣服似乎成了我减压的方式,而这是我从前认为上不了档次的消遣。我也几乎忘了我曾经等不及地要长大,以结婚为代价去继承外婆传给妈妈的宝贝。离家不过十年,电脑从286一路更新换代到PT4;偶像明星多如牛毛一样竖在那里,还来不及挑一根来崇拜,新毛又长出来了。回到故乡,我的冬天要用"烫婆子"的上海已经豪华繁忙得面目全非了:樟木箱和呢大衣不知去向,老虎灶也变成了酒吧,谢天谢地,Marks Terrace还在,虽然已被高楼大厦围得严严实实。

而这十年间,我拿过三本不同国籍的护照,转了几间大学。我们还来不及珍爱辛苦到手的东西,新的诱惑又劈头盖脸地砸将过来。"一直往前走,不要朝两边看,你就能融化在那蓝天里",有这样的定力和能力吗? 在这个仓促发展的时代里,个人生活的动荡,无奈而又必然。

只是今晚月色有些朦胧,洗完澡靠在沙发上,四下里寂静无声。两层楼的Terrace,如今却只有我一个人住。壁炉里闪烁着温暖的火苗,空气里有檀香浮动。我想起了当年梁老师和她在批评喇叭裤时不经意地点到我的那一句话。我已经不梳小辫子了,但还是斯斯文文、清清爽爽的。但愿我老去的时候,也能老成一个斯斯文文、清清爽爽的女人。

秋凉是留不住的暖意

开学的那天还暴热着,下午等孩子的校车回家时,青天里的白日明晃晃刺得我睁不开眼来。不曾留意是哪一些安静的夜里落过雨了,清晨从门前的小道驱车而过,发现路旁依旧郁郁葱葱的林子里,倒有一两棵树干上的叶子,像小姑娘难为情的面孔一样,先已经红在那里了。

又是初秋了。四季里,这是我最喜欢的时光。秋风乍起的时候,那种清凉的感觉,像条小青蛇一样,"倏"地一下子就能钻到人心里头去。可是这凉意,是带着一团温暖来到我心里的,因为我总能在秋意沁心的当儿,依稀看见童年的自己,裹在一床薄薄的粉红色的绒毯里。

上海的秋天和美东的一样,说来便来了。席子还没来得及收起来呢,秋风倒已经吹得梧桐叶子一片一片缠绕在行人匆匆的步履当中了。小时候家里睡棕棚床,夏天的时候棕棚上面直接就放一张席子。那张席子是细细的竹篾编的,深浅不同的紫绛红编成格子。席子的四周包着一条深紫绛色的油布,因为年代久远的关系,那条布的线头已经脱落了。掀开油布,就看见一圈还没有被皮肤接触过的席子,那紫绛红像是新鲜的生命,还艳着。

秋意来临的时候,虽只是浅浅地露了一露脸便又隐去,夜里睡在簟席上,却已经很"阴"了。一条毛巾被是不耐寒的,于是母亲把绒毯从箱子里拿出来,太阳下晒过了让我盖。我总是把绒毯叠成一个被窝,小心翼翼地钻进去,务必不让自己的肌肤触碰到太"阴"的簟席。

　　上海的夏天,又闷又湿又漫长。让人寝食难安的酷暑终于退去了,我终于可以密密实实地窝在一团粉红色里。毯子的纤维里散发着一股又软又香的味道,那是阳光留下的松软的清香,夹缠着樟木和樟脑的香味。在温暖的软香里,我安心地睡了。那个几天前还折磨得人生"热疖头"的酷热,忽然变成了不太相干的经历,那种逼迫得人喘不过气来的闷湿,稍一退去就已经让人记不太真切了。书桌上亮着一支八支光的日光灯,父母在我的床边走来走去,奶黄色的墙上留下他们影影绰绰的身影,那些影子终于越来越模糊,我于是睡着了。

　　几个月大的时候,我刚刚能够坐,父母非常兴奋,要给我拍照留念。一个小小的人,被父母保护着,社会是挡在门外的恶兽,偶尔抱出去亮个相,大家都还善意着,没有掂斤拨两地按成绩按收入来估量你,能够坐起来,便是生命里一件值得庆贺的大事了。大人把粉红的毯子铺在弄堂的水泥地上,把我放在毯子上。我半坐半爬在那里,穿着件肚兜,身上肉嘟嘟的,因为是胎毛的关系,后来的直发都还卷在那里。我手里囫囵地抓着一只塑料小篮子,皱着眉,神色严峻,看上去像是在思索,但是还没决定是哭还是笑。

　　都说孩子会对初生时抱着睡觉的某一物件产生依恋。我的孩子睡觉时,喜欢搂着一只洗得面目模糊的小猴子;侄女都是大学生了,她睡觉的时候,还是喜欢抱着陪她长大的蓝色的小马驹。不能再依偎在母亲的怀抱里安睡的时候,这些陪着孩子们长大的贴身物件，成了母亲怀抱的衍生物，搂在怀里的时候，便睡得安稳了。这条粉色的绒毯，对于我来说，大概也是有类似意义的。

然而我渐渐长大起来，能爬、能跑、能认字了，最后，能跟母亲顶起嘴来。我跟母亲的疏远，没有随着青春期的结束而结束。终于，我离她越来越远，"母亲的怀抱"，变成文学上的一个字眼，对我而言不复有温暖的意味了。

但是我并没有因此长成一个具有坚强神经的人。离开上海许多年，我在不同的国度之间搬来搬去，然而并没有搬出一种世界公民的伟大情怀。记得刚刚得到第一份大学教职的时候，系里的同事陪我去找房子。我没有其他苛刻的要求，但凡看见有梧桐树的街区，便喜欢了，因为梧桐让我想起小时候住过的地方。可是有梧桐林荫道的街区，通常是要贵一些的。我不甚介意，然而同事摇摇头不太赞同。及至我们来到一条安静的小路，我对同样房租的新建公寓不感兴趣，却喜欢对面的一栋红瓦灰墙有着陡峭的石头楼梯的旧房子，因为"它像我小时候的幼儿园"，同事终于不耐烦起来。他拉着我大步来到大街上，指着那里的人来人往、车水马龙，他大声说："生活，是要朝前看的，你已经离家几万里了，不要再动不动就是'我小的时候'。"

不用他告诉我，这道理我亦是知道的。我努力朝前看着，生怕一不留神，便让社会这只怪兽吞了去。然而我怯弱的本性时时爬出来噬咬我，以至于在萧瑟的季节还未来临之前，就下意识里想逃了，我想逃回到一团模糊的粉红色的温暖里头去，变回一头卷毛的嘟嘟肉。

然而这究竟是不可能的，是打起精神的时候了。

小郑一家人

　　小郑中等个子，偏瘦，面目清秀，皮肤黝黑。他整天穿一件皱巴巴、灰不溜丘的长袖的确良衬衣。天太热时，他把袖子往上卷卷，这就算短袖了；天凉快点，他就随随便便把袖子往下一撸，由那袖子耷拉着，像两片馄饨皮似的。小郑站直了两手插在腰里的时候，倒是蛮有站相的，可是他一走起路来，马上挨着墙脚，变成小心翼翼的样子，仿佛总是担心会蹭到什么人。小郑其实还年轻，但他笑起来的时候，满脸倒有很深的褶子了，到底干的是风吹日晒的露天营生，生活于他的不容易，都刻在他的皱纹里了。只是他的笑容里，时常流露一丝乖学生的表情，那种羞涩的、谦卑的、怕给人添麻烦的表情，这让我猜想小郑大约三十岁都不到吧。然而他跑到这个大城市里来讨生活，却也有十多个年头了。

　　小郑的太太小付则大大咧咧得多。她是个矮个子，臀部像梨子似的非常丰满，老人们说的"易生养"，大约就是指这种体形了。当她到处走来走去的时候，厚重的臀部急切地摆来摆去，有点像只鸭子。小付五官也蛮秀气的，眼睛细细的，是上海人讲的那种"眯启眼"。眯启眼如果整天笑嘻嘻的话，天生有一种讨人喜欢的喜庆样子。

　　第一次在花园里遇到小付时，我略略跟她点点头就径自拿着钥匙去开大门。那串钥匙我两年没用了,笨手笨脚地要一把一把试过来。"咯啦咯啦"的钥匙声让小付警觉起来,她像个主人似的从楼梯下的小屋里蹿出来问道:"你去哪里?"

"我回家。"我指指楼上,因为自己对她而言是陌生的面孔有些不好意思,虽然我才是这里真正的主人。

前一次我回上海的时候,租用楼下这间小屋的,是一个音乐学院的考生和她母亲。她们虽然搞音乐,却非常安静,既没歌声,也不摆弄乐器。那时花园里还有一个双层的简易工棚,是街道的物业管理出面搭建的。翻修这个街区的民工都暂时住在那里。晚上从花园走过时,常常要忍受尿臊味。

我原来以为这个名堂叫作"修旧如旧"的工程结束后,这个"现代保护建筑",真的就会像报纸上说的那样,"重新焕发出昔日的光彩"来。再回上海看时,却发现报纸上的新闻用语是一如既往地夸张。而更可惜的是,安静的学音乐的母女走了,小郑他们搬了进来。花园里的工棚是拆掉了,但是被小郑他们家一住,倒住成了一个典型的庄户人家的院落。他们沿着花园的墙脚放置了几件显然是捡来的又旧又破的木头柜子,柜子顶上铺满五颜六色的塑料挡雨布;花坛中间散乱地堆着几辆车,有黄鱼车、自行车、小孩的三轮车,还有幼儿的学步车;砌在小屋外面的水泥水槽边上放着油腻的饭桌,桌上堆满锅碗瓢盆,桌脚下两张板凳,一张歪站着,一张四脚朝天;花园当中的枇杷树上,被拉出两根晾衣服的绳子来,一根拉去花园角落的梧桐树上,另一根拉去花园铁门的铰链上缠着;在这一片眼花缭乱之间,茂盛的枇杷树上还热闹地吊着一只塑料的大红灯笼。

我在外面久住养成了给垃圾分类的习惯。这条弄堂整修以后，垃圾棚倒是收拾干净了，但是这里的垃圾好像是不分类的。那天我抱着几个塑料瓶子在弄堂里转了一圈，最后还是在小郑家的黄鱼车下面找到了一堆旧瓶子。想来他们这是收集起来卖钱的吧，我把手里的几个加到那堆瓶子里，总算了却一桩心事。以后我每天都要到花园去在那堆瓶子里加上几个，一来二去就跟小郑他们熟悉了。

小郑和小付都是从河南信阳农村出来的。小郑当年跟着同乡来上海谋生，熬过了最初给人打零工的过渡阶段以后，第一份正经的事情是开摩的拉人。在上海这个无比庞大的、交通极为复杂的城市，一个没有什么道路经验的外乡人干这个，其艰难程度可想而知。他干了两年就干不下去了，因为总是违章罚款，好不容易存的那点钱，一不小心就变成罚款。最后的那一罚，索性连车也一并给罚掉了。好在天无绝人之路，那些城管抓他倒抓出了交情。他们看出小郑实在是个老实人，就给他介绍了条卖盗版碟片的渠道。据说那营生比开摩的好些，于是小郑就跑到我们弄堂口摆摊来了。

然而卖碟片的营生也不是好做的。原先这个弄堂口就已经有一摊卖碟片的，小郑跑到这里来，等于是抢生意。为了避免冲突，他只好占差一点的市口，或者有时干脆要给赶到马路对面去。在这条马路上摆摊的小商贩们，都相信风水的。他们的地摊，从来不摆去马路的东边，因为那里于生意是不吉利的。小郑去过东边，果然生意上倒了霉运。尤其是美国海关开始严查入境的碟片以后，国外来买盗版碟片的客人少了很多。小郑卖了两年碟片以后，到底又做不下去了。幸运的是，在这站马路的两年里，小郑结识了新朋友，有了新的货源渠道。这一次，他改行卖假名牌了。

卖假名牌的商贩，也分三六九等的。最次一等的，是流动的地摊。小贩们在地上铺块布，上面摆的都是小东西，比如 CK 的内衣、Burberry 的丝巾、LV 的钱包。这种地摊上的货色，假得非常明显。往上一等，比如小郑这样的，有个露天但是固定的摊位。因为摊位固定了，所以可以用上一个货物架，卖的东西就不局限在小物件上面了。再往上一等，是拥有店面的，而这一等次里，又可以再分出地位的高低来。拥有最好的"A 货"的店家，往往开在深巷中普通的民居里。在最平常不过的一个门洞走进去，绕着肮脏的楼梯转几个弯，在一片烟火气当中不经意地推开亭子间的门，眼前可能赫然是一个亮堂的店铺。"A 货"的假包看上去很真，看得出来模仿的人是用了功夫在制作里面的。整个淮海路、陕西路一带卖假货的，这样的"精品屋"据说不过三两间而已。

　　"不是诚心要买的客人，我们一般是不会带他们到这儿来的。"小郑转下楼梯的时候告诉我。

　　"可是用假的东西，我会有心理障碍。"我很不好意思，因为我并不诚心要买，只是对这样的地方很好奇，所以请他带我走了一大圈。

　　"其实没关系的。席林·迪昂来的时候，九大名牌的包包哎，她都买了。"小郑带我下到楼梯底的时候，很骄傲地抬起头说。

　　小郑这一次的生意，总算慢慢上了轨道。他的摊位，以卖假名牌的衣服为主，尤以假的 Ralph Lauren 居多。他进的货，多数时候是假的，所以 Ralph Lauren 的那些马常常瘸着腿。但是隔三岔五，也会有一两件真东西进来，那是外贸多余下来的货物。就靠着这个摊位，小郑挣钱了。他娶了小付，生了一女一男，还有能力在我们弄堂里租了两个小房间。垃圾棚隔壁的那一间，十来平方米的水泥平房,是他的仓库。仓库的门口新近加了铁门,一把大铜锁牢牢地锁住了他的资产。我们楼梯下的那一间,七八平方米的样子外加一个抽水马桶和煤气灶,小郑一家四口人住。偶尔乡下来人的时候,还要一起往里挤一挤。

小郑每天早上骑车送女儿上学,回来吃一碗泡饭,跟刚刚学步的儿子玩一玩,笃悠悠差不多上午十点才出摊。他不着急,因为没有人一大清早来买假货的。他这上班,从小屋走到弄堂口,不过是二十米路的样子。白天出摊,多数时候是闲着的。没有客人的时候,摆摊的小贩们就聊聊天、望望马路上的美女和汽车;有陌生人进弄堂时,大家就盯着看一看然后再议一议。晚上九点,差不多就收工了,到那时他们一家人才正经吃晚饭。国内的生意很多时候是在饭桌上吃出来的,做大生意的,在大酒店吃;小郑做小生意,就在家里吃。小付很会烧菜,一口大铁锅,也不怕油烟味,青菜爆炒起来那个香味从窗口缝直钻到人的鼻子里面去。她弄几个菜,摆在一张小方凳上,也有酒,也有烟,几个人就坐在地上吃。席间有人高谈阔论,也有小郑乖学生那样谦卑地笑着谈及他的理想,他的理想是开一间"精品屋"卖"A货"。

本来开"精品屋"这个念想过些年差不多是可以摸得到的,但是襄阳路的假货市场取缔以后,从我们弄堂口路过专程淘假货的人流大大减少了。小郑的生意骤然清淡了许多,他的"精品屋"变得遥不可及了。

说起未来的生活,我问小付:"那你们存了钱,是不是打算回老家做生意呢?"

"我们存不来钱!"小付大声地否定道,她坐在门槛上,怀里抱着儿子哄他拉屎，地上铺着一张报纸算是马桶。"本来我还打工挣点钱，现在在家带孩子，根本存不来钱。"

"那你可以把父母接出来帮着带孩子，自己再出去打工呀。"

"父母要在家种地，那地没人种不行。"

"那你们将来打算怎样呢?"

"不知道，"小付一边给孩子擦屁股，一边很爽气地回答，"我们没想过。"

如果一个城里人"存不来钱"，那日子是断断无法过得爽气的。因为城里人为了小孩的学费、日后的退休金、医疗保险、房屋贷款这种种名目烦恼着。一般的城里人即使存来了钱，仍旧还是有点不爽的，因为隔壁总归有一个王五似乎永远存来了更多的钱。于是我这个城里人习惯性地要替小郑他们操心。

在露天摆摊，全看老天爷的脸色吃饭。这次我回家恰巧碰到梅雨季节，雨天里，小郑不能出摊，只好在家闲着。

"下雨天我们就不做了。"路过他们的小屋门口时，小郑跟我打招呼。

"那你去弄一把大伞呀。"我倒又替他着急起来。

"用伞也不行的，"小郑显然试过了，"风一吹，雨还是把衣服弄湿了。"

这场豪雨连着下了一整个礼拜，旧时法租界的地势低，底楼的屋子全都进水了。小郑的小屋后面，就是我的厨房。虽然装修的时候特意叫人用了防水的材料，但水还是从地下渗了上来。我没有铲水的工具，只好去问小郑借。

"你站在楼梯上就行了，"小郑马上拿出一只簸箕和一个拖把来，"这种脏活我来替你干。"他还是那副乖学生的样子，谦卑地笑着。

我不知道怎样谢他才好，只有笨手笨脚地在楼梯上站着。面对着这生来就仿佛是"低到尘埃里"的最最质朴的表现，我有些不知所措。

出了梅，上海的天气开始暴热起来，又到离家的时候了。小郑帮我把大件的行李扛上车，仿佛理所当然这是他分内的事情，小付抱着孩子也出来送行。"再回来噢。"他们说。

我笑着跟他们招手，一直到车子拐弯了，还看见他们站在梧桐树下向我挥手。小郑因为方才出力搬行李，有一只长袖滑落下来。下次再回去，也不晓得他们是不是还能继续在这里摆摊。卖假货，国家迟早要取缔的。而我现在想起他们，已是冬天了，小郑的摊位上应该多是冬装的 Ralph Lauren 了吧。

漂流到远方

　　"写这封信给你就好像把一张字条放在一个漂流瓶里,希望有一天,它能漂流到日本。"

　　门罗的集子《亲爱的生活》里有一篇叫《漂流到日本》的小说,女主角葛蕾特写信给一个只见过一面的陌生男子约会的时候这样写道。日本,对于一个上世纪六十年代身在加拿大小镇的家庭妇女来说,无疑等同于一个谜一样的遥不可及的远方。而谜一样的远方,对喜欢写诗也发表过几首诗的葛蕾特来说,是有着朦胧的、忧伤的、诗一般的吸引力的。

　　故事发生的时候,葛蕾特带着幼小的女儿凯蒂坐火车到多伦多去,她是去那里给到欧洲旅行的朋友看家的,而葛蕾特的先生彼得刚好要到别的地方去工作一段时间。彼得和葛蕾特是脾气完全不一样的两个人。在大学里,她喜欢读云里雾里的史诗《失乐园》,而他学的是实用商业。她不喜欢任何实际性的东西,而他刚好相反。她对凡事总有强烈的见解,而他是个好脾气的。比如看一出电影,他过后从来不批评,只说人家已经尽力了,而葛蕾特总是要分析和评论的。

　　在那个年代里,女权主义还是匪夷所思的东西,任何女性如果有点严肃的思考和野心,那会被认为是反自然的一种罪。甚至于,妈妈读本书也可能被认为是引起孩子生急性肺炎的原因，而老公升不了职，则可能是因为在聚会上太太大嘴巴发表了一点不恰当的政治意见导致的。

葛蕾特在发表了几首诗作以后，杂志的编辑邀请她去参加一个作家的聚会。她到了聚会的场所，发现一个人也不认识。她无法参与由作家以及作家太太们形成的小团体。完全没有人搭理的葛蕾特在万分尴尬之中又有点喝醉了，好在这时候她的救星来了。这是一个记者，叫哈里斯，交谈里知道他的太太因为"精神问题"住在医院里。救星主动开车送她回家，到了家门口的时候，哈里斯很唐突地说，其实刚才想吻她的，但最后还是决定放弃了。葛蕾特不知怎么把这话听成是她配不上他的吻，觉得被羞辱了。

如果他真的吻了她，或许也就不会留下念想，可是现在这"口头之吻"搞得葛蕾特倒是忘不了他了。她日夜想念他，这个送她回家的、仅仅一面之交的、完全陌生的人。她居然想念他想到流泪，心里总有"一种渴望的忧郁，一种潮湿的、梦幻般的悲伤"。她回想着或者干脆想象了他的长相：满是皱纹的，有点疲惫又带点嘲讽。葛蕾特不是不知道自己浪漫的幻想简直就像个白痴一样，但是，当她在多伦多的朋友问她能不能帮忙看家的时候，她还是忙不迭地答应了：因为哈里斯就住在那个城市里，也许这样就有机会再见到他了。

葛蕾特其实是连哈里斯的地址都不知道的。她急切地到各个报纸上查找记者的名单，这下不仅找到了哈里斯的地址，还查到了他写的政论文章。然而她对他写的一点兴趣也没有，但这却不妨碍她用诗一般的语气给他写了那封约会的信。

在去多伦多的火车上，葛蕾特遇到了一个漂亮的年轻人。他是一个演员,类似于演儿童剧的那种。生逢上世纪六十年代的青年们杂乱无章地迷恋于各种"左派"、革命、大麻、摇滚乐,以及伴随而来的性解放。这是一个随波逐流的年代,是提倡人与人之间热情"付出"彼此的年代。不管是年代的影响还是天性的随意,葛蕾特喝了一点酒之后,晕乎乎地与这个年轻人性交了。当她轻飘飘地,带着像是从竞技场上下来似的满足感从年轻人的铺位回到自己座位上的时候,发现原先在那里睡着的凯蒂走失了!这无疑是当头给了她一记闷棍。当葛蕾特终于在两节车厢之间找到孤零零的凯蒂的时候,女儿的可怜相让她意识到自己的罪过:对写诗的幻想,对身在多伦多的陌生的哈里斯不着边际的着迷,所有这些都是对家庭的背叛。此时她终于想起了彼得,怀着改过自新的心态给他写了一封信。

当葛蕾特刚刚结束这番自我反省,火车就到达多伦多了。站台上,一个陌生的男人走上前来拥吻了她。对的,正是她相约的哈里斯。葛蕾特先是意外地吃了一惊,接着胸腔里一阵翻江倒海,可当她安静下来的时候,却觉得自己的心是终得其所了。而在这一刻里,幼小的凯蒂挣脱了母亲的手,她并没有逃开,她只是站在那里,等待接下来会发生的事情。

小说到这里戛然而止,而生活里的故事并没有结束。喜欢思辨的、爱做梦的、能够写诗的葛蕾特,我们多么希望她拥有合情合理的梦想,当梦想被沉闷的现实打碎的时候,我们多么希望她表现出优雅的、隐忍的忧伤。这样我们就可以去爱她了。

可是门罗到底不像琼瑶那样是"好美丽好美丽"的,葛蕾特在现实生活里隔膜地过着日子,而她的灵魂始终"生活在别处"。如果彼得的乏味让她厌倦,那么那个生活在别处的、让她向往到哀哀哭泣的另一个男子哈里斯,又是怎样的一个人呢?一面之缘之后,她其实需要靠想象才能还原他的长相。那么他有纯净的心吗?还是有伟大的灵魂、过人的智慧?她其实对他一无所知,她其实根本不在乎对他一无所知,要不然她至少会读一读他报纸上的文章。

葛蕾特对生活在身边的彼得没有兴趣,因为他太实际了,可是她对生活在别处的哈里斯真的有兴趣吗?是的,她天天都在想念他,怀着潮湿的、梦幻一般的悲伤。可是她向往的,其实是与现实无涉的"别处",那个地方可以在《失乐园》描绘的历史里,也可以在莫名的远方。哈里斯口头表达出来的但是没有兑现的吻,不管他是挑逗还是真诚的,都让葛蕾特对别处的向往在现实里找到了一个落脚的地方,于是她朝着这个落脚点就寻"别处"而去了。至于这个"别处",是在遥远的奇异的日本,还是漂流瓶最终会抵达的某个远方,啊,管他呢。但是只要这个别处是在地球上的,是在葛蕾特活着的时光里能够触摸得着的,这个所在最终还是要落实到生活的实际里来的。而葛蕾特对实际是不感兴趣的,所以她放下了哈里斯的政论文章:唉,只要读云雾一般的诗就好了嘛。而实际上,在她对哈里斯心心念念向往的这一段时间里,她甚至连诗也放下了。

《项链》里有个玛蒂尔德,可怜的她为了丢失的一条昂贵的项链,做了十年的粗妇还债。可是她常常在一天的辛苦劳作之后独自坐在窗前,回想那场让她大出风头的盛宴,当时戴了项链的她是多么美丽动人啊。我们总是说玛蒂尔德是虚荣、是俗气的,但葛蕾特就脱俗、就仙气了吗?都是一种 fantasy 罢了,诗并不是一种自动抛光剂来的。句子押了韵排成长长短短的样子,并不能让幼稚俗气虚荣自动消逝,到底还是要看是什么人写的什么诗。

俚 头

俚头家就在车站边上，弄得 21 路好像是他家的私家车一样：从车上跳下来，只消走两步路，就径自可以坐到俚头家的饭桌边上吃泡饭了。

俚头的家蛮大的，后面黑魆魆的一间，俚头奶奶住着。奶奶看上去像煞是山洞里的白毛女，雪雪白的头发乱哄哄的，嘴巴边上陷进去两只凹瘪塘整日呷法呷法，牙齿大概是已经落光了。平常白头发奶奶总是在床上困觉，但要是阿拉弄堂里这班小赤佬在俚头家里癫进癫出吵过头了，奶奶就会突然出现在黑房间门口骂人。奶奶光火的时候，花白头发更乱了，两只凹瘪塘气得来来回回瘪出瘪进。她不会讲上海话，一口难懂的闽南话骂起人来是又扁又响很诡异。

我是怕白毛女奶奶的，很少去俚头家里白相。听常去的人传来的消息说，俚头家里其实是有一大家子人的，但是不晓得为什么他爸爸妈妈都在外地的干校里，哥哥姐姐们插队的插队、农场的农场，在上海只剩他和奶奶相依为命。好好的一家人，四分五裂地过日脚，爸爸妈妈的工资就不大够用了，所以他们家里很省，省到天天吃泡饭的程度。

俚头天天吃泡饭原先跟大家是不搭界的，只是每趟俚头看见人家吃东西，他就会馋得口水不停地咽下去咽下去。"作孽啊，天天凿两块乳腐过泡饭，也不舍得添点别的。"大人小孩讲起俚头时，总是一半嘲笑一半同情。

但俚头是个快乐的孩子，他不介意人家的嘲笑，更不需要别人的同情。吃泡饭乳腐长大，俚头非但没有长歪掉，比起一般的小朋友，他长得还出色些。除了身材高挑、面貌俊秀之外，俚头天生能歌善舞，学校的小分队里头，他挑的是根大梁。

小学的新生欢迎会上，小分队来演出。报幕的学生方才报完"男女生二重唱"，歌名《浏阳河》就淹没在高年级男生的哄笑里了。到了十二三岁的时候，原先两小无猜的男孩和女孩，突然间变成了仇家，他们之间是不许搭讪的，更何况一起唱歌呢。在哄笑声里，台上的女生赌气地挪到了舞台的最右边，以示跟那合唱的男生是没啥瓜葛的。唱男声部的，正是俚头。他不好意思原地站着，也挪到舞台左边去了。又是一阵哄笑，这趟连低年级的小朋友也笑了。要重唱的两个人，离天八只脚站得这么远，实在太滑稽了。在钢琴老师的伴奏里，他们终于"咿呀咿吱哟"地唱将起来。等他们弯过九道弯、趟完五十里水路、到湘江找到毛主席之后，女生就下了台。而俚头的任务还没完，他还要保卫毛主席的。

俚头下去拿了一把红缨枪，又折回台上来。那天他真的非常好看：他的那套绿军装，是有红领章的，军帽上也有五角星，腰间还系了一条咖啡色的塑料阔皮带。只见俚头在舞台当中啪啦一个立正，望着大礼堂墙角那个巨大的落满灰尘的蜘蛛网，他那么神气地扬一扬头，正宗"保卫毛主席的小尖兵"的功架。俚头亮完相，就手持红缨枪眼花缭乱地舞将起来。他拿着那杆红缨枪，上下左右面带笑容地刺个没完，一副胜券在握的表情。末了，胜利完成了任务的俚头飞跑几步跳起来，摆了一连串几个腾空的"八字开"，在大家的赞叹里，俚头就一路飞跳到后台去了。

　　摆"八字开"是很难的，更何况还是腾空的。吃泡饭的俚头本事居然这么大，我有点佩服他。然而我最佩服的，到底还是我哥哥和他那一班朋友。他们也有与众不同的本事：画画、摄影、拉琴或者英文说得很"灵格风"，而且他们的本事才不是像俚头那样自己瞎弄弄出来的，他们都正经有科班老师教的。

　　哥哥和他的朋友们喜欢到我家屋里来高谈阔论。俚头也来的，不过他没有什么可论的，他就是坐在边上很崇拜地听听，手里东摸摸西摸摸。有趟放学回家，看见哥哥他们把门窗关得严严实实，大白天里也拉上厚厚的窗帘。原来是拉琴的朋友带了密纹唱片来，他们要在我爸爸那架脱头落攀的唱机上偷听贝多芬。贝多芬的音乐蛮怪的，本来大家蛮好坐着，静候唱针"刺啦刺啦"地转，突然贝多芬就"梆梆梆梆"敲起门来。头四记一敲，哥哥和他的朋友们先是吓了一跳；等再敲四记，他们就露出苦大仇深的表情来，好像人人都是约翰·克利斯朵夫一样了。其实他们吃得饱、穿得暖，有爸爸妈妈在身边宝贝他们，还有闲钱去学东学西，不晓得为什么他们还要不开心。倒是吃泡饭的俚头应该不高兴一点才对的，不过俚头才没有不高兴，人家就是没有听出贝多芬有什么高深的名堂。弦乐在那里"昂离昂离昂离昂离"自顾拉个没完，俚头东张西望地有点猢狲屁股坐不牢了。

二

　　有趟偷听音乐的时候,俚头回上海休假的哥哥带着手风琴也来了。听完唱片,俚头哥哥意犹未尽,轻轻地拉起了《红莓花儿开》,一边还轻声地哼唱歌词给大家听。那歌词唱什么"心爱"的,有点黄色,听得人很紧张。听完歌,"克利斯朵夫"们没有像往常听贝多芬那样夸张地穷讲好听,大家长久默不作声,倒好像真的被感动了。是为了他们心中那个还没有机会讲话的小姑娘,还是为了生活里揩不掉的俄罗斯文化的印记?不算太久以前,我们的爸爸妈妈谈朋友的时候不是还公开唱这种歌的吗?学琴的朋友的老师,不是从苏联专家那里学来的技巧吗;学英文的朋友的老师,不是因为"革命工作的需要",改行去弄俄语的吗?可是现在我们这个城市下面,却到处都是为了"广积粮"而深挖出来的防空洞;弄堂里家家户户的玻璃窗上,还留着"备战备荒"的时候贴上去的米字格。如今修掉了的苏联虽然吓人倒怪,但是小河边的红莓花和穿布拉吉的苏联小姑娘到底还是撩拨人心的。一众正在长身体的男孩子,被这俄罗斯来的"少女的思恋"弄得有点神志无知了。大家正暗自发花痴,忽然有人叹道:"俚头,你阿哥的琴拉得是灵的呀!"

　　"那当然,"这样的场合里,俚头难得被重视,他一下子被点醒过来,得意地答道,"阿拉阿哥是农场文工团的呀!"

　　俚头的话音还没落定,只听得手风琴"咣"地一阵巨响,俚头阿哥突然立了起来。他怒视着一众还没醒转来的"克利斯朵夫"们,生气地质问道:"你们哪能好这样叫阿拉吴大钢的啦!"

　　然后他又回头痛骂他的弟弟,一副恨铁不成钢的样子:"人家这样叫侬,侬也不争气,侬哪能会的答应的啦?"

"克利斯朵夫"们知道做错了事,非常羞愧。俚头尴尬地笑着,有点抱歉的样子。原来他是姓"吴"的,人又是个好户头,加之天天吃泡饭,自然就变成"污俚头"(在沪语里"吴"的发音和"污"一样)。慢慢大家索性连姓都省掉了,于是他就成了"俚头"。我一向跟牢哥哥没大没小叫他"俚头",直到那天才恍然大悟这"俚头"原来典出如此。

俚头这个人太轻松、思想太简单、屁股太坐不牢、自尊心太不强了,"克利斯朵夫"们本来就不是很看得起他。被他哥哥教训了一顿以后,大家心里都有点疙瘩,就不想再带俚头白相了。我哥哥倒还是要跟他做朋友的,因为他们都实在喜欢运动。那次被训以后,一开头,我是听见哥哥改口叫他"大钢"的,后来有一次不当心叫了声"俚头",这俚头一点嗝愣都不打就"哎"了。从此以后,他又从"大钢"变回"俚头"了。

高谈阔论的场合,俚头从此不来了。他来找我哥哥就只是白相运动。他们运动的方式很奇特:只见两个人轮流吊在我家的门檐上,直把那根木头当作单杠来练抓举。妈妈看见他们久久地屏在那里不下来,实在担心那扇门。"啊呀啊呀,好了好下来了呀,木头会断掉的呀!"她一迭连声地在下面叫唤。

妈妈打搅的次数一多,扫了他们的兴,于是他们就放弃门檐去玩拖把了。他们要单脱手把拖把举起来,直到跟手臂举成一条直线才算数。等练到能够把手臂和拖把变成一条直线一抖都不抖了,他们又觉得不过瘾了。他们拿拖把沾沾水,说是要举平湿的拖把嘛,才算是"模子"。

我晓得他们最终是练成什么"模子"的。有一年夏天,俚头找了一根筷子来。我看见他们大呼一声"唉喷啦",头上爆出青筋的同时胸前就鼓出两大坨栗子肉来,那根筷子居然被夹牢了。他们把筷子丢给边上看西洋镜的我,脸上露出得意的笑容。

然而他们得意得太早了些。那年夏天和俚头在一起白相的时候,我哥哥差点闯祸。大概他们以为练就一身栗子肉,帝修反是随便弄弄早就不在话下了,他们连弄堂里的水井也不当一回事。那天黄昏大家从水井里吊冰水冲弄堂、冰西瓜的时候,我哥哥没有捏牢手中的绳子,那只铅桶落到井里了。井水越灌越满,眼看着铅桶要沉下去了。铅桶可是一大笔财产哪!我哥哥想都不想就把两只拖鞋皮朝俚头脚下一踢,接着他就像撑双杠那样撑牢水井的两边,两只脚就探到水里去撩那只铅桶。

这一幕恰巧被三楼乘风凉的邻居看见了,他吓得一声狂嚎:"小赤佬,侬寻死啊!"。这一嚎嘛,把全弄堂的人都嚎了出来。我妈妈看到哥哥从井里爬出来的时候,吓得脚骨一软掼倒在藤椅里。那个每天负责开井锁的居民小组长老吴伯伯,面孔本来生得是歪的,这一吓,倒是把这张脸吓得正了。震惊过度之下,老吴伯伯抄起拖鞋皮就要去打人。俚头看见这鸡飞狗跳的,晓得闯了祸,他溜回家里去了。

三

闯过这次祸以后,就不大看得见俚头再来举拖把了。慢慢地,俚头干脆就来都不来了。又到了下一年开水井吃西瓜的时候,邻居们围坐在一起乘风凉,这时有人想起他来:"哪能长长远远不看见俚头了啦?"

老吴伯伯拿起蒲扇拍着大腿"啊呀"一声叫唤:"搞啥百叶结,人家俚头老早一家门搬到香港去了啦!"

这个消息实在是太突然了。就像是被注射了兴奋剂一样,原先捂在藤椅里那一群懒洋洋的身体一下子都弹了起来。

"啥,俚头搬走啦?!"

"啥时候的事体啦,招呼也没打一声嘛!"

"这招呼哪能可以随便打的,弄得不好就走不掉了呀!"

……

惊诧过后,俚头搬走的消息变得有点像越来越深的夜幕了,它沉沉地笼罩在弄堂那一方小小的天空上。大家又重新坐回到藤椅里,可是这次捂在那把椅子里,横弄竖弄都觉着不像原先那么踏实了。

我们弄堂里的人家嘛,用用侨汇券也不算稀奇的呀,哪能倒给一向吃泡饭的俚头第一个跑出去了啦。他们家里这点人,原来以为不过会唱唱跳跳而已,没想到头子倒蛮活络的嘛。不过香港,嗯,地方很小的呀。要出去嘛,要去美国、英国,这种有白人的地方去了嘛,才算正儿八经出国咯。不过闲话讲转来,香港带回来的尼龙喇叭裤倒是蛮时髦的,而且香港回来的人身上总归有种香味道的。他们到底还是蛮高级的,那里的钞票,大概是比大陆要多交交关关了,再讲,邓丽君的歌,多少哆啦……

大家坐在夜色里一边七想八想,一边用蒲扇不停地赶蚊子,那天的死人蚊子怎么这么多啦。在一片噼里啪啦声中,终于有人打破沉默,问到了关键问题:"那么俚头一家门是通过啥关系出去的啦?"

"奇怪煞了,有这种事体的哦,"歪面孔的老吴伯伯是知道底细的,"先是俚头的爷老头子申请到非洲啥妖腻格三的地方去探啥个远房亲眷,讲先要到香港才好乘飞机过去的。啥人晓得到了香港嘛,他就赖了不走了呀。"

"那么好了,"有人恍然大悟地接口说,"一家门一个接一个,像一串大闸蟹一样全部跟出去来。"

"是呀,是呀,"还有人不大服气,"香港这种地方,户口哪能要比上海容易进得多啦。"

"香港啥地方有户口这种讲法啦,侬只洋盘来真是。"有人觉得自己蛮懂经的。于是,到末了,大家开始争论香港有没有户口这桩事情去了。

大概是受了俚头搬到香港的刺激,过了两天开完家长会回来,走在南阳路上,爸爸第一趟破天荒想起跟我谈心了:"你们老师讲侬只脑子读书还可以的,想过将来长大要做啥事体伐?"

我从来没想过。我还小咪,将来等在那么远的地方,还要过许多年数,才会碰着"将来"。我手里把玩着问小朋友借来的一叠子花样剪纸,暑假里我要把他们都照样子刻出来的。

"有没有想过出国呢?"爸爸问,"阿拉屋里不是也有亲戚在外头的吗?"

我抬起头来看看爸爸,啥,还是一个在外头的将来啊?我用力想了一想,可是想不出啥名堂来。模糊里只觉得遥远的将来等在某个遥远的地方埋伏着,等我大得差不多了就会一把拿我掳过去。我突然有点吓丝丝了,从沿马路坐着乘风凉的人群里走过,我觉着背脊骨有点冷飕飕的,捏老花样剪纸的手心里汗津津的。

四

　　等我刻完了一大叠花样剪纸、绣了两对枕头套、收集了几本邮票册、读了一堆闲书,还有一些云里雾里的诗集、偷偷地喜欢上了一个男孩子、同时被一些男孩子偷偷地喜欢、直到后来跟男朋友在黑咕隆咚的梧桐树底下打过开丝(kiss),我终于无处可逃地要面对一直让我非常害怕的将来了。

　　而且没有啥还价的,这个将来还是个在外头的将来。反正混得好的人全是朝外头跑的,俚头不是一早就出去了嘛,听说还在香港办了一个舞蹈学校呢。反正姆妈讲的,等了里面是没前途的,出去了嘛,家里就跟了一道享福。反正男朋友也讲的,去呀去呀,去了嘛几大件都有了。反正其他朋友都在催促,你家亲戚不是在外头的吗? 你怎么还不快点出去啦。

　　人人都在催我出去,那么就只有削尖脑袋想办法出去咯。"出去出去",这事听是听了很多次了,但是到底从何处着手呢,要么问问国外的姨妈肯担保伐。一封打探的询问信一个来回路上要走一个月,等来的是姨妈难堪的拒绝。送一只卡西欧电子计算器是肯的,但是担保读书和生活,上万美元的事情,有没有本事打工挣回来先就值得怀疑,要是你不当心一头撞死了呢,这钱怎么还? 话讲到这个份儿上,自尊就是踏在脚底板的烂污泥了。

　　捷径走不通,只有卖力点耐心点读英文申请奖学金了。从申请学校到最后办出护照,七弄八弄,难关重重,辛苦得蜕掉几层皮,最后终于是搞定了。

出国用的大箱子已经买好,行装也备得差不多,总算可以坐下来看歇电视了。现在国家真是开放多了,电视台里就连香港人也被请过来演出。这个唱歌的香港女人,唱是唱得太一般了,但是穿得倒是蛮贼腔的,没有看歇过。她手执一根史迪克(stick),头戴一顶绅士帽,身披黑色燕尾服,里面穿了一身像泳衣一样的黑缎子内衣,下面两条大腿啥都没穿,光溜溜的实在弹眼落睛。她的鞋跟也实在太高了,边走边唱的时候,其实有点像阿跷走路。但是她兴致蛮高的,庞庞器"咣"锵一记,她就撑住史迪克踢一踢左腿,再"咣"锵一记嘛,她就换条右腿来踢一踢,等歇再锵一记嘛,舞台后面突然就闪出一群男舞蹈演员来。

这些人一看就是香港来的伴舞,因为他们的舞步看上去跟大陆的风格太不一样了,哪能全部都像是阿跷在跳舞一样的,跷了两步嘛还要裤裆里摸一把,实在不晓得他们到底是啥意思。看这群人跷脚跷了一歇,突然发觉其中一个跳舞的人哪能这么面熟,我跟哥哥不约而同都把头戳到电视屏幕前面要看个究竟。

"册那!"只听我哥哥一声大喝,"只俚头哪能跑到香港去帮穿三角裤的戆女人伴舞去了啦,不是讲开了一家舞蹈学校的嘛!"

我和哥哥两个面面相觑。这个在外面等着我的,让我本来就害怕无比的将来,到底是一个怎样未可预知的将来呢? 看看墙角给我备下的行装,再想缩头缩脑,退路也已经是没有了。

尾　声

走进将来的许多年后,我有次到香港去开会。在那里听说,九七之前俚头已经移民加拿大了,还是在华埠办舞蹈学校。有一年去温哥华开会,恰巧在唐人街一家舞蹈学校边上的中餐馆吃饭。席间我一直在那里东张西望,没有心思吃饭。跟同事解释起张望的缘由,这英国佬马上露出英国人惯有的嘲讽的表情来。我知道他想说什么了:就算此刻俚头坐在隔壁一桌吃泡饭,几十年不见了,我再也不可能认出他来了。

上海的马桶

　　媒体报道上海的旧区改造，提到上海的棚户区和老旧的弄堂里还有几十万只马桶。如果以一户三口人计，那么就是说还有一百多万人还在过着没有卫生设备的日常生活。我每次回上海见亲友，都有机会洗耳恭听大家近年的发达。眼见得周遭再也找不到还没有置产的亲友，出门许多人早都以车代步，更多人的孩子还在读幼儿园呢，银行里已经备下了供孩子日后留学常春藤的雄厚资金。在这些意气飞扬的面孔背后，我再也没有想到，这个城市里还有一百多万只还得坐在马桶上受罪的屁股。

　　过去的这二十年，上海的发展实在是太快了。不要说我这种离开上海多年的人回家认不得路，就是从不离开上海的人，也被这样快速的发展冲击得找不到北了。里里外外的上海人都有点被这样的速度冲昏了头，恍惚中仿佛像一个被遗弃了多年的孤儿，突然间找到了已经去世的传说中的亲娘，并且认定这个亲娘不仅有几分姿色，而且从前还跟欧洲的贵族有点瓜葛。

　　于是，在昔日法租界内的淮海路上，走个三五步就可以迎头撞上一个新安置的雕塑，当然塑的乃是欧罗巴人的模样。就连偏远新盖的小区，原先种着大米和青菜的地方，米开朗琪罗的大卫们也玉树临风地一字排开，忧郁地、尽职地守卫着与他不甚相干的东方人。关于这方面的报道实在太多了,多得人们以为上海从来都是如此风流典雅浪漫的了。如果镜头不曾对准那些棚户和旧弄堂,我们都不大知道大卫们的背后还有几十万只马桶与之并存,而且几乎已经忘记我们的亲娘除了留给我们一口洋泾浜的英文之外,还给我们这个城市留下了一大片马桶。

我小的时候虽不曾受过没有卫生设备的苦恼,但是马桶的妙处,我倒还是领教过的。最早见识马桶,是在我小学的朋友家。她家住在南京路上的一条小弄堂里。如果你不是上海人,如果你从南京西路开端的静安寺一路逛过来,先是路过梧桐参天的静安公园;在常德路口,你可以看到张爱玲从前住过的爱丁顿公寓;到了铜仁路口,你也许会去曾经是上海唯一的咖啡馆坐一坐;它的对面是一栋俄罗斯风格的建筑,那是从前的中苏友好大厦,中苏翻脸以后叫作上海展览中心;然后,传说中的热闹的、商业的,用上海人的话说是"污也卖得脱"的十里洋场便从眼前展开了。

于是你先是看到陕西路口的平安电影院,接着是梅龙镇酒家、兰棠皮鞋店、鸿翔服装店、培罗门西服店、凯司令西点店、王家沙点心店……你一路走下去,和南京路上的好八连头朝进城一样,直看得你头昏眼花、兴奋莫名。但你决计想不到,这一路洋风洋调的边上,还有一些不起眼的小弄堂。你若闪身进去,即刻会发现此地原来是"别有洞天"的。

这些弄堂的路面是小小的鹅卵石铺成的,弄身极窄;两边曾经刷过白粉的灰墙上爬满了青苔和霉迹子;水落管子的边上有时会写着"不要在此地大小便";墙里偶有人家种着夹竹桃,没有什么香味的、粉红的、朴素的花,被细长的绿叶托着,闲闲地伸到墙外来,仿佛是一个有意无意的邀请似的，于是你也有意无意地去串个门。

　　推开黑沉沉的木门，迎面是一方小小的潮湿的天井，圈在一周矮平房之间。天井的地是青石板的，角落里有一个大家共用的水龙头。每家的门口都放着一个煤球炉子，如果火生得恰到好处的时候，煤球炉子的味道其实是不讨厌的，它带着一种家常的、温馨的气味。你这样一圈打量下来，正要疑心自己是否到了某个江南小巷的人家，却一眼瞥见了家家户户的窗帘。那些窗帘并不是随便扯上的一截花布，就像凯司令里落地长窗的窗帘一样，那些窗帘是两层的：里面是一层薄薄的白纱，外面则是一层厚厚的深色的丝绒。于是你才错愕地发现，这里原来是上海，十米开外的地方，正是车水马龙的南京路呢。

　　我的小朋友便是住在这样的地方，她领着我穿过黑暗的回廊来到她的家。即使是大白天，开得门来也觉得屋子里的光线很暗，而满堂的红木家具却又让人眼前一亮。时隔多年，我仍然记得她家的两件家具。一件是她父母的床。这里要声明的是，我并不是不懂规矩、随便乱闯别人卧室的小孩子。只因那时的上海许多人家只有一间屋子，一脚踩进门，别人吃喝拉撒的大概便尽收眼底了。那床的床头和床尾都镶着半人高的镜子，望着一边的时候可以看到自己的后脑勺儿。我从没见过那样的家具，"稀奇勿煞"地打量许久。现在想来，那其实是一张非常香艳的床，却不能放在一个比较隐私的地方，不知她父母可有尴尬过？也奇怪这样珍稀的家具竟能躲过种种运动，安然无恙地藏在这样的陋巷里。另一件，是她家的梳妆台。初时我不知为何那张梳妆台没有紧贴着墙角放，而是置成一个斜角，在梳妆台后面留着一方空间。后来我想上厕所了，同学引我到梳妆台的背后，这才发现原来那里赫然放着一只马桶。我虽已久闻马桶的大名，那倒还是我生平第一次享用。我没有料到马桶边上的一圈木头是那么窄的，生怕放心坐下去会把它坐翻，于是只好半蹲着，仿佛扎一个马步似的。及至现今，我也没有弄明白，用那玩意儿，到底可不可以宽心落座。如果分析一下马桶的受力问题，针对不同体型和体重的使用者，找到相应的、最优的落座角度，在现如今的学术界也可算是一个科研题目了。

然而并不是所有没有卫生设备的上海人，都要面对坐翻马桶的难题的，有些人家干脆不用马桶。读大学的时候，一伙同学到一个住在闸北旱桥那一带的男生家去玩，那里大多数的房子是不带卫生设备的。同学的家虽然简陋，但是非常干净，进门得脱鞋。我们这伙闹哄哄的孩子们在他家的门口歪歪斜斜地留下一大堆散发着可怕异味的臭鞋子，便顺着陡峭的楼梯叽叽喳喳地爬上了他家的阁楼。到了现在这个常常考虑到保命问题的年龄，其实我会担心这个阁楼会承受不住这一大群人的重量。而当时，这个问题过都不曾过一过脑子。而且，即使当时阁楼塌了下来，以我们的年轻和兴致，我们也一定会兴高采烈地人仰马翻下去的，并且还会等着第二天一身绷带地在校园里招摇过市——那可不是酷到极点了嘛。在阁楼上，男生都席地而坐，我们女生受点优待，坐床，而且是他和他哥哥睡的床。奇怪的是，我们坐在那里竟一点都没有觉得不妥。回头想想，那个物资匮乏的年代，可真是一个纯真的年代呢。

年轻男女在一起总是有特别节目的，男生格外地幽默和健谈，女生格外地含蓄和害羞。大家东拉西扯地讲了和听了许多笑话，吃掉几大堆瓜子，喝掉几大瓶汽水以后，小腹开始有压迫感了。糟糕的是，他家没有马桶。男生好办，只见他们一个个鱼贯而出，不消两分钟，又一个个鱼贯而入。女生就有点麻烦了。同学指点说，出了弄堂口，左拐右拐右拐左拐地走上十五分钟的路，有一个公共厕所。路虽遥远，但总不能把自己憋死吧，于是我和另一个女生便上路了。哪里知道，到了那里，我的同伴突然发现她的大姨妈来了，我们又都没有准备卫生巾。她既蹲在那里了，我只好去买卫生巾。那一带我实在不熟，路更是曲里拐弯。我生怕找到了烟纸店回头又找不到厕所。为了让我的同伴少蹲一点时间，最佳的方案乃是打道回府。于是我左拐右拐右拐左拐地跑回同学家，偷偷地把他的姐姐拉到边上，像是地下党接头一样地接过卫生巾藏好，再左拐右拐右拐左拐地跑回公厕。可怜我的同伴还乖乖地蹲在那里呢。看着平时那个神采飞扬的她此刻那副老老实实的模样，我忍不住大笑起来。在排泄问题上，真是任谁都骄傲不得啊。那时我们实在年轻，她蹲了二十来分钟，既没有腿脚发软掉将下去，站起来的时候也没有眼冒金星，只拍一拍屁股就走人了。

除了用马桶或公厕解决问题之外，用痰盂也是一种应付的办法。有一年我舅妈搬了家，从一条清静的小弄堂里的一个小亭子间，搬去一条嘈杂的大弄堂底的一间大厢房。这样以小换大的搬迁，当然是要付出代价的：她们家从此用不上抽水马桶了。搬了新家，装修停当，自然是要请一干亲朋好友去做客的。

那是一个夏天，我是第一次有机会去见识那样旧式的石库门弄堂。站在弄堂口往里一望，但见左右两边各十几排屋子一路齐刷刷地深达弄底，它们一律有着小红砖砌的墙和灰色瓦片的屋顶。若这是一条刚刚造好的弄堂，那还真是整齐漂亮的，在江南暮春初夏的细雨里，正是适合打着油纸伞的丁香姑娘款款走过的背景。只是被人毫不爱惜地住了六七十年之后，这条弄堂已经变得面目全非了。弄堂口胡乱地盖的几个违章建筑，就已经让人眼花缭乱了。左边盖的是个公用电话亭，石灰糊的墙上都还看得到草茎；后面跟着修鞋的、配钥匙的、裁缝的小摊；右边盖的是一个倒马桶的公共厕所；后面跟着垃圾箱、泔脚钵斗，一路上蚊蝇扰人，气味不雅。再加上弄堂里坐满衣冠不整的乘凉的人，角角落落里堆满没有用又舍不得丢掉的旧家什，直看得人替当年的那个建筑师惋惜。若他还在世，看到自己精心的设计被后人住成这副乱世模样，不知要如何扼腕叹息了。

但是舅妈家人口增多了，换房只求大，环境是讲究不得了。多了几个平方米，在寸土寸金的上海，是绝对值得置一桌上好的酒菜大肆庆祝一番的。那一晚我一定是受了舅妈乔迁之喜的感染，吃得太多了。我的肠子不争气地搅动起来，剧烈到我放弃了憋到回家的念头。于是我只好让表姐领我到楼梯底下，在一方布帘挡住的痰盂里留下了黄金万两。当我从痰盂上站起来的时候，人是一下子觉得轻松了许多，然而头痛的问题却接踵而来：我该如何处理这痰盂里的一堆宝货呢？我们家与舅妈家很亲，想来我小时候，一定是理直气壮地让舅妈打理过我的金银财宝的。然而舅妈虽然疼我，其时我已成年，再是个娇嗲的表妹也知道断没有留这样的宝货在人新居的道理。

于是，我只好在夏夜乘凉的鼎沸时分——足蹬细高跟鞋，身穿曳地长裙，脸上蛾眉淡扫、朱唇轻点，头上发髻高挽，而手捧澄澄黄金，穿过满满一弄堂下军棋的、搓麻将的、打大怪路子的、望野眼的、吹牛的、吃泡饭的、寻相骂的各色人等——硬着头皮朝弄堂口的公共厕所挺身而去。那一场秀走下来,我自然得到了空前的回头率,从此倒也自信心大增了。然而凡事总有正反两面的,现如今我得了便秘的毛病,想来是那时落下的病根。因为自从那次走过猫步以后,我绝不敢再"随家大小便"了。

现在我离开上海已是多年,走得愈久、愈远,对家乡的眷恋亦愈深。若与俊男独处,我的心思倒也未必转到风月上头去;可东方明珠的影子在眼前一闪而过,我就立刻是要犯花痴的。千禧之年去香港玩,在铜锣湾的一家中文书店里,看到了一直想读的王安忆的《长恨歌》。第一章,王安忆写的是上海的弄堂。她仿佛是个国画家,用白描的笔触,描绘黎明的时分,上海的弄堂如何从微光里苏醒,鸽群如何在这个灰扑扑的城市上空飞翔。一时间,那些有关故乡的记忆纷纷扬扬扑面而来,我的心悬浮起来,在一片苍茫之中找不到落脚的地方,眼泪却不听话地涌了上来。我赶紧放下手里的书,不敢再读下去。就是这样的,对于故乡的怀念,总是我的情感里最脆弱的所在。可是比起上海的洋气来,我更念及上海的马桶,那是更贴近从前上海生活芯子的。

上海的洋气,果真该让人那么得意吗?思想起来,那其实也就是当年我们年老体弱的外公,没有能力保护好自己的孩子,有一个如花似玉的女儿,被洋人拉去强占了。如今留下几个混血儿,长着笔挺的高鼻子和湖水一样的蓝眼睛。因为他们生得美,教养也好,众亲戚们用异样的眼光打量起这几个混血的孩子来。洋人当年用枪炮轰开了中国市场,牟利的同时也留下了外滩、圣约翰、洋行和其他的种种。我们不得不承认,其实是因为洋人来过,上海才比别的城市更发达一些,这是历史的无奈。只是渐渐地,无论是我们的

137

乡关何处

外公还是其他的亲戚，都只晓得因为有这些个混血儿或得意或羡慕或妒忌，提起这些人的来历，当年的耻辱竟是一笔带过，甚至于淡忘了。这才是让人痛入骨髓的悲哀。

背负着不争气的外公留下来的沉沉的十字架，眼下在这个洋人占多数的社会里讨生活，每天走在上海鲜见的一片蓝天白云之下，总也觉得自己的身份尴尬。怎样才能让自己的生活快乐一点呢？或者下次回家的时候去旧货市场淘一只红木的雕花马桶来吧，重新油漆了放在客厅里当古董，等洋人朋友来做客时，一定要请他们来瞻仰瞻仰我们的国粹。而且一定要当面质问："我们从前用这么精致的器皿来盛排泄物的，你们有过吗？"

昨日的蔷薇

一

　　上海人是很有些让人讨厌的自负的。自负得最让人愤慨的地方，其实倒不在外地人骂他的时候他一定要跟人对骂，而是被骂的时候他只当是没这回事。譬如王朔写了一个电视剧拿到全国去播映，里面派定一个卑琐小人叫"沪生"。我母亲一集一集地追着看，该流眼泪时就流眼泪，对这个名字没有半点疑义。有个把上海作家对此敏感一些，发过一点牢骚，但无非也就是自嘲一下罢了，并没有人一定也要写一个恶人叫他"京生"来报复。当然京生们都是干政治的，只晓得数钞票的沪生们，哪里配写他们呢？

　　以前的上海人虽然自负得厉害，但是见过世面的上海人实在并不多。这个事情其实是不能全怪他们的。你倒是替那些上海人想想看，在很长的一段时间里，除了夜幕低垂时分可以在外滩见识到挤成一排、抱着自己认得的那一个旁若无人地啃来吻去的恋人墙，哪里还有别的世面可以让他们见的？

　　然而上海人是很以为自己见过点世面的，所以他们不但对外地人一律地看不惯，就连上海人自己，也是要在彼此的籍贯之间分出高下来。不信，二十年前你去上海的随便哪个"上只角"跟你周围的同学邻居承认你是江北籍的试试看，马上就有你颜色好看。

　　我的邻居里有个小伙子叫毛弟，当年为了逃避插队落户宁可去菜场卖肉。毛弟生得清秀白净，眉眼间有着跟肖邦一式一样的敏感和忧伤。会拉小提琴的手举刀砍肉，每一刀落下的时候，都砍得菜场姑娘们的心伤痕累累。面对一众的追求者，毛弟姆妈倒是很开明的，儿子愿意和谁来往，她半点不加干涉，就只提一个要求："江北人侬千万勿要跟我寻回来。下趟跟侬寻相骂，她在门口一横，全弄堂的人都来看闹猛，这时候就勿是侬一个人的事，而是阿拉一家门的事了。"

　　毛弟把菜场姑娘们的籍贯拿出来一查，剔除了江北籍的也就所剩无几了。小伙子很孝顺，自然不会落入任何江北籍姑娘的情网。毛弟姆妈虽只是个家庭妇女，但在毛弟爹爹的厂子还没被公私合营之前，她在社交场上是很兜得转的。她讲话虽然轻声细语，里面句句却都是有道理的。

　　我从小就在弄堂里听说了江北人的赫赫名声，但是除了在剃头店里被他们剪过头发之外，并没有别的机会结识江北人，所以想见识一下他们"门口一横"的武功，倒也并不容易。

　　第一次走进江北人的集居地，是幼儿园里的忆苦思甜。我们一群小朋友带了茶水和面包，怀着春游一般兴奋的心情，搭了很长时间的公共汽车到一个叫"蕃瓜弄"的地方看江北人以前住过的"滚地笼"。蕃瓜弄里有一大片新造的火柴盒一般的工房，是政府从毛弟父亲这样的资本家那里夺过了被搜刮的钱财以后，为了改善穷苦的江北人的居住条件而建的。那些水泥火柴盒在孩子们眼里其实是蛮气派的,至少我们住着的街区里少见这样新鲜的水泥。第一排的工房前面留着几个奇怪的东西:烂泥地上铺了草席,上面用竹篾子搭了一个半圆的拱顶,前后用草帘子遮起来。这就是名气很响的"滚地笼"了。从前的江北人逃荒来上海,就在那种地方住下了。老师指着新工房和"滚地笼"给我们看,那对比是清清楚楚的:新旧社会对江北人来讲的确是两重天。

那一次忆苦思甜,我还是没有见到"门口一横"的江北人,然而那是不必太过惋惜的事,因为我很快就有机会与他们为邻了。那时虽然资本家留下了一些钱,住进新工房的江北人也一起帮忙创造了财富,可是"沪生"们的钱,被"京生"们拿去派别的大用场了。上海这个城市无可奈何地穷酸起来,市政府再也拿不出钱来造更多的火柴盒给江北人。于是从"滚地笼"里面钻出来的江北人,就只好离开他们集中居住的"江北窟",被房管所塞到全上海所有还能住人的地方去住了。

二

我们家的弄堂并没有什么出奇的地方,不过是四栋连在一起的三层楼房而已。听长辈们说,这条弄堂是从前的永安公司造的。永安公司虽然是广东人开的,他们造的房子却模仿了西洋的风格,因而也配了一个洋气的名字叫作"马克斯公寓"。那个名字不声不响地隐藏在层层叠叠的梧桐树叶的后面,默默地带给每个回家的人温馨的问候。弄堂口老旧的铁门,总是黑沉沉地半掩着。一闪身进了门的当儿,就觉得马路上的喧嚣都被挡在了门外,耳根子立刻清静了。

在我们这边的三层楼房对面,原先是造了一排车库的。不过那年头,连家里的电话线都统统被拔掉,墙角的壁炉也被铲得一干二净,就更别提私家车了,那是近于天方夜谭的事情。于是那些车库便长年累月地闲置着,房管所把它们当作仓库,在那里堆放铁锹、扫帚等一干杂物。

某一日,房管所忽然派来一票人。他们麻利地给车库安了窗、装了门,又在弄堂的空地上另搭一个小房子,里面装了马桶、安了煤气,接着再从弄堂口挖了一条沟,把各种管道一路引到小房子里面来。等到一切完工的时候,那条沟虽然用水泥填平了,却还是在弄堂里当腔留下了一道歪歪扭扭的疤痕。待大家再打量这条弄堂时,都无可奈何地意识到,马克斯公寓从前曾有过的那种温馨和谐的风格已经不复存在了。在家家户户疑问的眼神里,房管所的人临走时就扔下一句话,说是“江北窟”里的工人阶级要搬进来住了。

“门口一横”的江北人到底要来与我们做邻居了,想起传说中他们的彪悍作风,大家都在忐忑不安中等待他们的来临。

弄堂口黑沉沉的铁门被推开了,一个老男人吃力地踩着一辆黄鱼车进来。车上放满了长条的板凳、各式的木板、几个包裹,还坐着他的女人,怀里小心地护着锅碗瓢盆。黄鱼车顺着那条才刚干透的水泥疤痕进了弄堂,停在汽车间前面。

老男人从车上利索地跳下来,倒是一个高个子的男人呢。他脚上穿了一双松紧黑布鞋,腿上一条阔大的黑布裤子,裤裆一直开到膝盖那里,裤脚和小腿都用绳子扎得紧紧的,裤腰也是一条黑布条子,身上则敞开一件黑布褂子。待站定时,老男人就一把扯了布褂子,随手搭在车上,露出一身曾经结实过的黄肉,还有溜溜地垂下去的两肩和驼背。一定是方才骑车出了汗,他这一身往下坠的黄肉,还有那颗光秃秃的脑袋,一齐冒着亮晶晶的汗珠子。

这一身打扮,看得人还以为是《白毛女》里的杨白劳从银幕上直接下来走到我们弄堂里面来了。男人转过身,看见了他的脸,他长着细长和善的眼睛,完全不是想象中那种蛮横的样子,他不难看,只是看上去有些愁苦。

他的女人也从车上爬下来,是奇矮的一个老女人。灰白的头发短短地剪成女学生清汤挂面的式样,身上无论穿什么衣服都不能让人留有印象的样子,下面趴开站着的是一双罗圈腿,脚上是一双女学生式样的黑布鞋。女人也转身帮着丈夫一起搬家什,露出一张极丑的脸,左边的眼睛还动不动要眨一下,眨动的幅度很大,连嘴角也要跟着掀上去。可是老女人虽丑,却也是丑得一脸温和。当她停下手来,弯着一双罗圈腿,挺着肚子站在那里看她丈夫收拾东西的时候,她其实很像一个还没发育的小女孩,有着几近天真的表情。

三

这一对江北夫妇就这样在汽车间里住下了。虽然传说中的江北人作风让人恐慌,但他们善良的长相让弄堂里的人全都放了心。大家受新社会的教育许多年了,都觉得政府把空关着的汽车间让给他们住是应该的。他们还住在比"滚地笼"好不到哪里去的棚户里,他们膝下无子,是孤老没人照顾,他们在旧社会里吃了很多的苦,而那时剥削他们的说不定就是我们弄堂里的某个人。虽然那条水泥疤痕是马克斯公寓里一个无法弥补的遗憾,但是能让劳动人民过上幸福的生活不是理所当然的事情吗？

我们一弄堂的小资本家、小业主、小知识分子，似乎都发自内心地接纳了这一对从赤贫的农民出身的工人阶级。无论是当面还是背后，大家都很尊敬地称这位我们弄堂里的第一个工人阶级为"老吴伯伯"，并且他一来就被推举做了居委会的小组长，把原先那个会抽烟的、有点阿飞样子的苏州老太婆给替换了下来。大家把弄堂里重要的公物，譬如弄堂口铁门的钥匙、水井的钥匙、大扫除的扫帚、铜的摇铃，全都很放心地交给新来的老吴伯伯收着。连每个礼拜弄堂里给家庭妇女和退休人士举办的政治学习，也交给了不识字的老吴伯伯来主持。

老吴伯伯虽然一脸愁苦，贫穷和老来无子的哀痛仿佛就写在他的眉眼之间，可他真是一个负责任的小组长。自从他搬来了以后，每晚上十点钟，他就会摇着铜铃在弄堂里走一圈，边走边唱："天暗啦，各家记得锁门呢！"每个礼拜六下午，他又会摇着铜铃把各家的小孩子轰出来大扫除："大扫除啦，小把戏出来大扫除啦！"大扫除是我童年里最快乐的游戏。老吴伯伯总是打开水井的盖子，大一点的孩子分一只铅桶去吊井水冲洗弄堂，小一点的孩子分一把长条扫帚去扫弄堂。夏天的时候就每天都会开水井，太阳下山后我们先用井水洒了一弄堂去暑气，然后各家再吊一桶井水来冰西瓜。

马克斯公寓里各家老死不相往来的习惯，因着老吴伯伯的到来而改变，然而从前清幽的弄堂生活，也随之一并消失了。

老吴伯伯退休之前，大约是做惯早班的工人。早起的习惯，到了我们这里来以后依旧不改。每天早上天还没亮，他们就起床了。

汽车间实在太小，夫妻俩就自然而然地把日常生活过到弄堂里来了。他们搬出吃饭的小桌子，在彼此的喊话里吃完早餐。接着打开半导体，听完早新闻再听天气预报，声音大到住在三楼的人也会被从酣睡里吵醒。然后他们搬出四方桌，摆上四把破椅子，叫了隔壁弄堂的搭子一起来玩牌。吃过午餐，老吴伯伯即搬出他的竹躺椅，夏天的时候放在阴凉的过街楼，光着膀子歪在那里打瞌睡；冬天的时候就找一个有阳光的地方，眯上眼睛暖洋洋地晒太阳。午睡过后再来几圈牌，差不多就是上班上学的人回家的时候了。

我很怕他们在弄堂里活动的当儿回家，因为老吴婆婆总是要张大着嘴，左眼一眨一眨地盯着人看，一直从弄堂口看到我走进家门。如果不巧带了一个男朋友回家，她就会放下手里的活计，一路跟着人走回家，觉得意犹未尽的时候干脆就走上我们的台阶，在窗户外面踮起脚尖露出个脑袋不停地往里打量。她是完全没有恶意的，只是被看的人实在觉得难受，待开了门出去要光火，却只见她弯着一双罗圈腿在你面前天真地傻笑，被看的人也只好摇摇头叹口气拉倒。

等到夜幕降临，老吴伯伯会把电视机搬到弄堂里来，这是一天里最后一幕的好戏登场。他们喜欢热闹，爱看戏。若是看京戏，那么我们整条弄堂就跟着一起锣鼓喧天；若是看沪剧，那么我们也不得不跟着悲苦的剧情一起哀叹生活里不够钱买柴米油盐。

老吴伯伯虽然把我们的弄堂几乎住成了一个"江北窟"，可若是逢到落雨的时节他们不能出来，大家心里倒又惦记起来了："哎哟，几天勿见老吴伯伯了，闷在朝北的汽车间里难过死了呀。"他们的好，我们都是知道的。他们把整条弄堂当成了自家的客厅和卧室来住，从此常来光顾我们弄堂的贼骨头倒也绝迹了。从前门口晒条床单，一不看紧就会被人偷掉。老吴伯伯来了以后，我们就不必麻烦派出所来破案了。虽然不欢迎老吴婆婆在家门口探头探脑地打量我们的私人生活，可是落雨的时候她推门进来提醒我们该收衣裳了，这还是让人喜欢的。

四

水井边上的那一面墙，是一片高高的黑色的羌篱笆。我们小的时候常常蹲在羌篱笆边上挖泥地里的蚯蚓玩。老吴伯伯搬来以后，慢慢就在羌篱笆那里种了许多花草。他到底是农民出身，种东西是专业水平。不像我父亲，如果种的是花，长得一定是草；如果种的是草，一定从开始的一大盆最后长成一个癞痢头。我父亲不大会侍候花草，所以就只好花更多的精力去讲究花盆。而老吴伯伯即使种根葱，也比旁人的更绿更粗些，他当然就有资格不在乎花盆的式样。羌篱笆边上的那一点点泥地不够用了以后，老吴伯伯就从外面捡回来许多砖：青的、红的、半块的、缺了一个角的，五颜六色、粗粗糙糙地砌了一个花坛。过后他又从哪里捡来许多锈了、漏了的破脸盆，缺了上半截的痰盂，热热闹闹在羌篱笆那里排了一溜种花也种菜。

羌篱笆那里一坛子的花草，给我们的弄堂带来了难得的绿意。我放了学，常常要到那里转一转。老吴婆婆会指着那些花花草草告诉我："姑娘啊，这块是辣椒，那块是番茄，还有一块是茉莉花。"五谷不认的我看了觉得很稀奇。可惜我得了父亲的遗传，没有果实的时候，光看到那些叶子，我还是不认得它们。

过了一些年，这个小小的花坛，竟被老吴伯伯种得生机盎然了。有一年的春天，羌篱笆那里忽然之间开出了满满一墙的蔷薇花来。从前的上海，是一个了无色彩的灰暗的城市。难得一点点鲜艳自然的颜色，是要等到秋天里中山公园办菊展了，挤在人山人海里的时候奋力地伸出一个头，才能看得到的。而眼下，就在自己的家门口，突然绽放了这样一大片绚丽的生命，我的心里喜欢得也开出花来。

　　那些天放学回家，我总是要径自走到羌篱笆那里去看花。和煦的春风吹过的时候，那满墙粉色的蔷薇一朵一朵地摇曳起来，我的年轻的心，也跟着一起飞扬。语文课里学过的许多关于花的赞美词，在那一个春天里，总算是在眼前鲜活起来。有鲜花的春天，到底是与别的春天不一样了。

　　然而蔷薇的花期实在是太短了。不出半个月，羌篱笆那里的蔷薇便一朵一朵地日益萎落下去，终于全部凋零了。那一日，放学以后我在那一墙零落的蔷薇前久久地发呆。正是容易伤春爱上层楼的年龄，我想着要不要学林妹妹也来弄一个花冢，犹豫间，忽听得有人说话："姑娘啊，我看你在这块站了很长时间了，你是在背书啊？"几时老吴婆婆站到我的身后，探出头来问。她只有到我的肩膀那么矮了，而他们刚搬来的时候，我才长到她的肩膀那么高。"勿是的，勿是的，"我很不好意思起来，"就是蔷薇花这么快就谢掉了，实在是可惜。""没得关系，姑娘，明年春天花还会开！"

　　只是来年的春天我已经住校了，再过了几个春天我开始对见不到世面的上海不耐烦了。我不耐烦永远灰色的天空，不耐烦挤死人的公共汽车，不耐烦随地吐痰的人，不耐烦老鼠和蟑螂成群的老洋房，不耐烦弄堂里那条永不消失的水泥疤痕，不耐烦京剧和沪剧,我连对中文都不太耐烦了。羌篱笆那里的蔷薇还会不会开已经与我不相干,我已经等得不耐烦,我要走了,要走了。

五

我走了,去了一个繁花盛开的地方。真的花开在我上学的路上,假的花开在我的办公室里。"人家的日子过得就是高级呀!"我一边感叹,一边从盛开的花丛中走过。在精心修剪的花坛里、在式样精致的花盆里,繁花兀自开放。可是为什么,却再也没有一朵能像老吴伯伯种在羌篱笆那里的蔷薇花那样,让我的心也随之开放?

我想从前了,想得很难过,不知道要怎样才能把我不耐烦地扔掉的生活找回来。稍微有点钱的时候我就去找有梧桐树的街区来住;再多点钱的时候,看见带阳台的 Terrace House 我就租了下来。我以为这样我就可以回到小时候的马克斯公寓里去了,可是没有用,我还是想家。有余钱和闲暇的时候,我宁可不去周游世界,情愿多飞一趟回去。

第一次回家,父母还住在马克斯公寓里。在我的想念里那条总是洒满了温暖的阳光的弄堂竟是这么小这么墨墨黑的吗?马路对面的那一栋西班牙公寓怎么也像刚从垃圾桶里捞出来的一样,是因为高低错落的窗口上吊满了拖把、装满了空调的缘故吗?在错愕里我拖着行李箱走进弄堂,看见老吴伯伯和他的牌搭子还是坐在原来的破桌子边上打麻将。行李箱骨碌碌地划破弄堂里的静谧,惊动了打麻将的人。老吴婆婆看见我,即刻放下手里的牌,码着碎步跟着我一路小跑。这一次她没有留在窗外打探,她干脆走上阳台一把推门进来站定在我和母亲之间。"你家姑娘总算家来了。"她一面对我母亲说，一面依旧大幅度地眨着她的左眼盯着我看。几年不见之下，她的脸已经皱得像一粒陈年的红枣了。我母亲的脸也平添了许多皱纹，看得让人心惊。我的眼泪几乎要落下来："妈妈，我到马路上去转一转。"不愿意让大家看见我的眼泪，仓皇之间我扔下一句话，就狼狈地逃到马路上去了。

我搭了一辆双层的公开汽车到老旧的街区去望野眼。是深秋了，梧桐树上结着的"毛栗子"就在车窗外面吊着，一伸手就可以把它们摘下来；马路两边的栏杆上晒着棉花胎，有老太太手里拿着竹拍子在那里"扑扑"地拍被子上的灰尘；有人把衣服晒到人行道上来，人来人往的大街上，迎风飘扬着色彩鲜艳的内裤和胸衣，长长的丝袜上的水珠子滴落在行人的头颈里；车站上除了站牌还有告示，有写"爱护公物，人人有责"，有写"小小一口痰，细菌千千万"……我第一次认真地打量我的城市，这个几年前我不耐烦地甩手离开的地方。所有的细节都像是温柔亲切的音符，在我的心头轻轻敲过，在那一刻里，我终于觉得我是终得其所了。

可是，家虽然是一个随时可以回去的地方，而生活，却是一个单向的轨道。偏离了原来的轨道，从前的生活就再也没有可能回得去了。纵使有再多的不舍，我还是要走的。再一次离家，我已经没有了第一次出走时的那种年少轻狂。我叹了一口气走过海关，前途模糊、深不可测，光明灿烂的未来在哪里呢？

六

这次一走，又是多年。和家里通电话，偶尔提起老吴伯伯，知道老吴婆婆已经过世了。"老吴伯伯的日脚过得更加苦了,"母亲电话里说,"退休工资只有一点点,老婆过世以后嘛就只剩一份工资了,现在他只够钞票天天吃泡饭。"

这样的消息让人听了心酸,"那么政府勿多加些退休金啊?"

"现在下岗工人已经很多了,政府哪里管得过来这许多。"

"那么老吴伯伯哪能办呢?"

"邻居里有时候就送点东西给他吃。"

从前做过我们这个城市主人的工人阶级又一次沦为社会的底层,然而没有人顾得上这些了。苏州河边的宣传牌上,红底白字大大地写着"发展是硬道理"这样硬的话。上海照着这样的硬道理日新月异地发展了,高楼大厦越盖越豪华,市容的规划越来越摩登,我们不仅可以到处看到鲜艳的花朵,连墨西哥的棕榈树都万里迢迢地被移植到上海的马路上来种了。从前的郊区那些种菜、养猪的地方,早已盖满了售价昂贵的住宅小区,一期比一期时髦扎台型。连我们家也在早些年卖了老房子,搬到那里去住了。

这些年,我常常有机会回上海,可是住在这样高档讲究的小区里,我却连回家的感觉也找不到了。我坐在小区星巴克的咖啡座里,望着窗外的人来人往。这些人的面貌和姿态与马克斯公寓里走出来的人是完全不一样的。看看对面的街景,麦当劳、必胜客、哈根达斯、仙踪林、永和豆浆……每家店的招牌上都弄了些蹩脚的霓虹灯在那里闪闪烁烁。这些名堂实在看得人眼晕,这里不就是像台北一样没劲的地方吗?

我总是心心念念地牵挂着从前的故乡,可是回到上海的时候,我的故乡却已经变成另外一座城市了。躺在楼底下有讲普通话的保安守卫的公寓里，我心神不宁、辗转反侧。我到底是要再去马克斯公寓看看了。

他开了车带我回马克斯公寓去。弄堂口的铁门倒是还在，只是换成雕花的了；"Marks Terrace"这两个字像是新近刚刚刷过的；弄堂里那条水泥疤痕歪歪扭扭的也还在，就像开过刀的人，伤疤大概是不会消失了；有一桌老人还在那里打麻将，可是没有看到老吴伯伯。

我走进弄堂，没有人注意我。羌篱笆没有了，换成了一面水泥墙。不用说，墙外又是一栋新建的高楼，高得让站在弄堂里的我觉得渺小得喘不过气来。水井怎么变矮变小了，从前大扫除的时候，我好像只比它高一点点的呀。抬起头来看看三层的楼房，灰蒙蒙的比回忆里的矮了、窄了许多。老屋的门口种满了爬山虎，叶子上灰灰的落满尘土。大约是久未住人了，那些叶子一路爬到阶梯上挡住了去路。邻居大多数窗户都紧闭着，白日里也拉上了窗帘。人都到哪里去了呢？

我试着敲了敲毛弟家的门。毛弟和他姆妈刚巧吃过中饭，饭厅里还有留着家常小菜的香气。"啊呀，小寒是侬啊！"毛弟姆妈抱住我的双肩，又惊又喜叫了出来。她至少有八十五岁了，脸上长满了老人斑，眼袋老得肿了出来，下巴上的皮肤松得在那里晃荡，如果不是依然有神的眼睛，完全看不出从前那个社交场上举止得体的"旧太太"的影子了。毛弟也快五十岁了，他失去了年轻时那种清秀的模样，颓然是一个没有梦想的疲惫的中年人的样子了。他已经不卖肉了，但还是在什么地方做着营业员。

我请毛弟给我和他姆妈拍一张照。老太太去水龙头那里湿了湿手来拢头发，又抿了抿嘴唇、整了整衣服才坐定了与我合影。她到老都还是个爱漂亮的人，这让我觉得自己没有准备就要与老人家拍照是有点贸然了。

七

毛弟姆妈要带我去弄堂里转一转。"年纪轻的全部跑光了。"她指着那些紧闭的窗户对我说。于是我知道一号里的模特儿惠惠嫁了香港人移民去了加拿大，四号里那个小时候拍过电影的飞飞早些年去了美国读考古，连买了我们家的那个风度翩翩但是不声不响的童家小姐也搬到虹桥的小区里去了。

"这条弄堂里年纪轻的里面嘛侬和侬阿哥顶出息来，"毛弟姆妈笑眯眯地看着我细语款款，"侬爸爸妈妈嘛也跟了一道享福。"她说的话一向都是让人心里适意的。

"阿婆，侬福气也是好的呀，"我也努力想找让她老人家心里觉得适意的话来说，"毛弟哥哥这么孝顺，一直等了侬身边服侍侬，小朋友的功课嘛也读得这么好。"我斟词酌句地回答，但还是无可避免地触动了毛弟姆妈的心经。只是老邻居见面，除了谈论谁家搬了新房子、各家孩子在哪里读书做事，还能再谈些什么呢？

"我嘛总归跟毛弟他们讲，钞票嘛是身外之物，做人嘛只要吃得落、身体好、心平气和就好了。"毛弟姆妈说话的音量不由自主地高起来，两只在胸前比画的手有一点点抖。

"阿婆，侬能这样想，我就放心了。"

可是我知道垂垂老去的毛弟姆妈不是这样想的，她这么聪明要强的人,想要心平气和做人,谈何容易。曾几何时,毛弟姆妈是马克斯公寓里最出风头的人物。毛弟爹爹生得风流倜傥,祖承了一片工厂,又用金条顶下了马克斯公寓里的一套洋房。毛弟姆妈是上官云珠那一派的江南美人,当年结婚的时候,真是美得连张艺谋捏造出来的小金宝去做她的丫头都嫌粗。可是转眼之间就公私合营,私房没有了,毛弟爹爹也变成了厂子里一个普通拿工资的工程师了。再过了若干年,红卫兵又来抄了几通家。到那时毛弟姆妈除了剩下从前的派头,真的是什么都没有了。

本来那就是一个什么都没有的时代,什么都没有是无须心里不平的。"沪生"的毛弟姆妈是诚心诚意地相信"京生"们的政策是有道理的。虽然不可能热烈欢迎搬进她家里的陌生人,但是至少她一向都是与邻为善的。只是忽然之间政策又允许老百姓购买私房,现在有钱的人和从前没钱的人一样头颈都硬起来了。可是毛弟家的财产早就被折腾光,毛弟爹爹也已过世多年,即使在世也未必还有能力去购买一套私房,而毛弟是一个年近五十的营业员,你叫他到哪里去弄钱来买房子?

眼见得陆续搬进她老公寓里的邻居又都陆续搬出去,住到更新更好的房子里去了。而搬空了的房间竟是上了锁的,因为按政策这些房间的使用权还是属于这些邻居的。面对这样的时代变迁,请问有谁能够心平气和?

这个时代是有负于毛弟姆妈的,我忍住眼泪上去抱抱她。我真希望在我怀里的这个曾经美丽的妇人能有更好的晚年,可是我能做什么呢?

"小寒侬真是好良心,"要强的毛弟姆妈很快平静下来,她倒反过来轻轻地拍拍我的手安慰我,"侬要勿要去看看老吴伯伯?"

"老吴伯伯还在啊?"我大吃了一惊。

我们转到汽车间门口,轻轻地推开门。微光里,看到老吴伯伯蜷缩在轮椅上,他已经很老很老了。他的脸瘦得只剩下皮和骨架子,嘴巴张着,牙齿掉剩上下各一颗,眼皮下垂望着地板。孤苦伶仃的老吴伯伯看上去更加愁苦了。他还照旧穿着一身黑布衣,只是裤脚散开着,我想他是再也不能弯腰去扎紧他的裤脚了。

"老头子啊,侬今朝还好伐?"毛弟姆妈亲切地凑上前去问。

"刚刚喝了一点稀粥。"老吴伯伯看着地板答道,他仿佛连抬眼皮的力气也没有了。

"老吴伯伯,侬还认得我伐?"我弯下腰去问。他眼皮略微抬了一抬,有气无力地摇摇头。

没有觉得意外,我离开马克斯公寓很多年了。正这样想着,却又看到老吴伯伯抬起眼皮来,有一点微光在他浑浊的眸子里闪过:"你不是七号里的姑娘吗?"

"就是我呀,老吴伯伯! 侬身体还好伐?"他竟然还认得我。

"唉,姑娘啊,我今年九十四了,还不肯死啊!"

我直起身来,抬起脸仰望马克斯公寓的天空,拼命眨着眼睛不让眼泪滚下来。我们的弄堂已经被恒隆、波特曼这些个上海最昂贵的高楼大厦围得严严实实,只剩下很小的一方天空。冬天里的老吴伯伯,是再也晒不到太阳了。这些昂然挺立的高楼大厦,是如今上海这个城市里西装笔挺的脸面,而马克斯公寓就变得好像是它脚下的旧皮鞋了。这样的鞋子,穿在"沪生"们的脚下,带着这个庞大的城市和全国六分之一的财政负担走了多少年的路,可是它们现在被穿旧了,它们也知道自己旧了,就要被扔掉了。

我从马克斯公寓里出来，心里难受得说不出话来。他的车还停在弄堂口等我，我坐上去紧紧地拉住了他的手。

毛弟姆妈的私产不见了，可是她却不知道去哪里找人维持公道。那些钱不见的时候，老吴伯伯是被应承过的，他会过上幸福生活的，可是半道上，老吴伯伯也被扔下没人管了。

时代的列车隆隆地开过，无论是向左还是向右，什么时候它摆出来的道理不曾硬过？而渺小的生命无非是用自己悠长而苦难的人生铺成铁轨，好让时代的列车无情地压过去。

我一定是把他的手弄痛了，他转过头来，看见我的表情："侬做啥了？"他担心地问。

"没啥，"我的喉咙哽住了，"就是寻勿着老吴伯伯种的蔷薇花了。"呜咽着说出这句话，我终于忍不住伏在他的胸前，让眼泪滚滚落了下来。

后　记

这篇文章是读了蟀鸽的《寻找老侯》才起念写的。从前的上海是我深爱的故乡，在我一再怀着爱和哀伤回望故乡的时候，知道还有另外的上海人了解我的情感，这真是让我感到安慰。

祝福我们的故乡和所有的"沪生"。

幸子的房间

　　我大学毕业那一年正逢着流年不利的光景，当时社会上还没有时兴戴方帽的毕业典礼，校方组织大家在学校的大礼堂看了一场免费电影，这就算毕业仪式了。电影结束时也没有哪位师长站上台说点祝福的贺词与寄语，大家失望里站起身，在座椅一阵噼里啪啦的乱响中，从此我们就离开学校，走向社会了。

　　学生走空之后的礼堂内，满目全是垃圾。从面目狰狞的垃圾上踏过时，身为这个集体之中的我，一边对周遭生出嫌弃的念头，一边也把手中的雪糕纸抛了下去。

　　那年同班的男朋友因为实习的时候吊儿郎当得了不及格，需要在暑假里重补实习才能毕业。我到人去楼空的男生宿舍找他，踏上毕业班的那一层楼，眼前令人震惊的场面至今让我难忘：每一个敞开大门的寝室里，堆积了满坑满谷的生活垃圾，打包多余的草席草绳东一块西一截地扔满走廊，有些宿舍里的凳子瘸了腿，更不可思议的是，好端端的双层床的木架子还被人弄断了几根：无论这行李箱是如何包扎的，本来都碍不着床架子什么事！有谁在楼梯的白墙上涂下了龙飞凤舞的墨迹：昔人已乘黄鹤去，此地空余黄鹤楼。

　　我站在这如同败军狼狈撤退之后的营地一般的乱象前，心里交织着昔人离去的感伤与面对乱世的绝望。同学中有些人毕业后带着成功逃离的侥幸感出国了，不久后，我也开始收拾行李了。

出国第一年，我住在学校宿舍里，与两队日本来的女孩子相邻。她们都是来短期学习语言的，两队人马却彼此互不来往。

那时髦的一队是东京来的。这些都市化的女孩子，在我这个毕业时连方帽都没戴过的人眼里，是非常爱打扮也善于打扮的。她们每日以精致的妆容以及过于隆重的服饰出现，让人以为她们仿佛只是借着学语言的由头出国展览时装的。每天等待校车的场合，是她们翻行头的舞台，所有候车的学生都对她们新一天里的造型充满好奇的期待。

而另一队女孩子，则是来自乡村小学的英文老师。相对于东京来的那一队，乡村教师们身材结实些，打扮也自然朴实得多。住在我对面的女孩叫幸子，她黑黑胖胖的，长着最典型的日本人的单眼皮、小眼睛，肉肉的鼻子下面一说话就露出一对小虎牙。她的眼珠又黑又亮，笑的时候眼角弯上去，眼睛愈发细成一条线了。

幸子不漂亮，但是清甜的样子很可爱，她的乐趣是和同伴们在宿舍里煮各种面吃。每到掌灯时分，就看到她们在走廊里端着锅碗瓢盆来回忙碌，因为从小地板坐多了而有点罗圈的腿急急地迈着小碎步，像群维尼小熊一样憨态可掬。有的时候幸子也请我去吃面，她的房间里因为弄了很多煮面的作料和家什在那里，看上去着实有点乱。

过不久短期的语言训练班结束后，幸子她们回日本去了。我自己房间的窗外有好几个蚂蚁窝，因为要躲那些可怕的大蚂蚁就申请搬到幸子的房间去。当我拿到钥匙打开她的房门的时候，心头的震动一如当年踏入毕业后的男生宿舍：原先那个凌乱的小房间被收拾得一尘不染,所有的角落,墙角、床脚、柜子的死角,都被擦拭得像清晨的雏菊一样干净。

我站在这样的干净面前长久说不出话来。从前在国内读书的时候,"五讲四美"的调子一直是德育课的主题;痰迹斑斑的大街上,也从来不缺少宣传的横幅,而什么是"德"什么是"美",那一刻站在幸子这个乡村小女孩留给后来者的清爽的房间里,我真切地明了了。

在学着不再多"讲"而是真的追求美的留学过程中,我慢慢读完书,在一个大学里找到工作了。这个大学备有一些临时公寓,是让新来的教授们在找到合适的住宅之前暂时过渡一下的。那天我推开公寓的房门,迎面看见的,赫然是一个久违了的"垃圾场"。丢满垃圾的公寓里,倒是没有敲断木头架子的双层床了,只是打蜡的地板上被什么坚硬的东西砸出了许多窟窿。这些窟窿简直让人愤怒:如果是自家的地板,断不会被这样不管不顾地破坏!

环顾公寓的四周,很不幸地在垃圾堆里我瞥见简体的汉字出没。于是只好在心里无可奈何地哀叹:在这黄鹤楼里临时住过的"昔人",想必是从前的德育课上答过"五讲四美"考题的同胞,但在生活中没有遇到过像幸子这样的邻居。

爱的方式

爱的方式

从前没有冰箱的时候，家家户户都用一个碗橱。常见的碗橱差不多有半人高，里面分三格。第一格里通常放的是油盐酱醋，第二格用来放吃剩的菜，第三格则是存放碗碟用的。碗橱的最下一层还有两个抽屉，摆些筷子、刀叉、调羹和勺子。碗橱靠墙的那一面是木头的，其他的三面则是纱窗，这样空气可以流通，隔夜的剩菜才不会变馊。

可我不大记得自己吃隔夜菜这样的事了。我们家里，一桌子的嘴，大多都是刁的。从前家里钱不大够用的时候，爸爸也总是会在每个礼拜天理好一个"奶油包头"以后到咖啡馆里去坐一坐的。讲这种派头的人，当然是不吃剩菜的。

妈妈是来自一个大家庭的最小的孩子。我们广东人讲"拉女拉心肝"，外婆非常宠她这个"拉女"，她自然是有一张刁嘴的。

至于我呢，有一年爸爸妈妈送我到外地的姨妈家去，名义上是让我学着吃点苦的，可是我下了火车，面对一桌生葱和黑乎乎的酱，就是不肯动筷，还要摆出一副受了委屈的样子来。表哥看不下去，说我"一看就是一个刁小三"。"刁小三"的我哪里肯让自己的嘴受委屈呢？

只有哥哥好一些，他是不甚挑剔的人，旧的衣服改一改，他也不介意穿,吃剩菜他也肯的。只是一个正在长身体的男孩,总是要多吃一点好东西的。在这样的家里,吃剩菜的就只有奶奶了。

那时一点可怜的食用油是要凭票才能买的。因为油总不够,姨妈从国外回来的时候,除了送其他东西,还特地接济每家一大桶油。没有重油炒过的菜,隔了一夜,实在难以下咽。我们的筷子,总是掠过盛着隔夜菜的那个碗,只顾伸去夹新鲜刚煮的菜。而刚刚从厨房里煮完一餐出来的奶奶,将就着剩菜,慢慢就吃完一碗饭了。她吃得很安静,没有我们偶尔吃一次隔夜菜就好像受难似的愁眉苦脸,以至于我以为,奶奶煮完新鲜好吃的菜以后,吃剩菜是她分内的事。

属于奶奶分内的事好像不止这一件。没有冰箱的日子,每天都要去买菜的。菜场虽然不远,但仍然一大早就要去了,要不然买不到像样的东西。隆冬腊月的早晨,在妈妈的千呼万唤之下,我才肯从温暖的被窝里伸出一个头,外面的天还不曾亮透呢,奶奶倒已经买菜回来了,又穿着那件我恨死掉了的旧棉袄。

我恨那件深蓝色的旧棉袄,是有缘由的。有时奶奶买菜回来就急着送我去上学,我嫌那件棉袄太难看了,一定要奶奶换了才肯让她送我去。老师家访的时候,家里的大人把这件事给我揭发了。老师就在班上批评我,说我功课虽然好,可是思想不够好。

我不承认自己思想不好,只会去恨奶奶和那件旧棉袄。可是恨了两天我就不恨了,因为奶奶的菜不仅做得好吃,而且做的时候很好玩,像做游戏似的。我在边上看得着了迷,就忘了自己还在生气,不知不觉插手跟着奶奶一起玩了。

奶奶把大块的猪肉切成丁,用作料拌匀了来做香肠。她在香肠衣的口上放一只漏斗,漏斗里放满了肉丁,再用一根筷子一下一下把肉往里塞,这样肉就给塞到肠衣里面去了。一根肠衣塞满的时候,就用纳鞋底的粗线把两头扎紧了,再找来一根粗针,在香肠上"噗噗"地刺出许多通风的小孔来。这还没有完,她把香肠吊在阳台角落太阳晒不到的地方,说香肠是要这样风干的。

　　过了几个礼拜,胖胖软软的香肠变成了僵头僵脑一个个小老头似的,这下就可以吃了。奶奶把香肠放在米里一同煮了,饭烧好的时候,香肠也熟了。这样煮出来的饭,真是香极了。奶奶把红色的香肠切成薄片在白色的盘子上铺了一圈又一圈的,看着就让人口水流下来了。那样的一顿饭一家人吃得好开心,只是奶奶究竟吃了几片香肠呢? 好像没有人去关心。

　　其实奶奶也不是不懂得吃好东西的人。夏天里她脱下平常煮饭穿的旧衣服,换上一套青黑色的香纹衫,衣襟上塞一条手帕,脚上换一双黑色的缎子鞋,这就带我上街去。有时候我们去凯司令吃奶油蛋糕,有时候我们也去泰昌吃冰激凌。路过陕西路上那片黑色的羌篱笆的时候,常会看见一个比奶奶还老的老太太坐在地上卖白兰花。奶奶买了花给我别在衣服的扣子上,一下子我们两个人就都变香了。奶奶的心情更加好起来,跟我说起从前的事:"爷爷还在的时候,经常带我去吃大菜,我连大菜里的铁扒鸡都识做!"

　　我从来没有吃过铁扒鸡,很想知道那种鸡怎么个好吃法。可是爷爷一早就不在了,生伤寒死的。奶奶24岁就守了寡,也没有动再嫁的念头。爷爷留下的钱用完的时候,奶奶出去工作过的。现在奶奶老了,是没有工作的,她连退休金也没有。如果奶奶也没有我爸爸的话,是不是就会像那个陕西路上的老太太一样,大热天里要到外面去摆摊卖花了呢? 走完那面高高的羌篱笆的时候,我回过头去再望一望那个坐在地上的老太太,心里莫名担忧起来,就把奶奶的手攥得更紧些了。

奶奶没有工作,我不知道她买奶油蛋糕和冰激凌的钱是从哪里来的。我听见妈妈说,奶奶当年办的是退职,不是退休。大人说退职就是一次性地拿一笔钱,退休就是每个月可以拿退休金。在妈妈的解释里,仿佛我们家的钱不够用是跟奶奶选择了退职而不是退休有关联的。

奶奶是没有回头路可以走的,所以妈妈总说家里钱不够用了。既然家里钱不够用,那我就不要开口要那个金发碧眼的洋娃娃好了,下一趟姨妈再回国的时候,说不定会带一个给我呢。

我从不随便开口问大人要钱,因为我怕被拒绝的难堪,可是难堪的事情到底还是发生了。奶奶大概真的用光了退职以后留下的钱,我听见她在那里问爸爸要每个月的零用钱。爸爸支吾着不肯给,说去问妈妈要;妈妈也不给,说去问自己的儿子要吧。三个大人就这样一直僵持到夜里。

那天夜里下雨了,我躺在床上睡不着,听着窗外淅淅沥沥的雨声。到半夜时,雨倒是停了,可是野猫出来了。它们在弄堂里追逐着打起架来,一阵狂乱的撕咬声以后,受伤的野猫号哭起来,哭声非常凄惨。我躲在被子里,紧张地竖起耳朵来,再三确认那是野猫的哭声而不是奶奶的,这才把悬着的心放下来。可是眼泪还是流出来了,顺着脸颊一直滚到耳朵里面去。"快快长大就好了,"我跟自己说,"长大就可以赚钱给奶奶零用了。"

我们吃着奶奶做的新鲜好吃的菜长大了,奶奶吃着我们吃剩下的隔夜菜变老了。哥哥开始工作的时候,马上给了奶奶零用钱。奶奶拿了钱就即刻去烟纸店买香烛来祭拜爷爷,回家的时候却发现钱找错了。好多年没有去买过东西,香烛的价钱跟从前已经不一样,连钱的样子也变掉了。

　　那天哥哥把老糊涂的奶奶不认得钱的事当成笑话讲给我听,我笑得眼泪也掉了出来。用手去擦眼泪的时候,却发现那些眼泪怎么擦来擦去擦不干的。"爸爸妈妈其实也不是没钞票,"我问他,"为啥就不肯给奶奶一点零用钿呢?"哥哥不笑了,良久沉默着。

　　哥哥那时的经济其实也是紧的,工资并不多,才毕业没多久倒又要筹办婚事了。爸爸把单位里分的另一套房子给了他,其他的事情就全部让他自己操办。他勉强办齐了结婚必备的东西,却再也不够钱给新娘买首饰了。

　　婚礼的酒席上,奶奶颤颤巍巍地站起来,把新娘子叫过去,然后哆哆嗦嗦地从自己的脖子上摘下一条又粗又长的金项链来给孙媳妇戴上。那个沉甸甸的金坠子把一桌子的人都吓了一跳,不知道天天吃隔夜菜的奶奶还藏着这样的好东西,我们从来没有听她提起过的呀!

　　等到我要出国的时候,奶奶老得更糊涂了。她看我一天到晚忙进忙出,也不知道我是在干什么。及至我买定两只大箱子,把自己的一家一当都装进去的那一刻,奶奶才发觉我要出远门。

　　"阿寒,你要去哪里啊?"

　　"我要出国去读书啊!"我对着她的耳朵大声说。

　　"什么,你大学都毕了业,还要去读书?"奶奶眯起眼睛看看我,恍恍地笑着，"你骗我啦，你是想出去找男仔，是不是啊？"

"不是找男仔，"我笑着对着她的耳朵更大声地叫，"我是出国去读研究生啊！"

"奶奶，"哥哥笑嘻嘻地插话进来，他也对着奶奶的耳朵大叫，"阿寒是回香港去摆地摊卖恤衫啊！"然后他回头跟我说，"勿要去跟奶奶讲啥'研究生'，她老了，搞勿懂的。"

"是回香港咩？你们骗我啦。"奶奶将信将疑，抬起一张因为年老而变得像孩童一样天真的脸来打量大笑着的我们俩。

"是什么都好啦，"奶奶一边说，一边把手上的戒指退下来递给我，"收好这只戒指吧，赤金来的哦，肚子饿的时候，还可以换两餐饭来吃的。"

我是手心里握着奶奶从手指上摘下来的戒指上出租车的，那只戒指上，还留着奶奶的体温。可是等我赚到钱的时候，奶奶已经不需要零用钱，她连医生也不需要了，我只来得及给奶奶买了大红的寿衣。那一年回去的第二天，奶奶就终老了。没有什么可抢救的，身体里所有的机器都老得坏掉，全身的血管都爆裂了。

出国这些年，我一边找生活，一边等着我中意的男仔来找我。我终于等到他，开始学着煮饭给他吃了。是奶奶留下的遗传吗？从来不喜欢煮饭的我，一旦学着烧起菜来，很快就有模有样了。

现在的家里，只要不要求吃鱼翅和熊掌，钱是不会不够用的。冰箱当然是必备的东西，剩菜也还是常有的。饭桌上，我把新鲜烧好的菜推到对面去，把剩菜放在自己的面前。看到对面的人吃得很香的样子，我的心里满是欣慰的感觉。

我想起小时候的饭桌来，那时奶奶吃着隔夜菜，她心里有的，原来不是苦啊。这样想着,沉重了许多年的心,仿佛有些释然,可是眼泪还是涌上来了。

我放下筷子站起来,假装去看看外面的天气。天空里无声地下着密密的鹅毛大雪,什么时候外面的世界已经盖上了一层皑皑的白雪。远处的群山和树林,近处的小路和房屋,都静默地站在雪地里,邻人的屋顶上,依稀有青烟袅袅升起。这一切看上去是那么祥和又单纯。最初上帝造人,他刚刚忙停当的时候,世界就应该是这个样子的吧。

我久久看着门前的那条小路,白色的小路弯弯地一直延伸到天边去了。泪眼朦胧里,我怎么分明看见奶奶从小路的那头走过来,她穿着那件蓝色的旧棉袄,两手挽着沉沉的菜篮子,慢慢地走回家里来……

奶奶,奶奶,你是不是来告诉我,那时你没有工作也没有钱,那是你唯一可以用来爱我们的方式?我现在知道,知道了。

后 记

爷爷是广东中山人,从小在日本横滨长大(为什么太爷爷去日本谋生,家谱没有细述)。日本关东大地震那年来上海,后来又考取官费留学回到东京帝国大学读经济,读完再回上海来娶亲。

奶奶也是广东中山人,她为什么离乡来上海我小时候倒是听说一点。她的父亲是个乡绅,讨了几房太太,奶奶是姨太太生的。奶奶的父亲得病一早去世,大太太开始欺压姨太太了。于是奶奶的妈妈只好带了她生的几个孩子到上海来投奔乡亲,据说是开百货公司的,我也不清楚是哪家,永安还是先施?那年她17岁。

后来奶奶经过亲戚的介绍跟同乡的爷爷结了婚。她因此度过了一生当中最好的几年吧？可惜爷爷得了伤寒，那种病在当时是没得治的。我爸爸在爷爷过世时才八个月大。

奶奶那时 24 岁，去世时 88 岁。家谱里说她留在我们家抚养父亲，没有改嫁"值得表彰"。64 年的含辛茹苦，换来厚厚的家谱里一句轻描淡写的"表彰"。

张爱玲怎么说的？"长的是磨难，短的是人生"。

生命的礼物

那是很多年前,妈妈还没有你的时候翻译的诗。

那时候妈妈一个人住在澳大利亚一个偏僻幽静的城市里。日子很寂寞,但是因为心里有爱,所以并不觉得孤独。读到这一首诗的时候,正是初秋的一个下午。熬过了酷热难当的夏天,秋日午后的阳光就一直温暖到人的心里去了,天空里满是纯净的蔚蓝。

妈妈十几岁在中国的时候,是读过译成中文的泰戈尔的,可是那一天再读英文的,又有了新的不同的感动。

她想,以后有了孩子,就要用这样的心去爱她。

The Gift

I want to give you something my child,

for we are drifting in the stream of the world,

our lives will be carried apart, and our love forgotten.

But I am not so foolish as to hope that I could buy your

heart with my gifts.

Young is your life, your path long,

and you drink the love we bring you at one draught

and turn and run away from us.

You have your play and your playmates.

What harm is there if you have no time or thoughts for us!

We, indeed, have leisure enough in old age

to count the days that are past,

to cherish in our hearts what our hands have lost forever.

The river runs swift with a song,

breaking through all barriers.

But the mountain stays and remembers,

and follows her with his love.

by Rabindranath Tagore

from "The Crescent Moon"

礼物

我想给你一些东西,我的孩子,

因为我们都漂流在人生的长河里,

我们的生命会被分离,我们的爱会被遗忘。

但是我并没有傻到会希望用我的礼物来收买你的心。

年轻的是你的生命，长远的是你的前程，
你一饮而尽我们带给你的爱，
而后转身就从我们的身边跑开了。

你有你的游戏和你的玩伴，
如果你没有时间，没有心思想到我们，
那又有什么害处呢？

而我们，在年老的时候，
自然会有从容的悠闲，来细数过往的日子，
那些在我们手里永远失落的东西，
是我们心里的珍爱。

河流冲破所有的阻挡，
歌唱着快速奔流，而山峦驻足，
怀念着、关注着，满怀爱情。

译于 1999 年 2 月 10 日

你最初的模样

生命的最初,充满了让人敬畏的神秘。

孩子在身体里十一个星期左右的时候,我去做检查。在屏幕上,我看到我的肚子里有一个硬币大小的黑色圆圈,那便是孕育生命的温床。里面粘连在妈妈身体里的一团形状模糊的东西,就是一个小生命了。屏幕上标了尺寸的,每一格是一个厘米,那小小的一团,连五格都不到。

那段时间一个人住着,工作忙,压力也大。有一天出差开会,从飞机上下来的时候,发现出了血。当下就紧张得像是一下子被扔进冰窖里,冷汗淋漓。即刻放下手中的一切去急诊。等了好几个小时,到半夜终于轮到我,护士却说不要紧的。她看我憔悴又焦虑,就安慰我说:"我来试试看是不是找得到小孩的心跳,让你听一听。"

她很耐心地用一个冷飕飕的传感器一样的东西在我的肚子上探来探去,探了许久,几乎要放弃的时候,突然间我们就听到了隆隆的心跳,像夜里急行的火车一样快一样响。那是造物主的声音啊!在那一刻里,我分明感到了上帝的存在。我有一点想哭,一个小生命,神奇地降临在我的身体里。她/他才刚刚成形,就那么有力量,那勃发的生的力量。

当孩子长到二十个星期时,再去第二次例行检查。这次身体有 13.8 厘米那么长,连头也看得很清楚了。那时的子宫好像变大了,在超声波的屏幕上看上去,简直像个游泳池一样宽敞。才一个手指那么大小的孩子,在那里过得非常自在。她/他一刻不停地在池子里翻来翻去,好像精力用不完的样子。

我们这些妈妈,除了在屏幕上看到一个小孩依稀的模样,其他是看不懂的。但是护士本事非常大,她可以把小孩的身体器官一样一样认过来。等到我们要辨别小孩的性别的时候,这小家伙一个转身,把屁股对着我们了。

我一直是喜欢女孩子的。如果没有社会的压力,我想大部分女人天性都是喜欢女孩的,因为这几乎是自恋的延续。自从怀孕以后,走在马路上,看见长发飘飘的小女孩从身边走过,我总要盯着人家看,不过瘾的时候还要回过头再去看人家。我也要生个女孩子,给她穿最好看的连衫裙、戴最可爱的蝴蝶结。

虽然小家伙不肯转过身给我们看性别,但护士最终还是确认了。检查结果出来了,她轻描淡写地说:"是有个把手的噢。"

啊哟,等一下,我还没有思想准备咪,男孩子生出来,怎么打扮他啊,穿来穿去 T 恤、牛仔裤的。

等到临产前的一个星期,长大的孩子已经把子宫都住满了。不要说游泳,就像从前上海的公共汽车一样,转个身也已经很困难了。他一定是难受得要命,在那里一刻不停地拱来拱去。我也难受得要命,晚上睡觉的时候,若是仰着睡,就好像几个大西瓜压在肚子上,气也喘不过来;若是侧过来睡,几个大西瓜又大又沉的,直掉到床上去。

这个时候再去检查,屏幕上已经不可能看见孩子整个的身体了。我们只看得到他的半张脸。我在医生打印出来的照片上,标出了他的额头、右眼和脸。孩子在羊水里浸泡了那么久,脸是肿的,但我怎么觉得他看上去胖嘟嘟的好可爱啊,像年画里那种抱着鲤鱼要跳龙门的福相喜气的孩子。

我拿着这张纸片看个没完没了:哎呀,这个福相的小孩子太可爱了呀。那时哥哥嫂嫂刚好来旅游,顺便也来看看快要生孩子的我。我给他们看这纸片,迫不及待地指给我哥哥看:"看见伐看见伐,这是额骨、这是眼睛、这是面孔,你看他福气相伐?看到伐,你到底看到了伐?"

哥哥面露恍笑,把纸片递还给我。"哎,"他对嫂嫂说,"我们今天中午在亚洲城里吃的印度咖喱鱼头倒是蛮好吃的。"

要做到客观地看待自己的孩子,其实是很困难的。虽然哥哥的咖喱鱼头让我不太消化,但是他的话倒是提醒我了。一个初生的婴儿会给父母带来巨大的兴奋和紧张,但是这种情绪最远不过传染到爷爷、奶奶、外公、外婆那里。对于别的亲人来说,这种兴奋和紧张的情绪其实是隔了一层的。至于到了旁人那里,譬如朋友、同事,那更不过是饭桌上的一个消息而已了。

我是剖腹产。等到他们把洗干净的孩子放在我身上的时候,我还没有完全醒过来。昏睡里只看见一只毛茸茸的软软的小动物,团团地捏着拳头,在我的身上蠕动着找奶喝。他是还看不见东西的,眼睛闭得紧紧的,可是他急切地拱来拱去,一下就找到吃的了。

　　我努力睁开眼睛看他。他怎么不大好看呢,脸上黑乎乎的全是毛,身上是青紫色,眼睛就是两条线,鼻子大而且是横着长的。可这是我的宝贝!我想抬起头来好好看看他,可是我的头好像灌了铅一样沉重。我想用手去抚摸他,可是我的手软得一点都提不起来。护士帮我把手举起来放在孩子的身上,当我一摸到他那光滑柔软的皮肤的时候,就觉得有两行热泪汩汩地滚了下来,流到自己的耳朵里去了。

　　是我的孩子,他来到这个世间了。

吓人的东西

一个小人刚出生的时候，其智商是远在小猫之下的。

小猫一出来就会爬来爬去找吃的，性情凶一点的还能把手足们拱走，自己独吃霸王餐。稍微几天大的时候，被揪住小脑袋在它自己撒的屎尿里按一按，再到便盆那里按一按，从此它就知道该去哪里大小便，都不需要人教第二遍。

而小人呢？刚出来时就眼珠子会转的，吃的东西得送到嘴边才懂"咕嘟"。一堆软软的肉躺在那里，可爱是可爱极了，但连翻身都不会。如果让小人戴上小手套，小被子一直盖到小胸脯，小脑袋歪向一边睡的时候，连他是仰睡还是趴睡都让人分不清。

好在高智商的小猫贪玩不好学，而笨笨的小人倒是一直在进步的，不然真不知道最终谁做谁的宠物呢。小人过两个月能抬头了，放一条羊毛毯子垫在他身下，长长的羊毛把鼻子挠得直痒痒，但再怎么使劲撑着小胳膊，小人也无法把自己往高里抬一点，只好"呼哧呼哧"地憋着一个喷嚏。到四五个月时，小人能坐了，"座山雕"似的肉肉的一尊咧嘴痴笑，然而坐着坐着就眼看他歪身"哐啷"一声沿着沙发倒将下来。到一岁的时候能站了，这当然是人生一件大事，小人举起双臂撅起屁股努力平衡身体，摇摇晃晃地，终于像被卡住牵线的木偶一般半蹲着站稳了，但是再也不能挪动半寸，稍微一动,便一个趔趄又倒了地。

过一岁时小人能走路了,人生独立自由的第一个高潮终于来到了。当一个小人突然发现自己有行走能力的时候,他的兴奋是绝不亚于一个刚刚学会开车的大人的。就像三毛在《回声》里说的那样,"在那个时候,海角、天涯,只要我心里想到,我就可以去!我的自由,终于,在这个时候来到了!"

突然获得了自由的小人没事就整日在房间里大走特走。他整日没事,因此总是兴兴头头地四处乱走,像游车河似的从早到晚不停歇。那天他赤着膊,兜着一件将掉未掉的大尿片,光着脚丫子,手里抓着一件顺手拖来的东西——刚巧是一条青菜皮——满屋子施施然乱走。

我看着小人肉肉的背影,想这活脱脱是《水浒传》里打鱼的阮小七嘛,怎么会跑到我生命里来做我孩子的呢?正胡思乱想着,小人的大尿片掉下来了,此时他正好走到墙角。我赶忙跑过去,把尿片捡起来,还没来得及给他系上,小人偏挑这个时候出恭了。

一团黑黄软热臭的东西沉沉地掉将下来,恰坠落在小人两只雪白的脚后跟之间,挡住了他的退路。从前不会站和走的时候,小人的黄金一向安全地由他的尿片妥帖收藏,那是他有生以来第一次见识到自己的财宝。

小人被自己的这一堆还冒着烟的面目狰狞的财宝吓得号啕大哭,鼻涕眼泪顷刻间糊了满脸,那望着妈妈的表情分明在问:"这是什么吓人的东西呀!"

Puppy Love

狗狗五岁不到的时候，就可以去小学里念幼稚班了。

开学的那天，我捏紧狗狗的小手在家门口等校车。他穿着白色的 T 恤、蓝色的西装短裤，双肩背着一只米色的小熊书包。他没有像往常那样动个不停，只乖乖地把软软的小手任由我捏着。是有一点紧张吧，我摸摸他光滑如缎的黑头发，心里有微微的疼痛。

校车来的时候，他赶紧挣脱了我的手，头也不回地就爬上车去了。我看见他径自走到司机后面的位子上坐下，再不看我，也不看旁的小朋友。他的两只小手扳牢座椅，背也驼了下来，两条小胖腿点不着地，怯怯地吊在那里。

校车"嘎吱"关上门，转了个弯就开得连影子都没有了，与众不同的马达声，倒还隆隆地缭绕在耳边。我微疼的心里也有许多期待：从现在开始，小狗狗算是正式走上社会了吧，在学校这个规范的模子里，他会慢慢地被锻造成才。

那天他放学的时候，我特地请假回家等着。小朋友一个接一个从校车上跳出来，看上去好像一个个小包裹从庞大的机器里掉出来似的。狗狗远远地看见我，撒腿就飞跑起来，他手里高举着一张画纸，一路"哗啦哗啦"像风筝一样放过来。又是平时那种动个不停的小猢狲的样子了，看起来上学的第一天他过得不错。我笑着搂住他,和他一起翻检书包里的拉拉杂杂:老师的欢迎字条、手工的作业、半块吃剩的饼干,还有那张被风撕裂的画纸,上面画的是他自己:形状不规则的大头,耳朵像猫一样长在顶上,五官斜着,衣冠不整,然而看得出这个歪七竖八的大头是快乐的。不用多担心了,他是喜欢上学的。

狗狗话多,每天就像烧饭泡粥一样,在我们耳边"嘟嘟嘟嘟"滚个不停。渐渐在他的话题里,有个叫"简谢"的小朋友出现的频率越来越高了。等到他每天必提简谢的时候,我们自然要认真对待这个小朋友了。"简谢"听起来也不像欧裔的美国人常用的名字,我问狗狗简谢是什么"族"的人,他反问我:"什么叫'族'?"我想了想,跟小朋友太早解释"族"似乎不太合适,于是改问:"那么简谢的皮肤是什么颜色的?"狗狗答:"简谢是个咖啡人。"

这咖啡,可能是西裔的咖啡,也可能是黑裔的咖啡,还有可能是混血的咖啡。那么简谢到底是什么咖啡呢? 我们没有问下去,因为爸爸总说:"问他啊,赛过问菩萨。"然而不管是哪里来的咖啡,如果我们有了简谢的电话,就可以请他来玩了。但是对于读幼稚班的小朋友来说,交换电话这件事情,就跟他们系鞋带一样,绕来绕去的,终究是一笔糊涂账。

转眼新学期过掉一半,万圣节到了。狗狗套上托马斯火车装扮好,我领着他到邻居家去要糖。敲开二百米开外的一扇门,一个印度妈妈带了一个小男孩笑嘻嘻地来给糖。"这个就是简谢呀!"狗狗来不及地叫起来。原来是印度来的咖啡人啊,我赶紧跟简谢的妈妈交换了电话号码,好让两家的孩子在课余来来往往。

从那以后,狗狗学校的作文和图画里,咖啡人简谢一直是他描绘的对象。我常常看见两个头形不规则的小孩,粗细胳膊、长短腿的,在我们门口的山坡上踢足球、放风筝,或者堆雪人。狗狗有时也会给简谢着色,着了色的简谢看上去有点吓人,咖啡色不整齐的一大摊,眼鼻口都不见了。其实简谢长得蛮帅的,他爸爸是印度北方的锡客族,当然也是咖啡的,牛津毕业后在这里行医,看上去恭谦有礼。

到了幼稚班第二学期的时候,在狗狗滴滴嘟嘟的饭泡粥里,除了简谢之外,他常常提到一个叫凯伦的小朋友。这名字听起来像是一个欧裔的女孩。我们好奇地问他关于凯伦的事,可是他还是像半年前一样,咕噜咕噜半天也说不出个头绪来,弄得爸爸又要叹息问着菩萨了。万圣节早就过完了,我们再没有机会敲门敲出一个凯伦来交换电话号码。好在家长会转眼就要来了。

开家长会其实是开不出什么来的。老师总是表扬说:"你们家狗狗学东西真快。""可是,"我有点犹豫,我们华人家长总是要挑剔孩子的,"学东西快是快的,可是他事情总也说不清楚,一点逻辑也没有。譬如他的新朋友凯伦,问了半天也不知道她是怎样的小朋友。"

"啊呀!"老师激动起来,她倒不怎么关心狗狗的逻辑问题,却拍了拍我的手说,"我很高兴你提到凯伦的名字,你不知道吧,你儿子爱上她了呀!"

"什么?"我吓了一跳。

"我给你看你儿子的画。"老师从抽屉里拿出一叠小朋友做的功课来,她挑出一幅狗狗的画,那上面有两个小孩站在一把伞下,天上落着长长的雨丝。如果老师不提醒,我都没注意到有一个孩子的头上，长着扫把一样金色的发梢。想必这就是凯伦了，画边上的解释写着："我希望明年妈妈可以带我和凯伦去中国，我们要到那里去学中文。"

他想带小朋友去中国学中文我很高兴。只是他以前画自己和简谢玩的时候，从来都是大晴天的，半只红太阳永远在画纸的左上角散发光芒，怎么一画女孩子，天就下起雨来，莫非他一早就意识到恋爱是折磨人的事？

"凯伦是个很漂亮可爱的女孩子，你儿子眼光很好的。"老师没有注意到太阳变成雨丝了，她还在那里兴奋地讲述，"凯伦也喜欢狗狗的，不过她似乎更爱乔纳生多一点。"

噢，怪不得下雨呢，他要用一把伞才能靠近他喜欢的女孩，我心里想。开完家长会回家，我当心着狗狗的情绪，这孩子失恋呢。然而看他照样下了校车就飞跑回家、回到家里照样在沙发上爬上翻下、晚上照样吃得饱睡得香的样子，也不像有甚大碍。那些雨丝，看来已成过眼烟云了。

然而有一天狗狗放学回家，一进门就把书包扔地上了："我恨死简谢了，再不要跟他玩了。"他脸色铁青，头都气得仿佛在冒烟。这孩子是怎么了？我把他搂在怀里，耐心听他叙述。他气得不行，讲话更加前言不搭后语了，但是我还是听明白了。

原来凯伦第一个上校车，然后车再开到咖啡人简谢家，接着才轮到我们狗狗。起先狗狗总是坐在凯伦边上的，但是简谢近来突然也对凯伦发生兴趣，抢先一步坐到她边上了。两人为了小美人翻了脸，兄弟也不做了。

乖乖，这到底是一场几角恋爱啊？"好吧，"我摸摸狗狗的头，

爱的方式

"你不喜欢简谢,那么就不要跟他玩了。"可是到了周末,狗狗到底熬不过要玩的心思,咖啡人又来了。

也不晓得小美人凯伦最终跟了谁,到了夏天学期结束的时候,她不在狗狗的画里出现了。简谢倒是一直还在画里的,有时也轮到我和他爸爸荣幸登场。在画里我跟狗狗在家门口挖地洞找财宝,爸爸则在炉子边上烧烤。

到一年级的时候,他们换了老师和同学,狗狗不跟凯伦和简谢一个班了。开学的时候问起他:"还喜欢凯伦吗?"

"No!!!"一个"不"字拉长了音调叫得屋顶也要震塌了。我摸摸他的头,这样大声的宣言难免使人起疑心。果然,第一个星期结束时放学回家,狗狗又生气了。现在他能把话讲得清楚些了,原来凯伦拿了这个星期全年级的最佳礼貌奖。

"你生气是因为你没拿到奖,她拿到了是吗?"

"No!!!"又是一声长嚎,"谁都可以拿,就是她不可以拿!"

原来这个孩子是因爱生恨了呢。"你如果真的喜欢一个人,那么她好你应该为她高兴才对啊。"

"为什么?"

"因为 gentleman 就应该是这样的。"

一年级时他们也还画画,咖啡人简谢偶尔还出现在他的画里,只是现在的简谢头长得圆润一点了,五官也长在了该长的地方。再过了一阵问起凯伦,他不大声叫了,继续玩手里的游戏。看起来狗狗是真的忘了她了。有时他也提到别的女孩的名字,但是那是轻松或者讨厌的提法,他的画里,除了凯伦和我,暂时没出现过第三个扫把头。

有时我们坐在一起看大人看的电视。一有接吻镜头出现的时候，狗狗就捂了眼，直挺挺地倒在沙发上："啊呀，好了没有啊，好了没有啊？"他不耐烦地叫着，很讨厌这些镜头的样子。

"好了，好了。"电视上亲热完了，我叫他起来。他有点害羞，又有点如释重负。

不晓得什么时候天还会下雨，那是无法避免的，而我总是要在那里守候的。

他们其实不咬人

　　狗狗小时候是一个非常怕羞的孩子。三岁那年读幼稚园，别的孩子很快就适应了，只有他，总是要抱着我的腿往我身后躲，鼓励的话说尽了他也不肯松手。狗狗这样胆怯的表现，和同龄孩子的成长比起来，是非常刺目的。其实在熟悉的人面前，狗狗放松的时候，他是一个正常的孩子，但是一旦面对陌生人，哪怕是跟他一样的小孩子，他就马上想躲起来，那个表情，就仿佛是面对一群狼一般。

　　每当看到他原本散发着光芒的黑眼睛因为怕生而突然布满担忧的时候，我是非常心疼他的，因为他的辛苦我懂。跟人打交道这件事情，对我来说，也是千难万难的，这个孩子不过是从我这里继承了这个基因而已。正因为自己也有这样的心理障碍，我才更明白它对生活的隐性伤害。我常摸着狗狗小脑袋上光滑如缎的黑发，想着一定要帮他跨越这个障碍。

　　这真是一个非常艰巨的任务。有次去游乐场玩，明明兴高采烈想玩滑梯的，就在他要爬上去的刹那，对面蹿出来两个小孩子，狗狗就止步了，怎么也不肯再往前跨一步。我把他搂在怀里耐心地劝导了很久，还是无法把他心里的害怕赶走。

　　那时我常常要面对他的心魔，但是知道自己和他一直都没什

184
无常之美

么进步。等到他从幼稚园带回来正式的毕业照,看到照片上一个平常那么聪颖的小孩子,在面对陌生的摄影师时是一副害怕得要哭出来的表情,在心疼他的同时我也非常担忧了。这样下去,长大了如何是好?

好在爸爸出手了,他的手法跟我是不一样的。那年狗狗六岁吧,我们在长岛的海滩上遇到一大群小鹿,大家都兴奋不已,恨不得马上就追着鹿儿跑。可巧大家手里拿了垃圾,我们就跟狗狗说,去问下亭子里的工作人员,垃圾桶在哪里。本来很兴奋的狗狗突然又害怕起来,马上做出一副要躲藏的样子来。

我劝说了很久,他还是不肯去。爸爸凶起来了,那天他很坚决,任狗狗又是眼泪又鼻涕的,"你今天非去不可,这事你不做我们就不玩了!"

磨蹭了很久之后,狗狗知道是逃不过爸爸这一关的,他自己把眼泪鼻涕擦干净了,就只好去问人。人家看到小孩来问,很和气地领他去找垃圾桶。到底是小孩子,等他回转身来报告我们的时候,已经蹦蹦跳跳满脸喜色了。

"他们没有咬人吧?"爸爸问,"其实这是很简单的一件事,对不对?"狗狗又欣喜又惭愧地点点头。

不知道是否爸爸的这一凶,从此就帮狗狗把心里叫"害怕"的魔鬼凶走了。反正第二年他七岁我们去迪士尼玩的时候,他已经可以帮着大方地问路了。现在他十六岁了,刚刚第四次当选他们年级的学生会主席。他们这一届有五百二十人,看起来魔鬼走后,狗狗不再担心其他那五百十九个同学会咬他了。

幸福可以很简单

这个学期的课,排在晚上。天气爆寒,先生不放心我一个人开车,一定要接送。狗狗还小,不能一个人留在家里,也只好一起拉去陪妈妈上课了。

不能等到狗狗放学坐校车回家才走的,这样我就来不及上课之前吃晚饭了,我们要赶在他排队上校车之前把他接出来。到了狗狗学校里,我先在门房那儿填表讲明早退的理由,然后喇叭才叫人。过了两分钟,就看见狗狗从走廊的尽头走出来。他的形体动作不好看,原先是趴脚,现在穿了厚厚的滑雪衣,连两条膀子也一同趴了。他穿着高帮靴子"格楞格楞"走过来,走到跟前发现小东西的绒线帽也戴歪了。

我摸摸他的脸,咯咯笑起来。

"妈妈你笑什么啊?"

"没什么,就是你陪妈妈去上课,妈妈很开心。"

他对我的回答不置可否,一脚跨上爸爸的车,把帽子摘了。我看见他的头发,这下大笑起来。先生在倒后镜里望了一下,也跟着笑了。狗狗的刘海太长了,几乎戳到眼睛里去,大雪连着大雪,不方便带他去剪头发,昨天晚上先生给他修了修。结果刘海是歪的,而且是平整地歪的,看上去像个奇怪的女孩子。

"狗狗,今天有没有人注意你的头发?"

"有啊,一桌子的人都讲了!"

"讲什么呢?"

"讲我头发怪。"

"那你说什么呢?"

"我说我在看书,你们别烦人。"

狗狗看上去实在太滑稽了,我向来都很当心他的穿着和发型,但是昨晚忙着备课,也没留心一下。他好像也不介意。

到了大学里,狗狗就乖乖地待在办公室,除了上厕所,他也不到处乱转。先生忙出忙进,一歇不停。等我上完三个小时的课下来,狗狗的脸被暖气熏得通红,又歪又平的刘海下,那一张脸更像女孩子了。他做完功课看了小说,还在白板上留下卡通人物若干。而先生在人都走光以后终于坐下来,他干掉了两个印度人的投稿。

好了,我们可以回家了。天黑沉沉的,风一阵紧似一阵。虽然不下雪了,天却更冷了,零下十度呢。走到车库的时候,心都冷得打战了。

我们从车库里开出来,看见车站上黑黢黢仿佛有人影。

"那是你的学生呀,刚刚上好课出来等巴士。"先生说。

学校大,学生的停车场在另一头,研究生公寓就更远了,都要坐校车才能到。我看看那些黑色的剪影,想起从前自己做学生时,也是这样过来的呀。

回家的路上,我想起了杨绛的书名《我们仨》,心里觉得好温暖。

狗狗睡前，我又去摸了摸他的脸。我跟他说："你这么乖，爸爸妈妈真是很幸运。"

他微笑了，眼睛弯起来，可是他也累了，眼睛蒙蒙的。

我也想跟先生说点什么的，却不好意思起来，只能坐到电脑前，打下这些字。

"三塔，请你帮我变聪明"

圣诞应该是美国最隆重的节日了吧。从十月份入秋转凉之后的万圣节开始，节日的气氛就随着家家户户台阶上的南瓜和稻草人在空气里弥漫开来。及至烤过金黄的火鸡，感恩了印第安人之后，圣诞的装饰灯就在寒冷的冬夜里亮遍整个街区了。这一亮，就亮足整个十二月，直到过完圣诞、一只脚踏入了新年才收摊。这之后，大家便安安静静地在炉火边等待一场又一场的暴风雪。

我不知道，相信耶稣的人是否愿意以这样的方式庆祝主的诞生，对于大多数人而言，甚至是教徒本身，现在的圣诞节其实更像是以宗教的名义衍生出来的一场世俗的庆典。在这场热闹里，孩子们最最关心的，当然就是圣诞老人了：还能到哪里去找一个根本不认识的花白胡子老头，放着好端端的大门不走，偏生要半夜三更从烟囱里钻进来，单只为给这一年来实在都不怎么乖的自己送一个渴念许久的礼物？

父母从扮演圣诞老人这一场游戏里得到的乐趣，其实是不亚于孩子的。早早先从孩子那里探得口风要什么，偷偷买了礼物包好藏起来。圣诞夜临睡之前领他在房间里四处打探，并无半点送礼的迹象，于是引导失望的孩子检讨一年行为的差错，认错之后他便郁郁地睡了。第二天早上天刚亮就被叫醒，听得"圣诞老人"几字便一骨碌跳起来直奔楼下去了。后面一个录像头紧紧跟着，镜头里一个穿睡衣睡裤的小人，头发来不及梳还翘在那里，一路翘到烟囱旁的圣诞树下。那里果然有礼物躺着，他的那个最大，爸爸妈妈也借光得了个小的。来不及地撕了包装纸打开礼物，怎么这么神奇这么准的啦，就是他要的那个托马斯火车嘛！他高高举起礼物跟爸爸妈妈分享他的快乐，全然忽略顶到他面前的摄像头。"虽然有缺点，但是圣诞老人到底知道你是个好孩子！"于是力数一轮他的优点，孩子听得眼睛发亮，又刚得了礼物，便慷慨献出拥抱，抱完了大人回被窝继续睡觉，小人坐在床上玩火车，有半天可以快乐。

这场游戏的高潮，是在孩子学会写信的时候到来的。我预先申请了两个电子邮箱，一个是他的，一个是我的，名叫"狗狗的圣诞老人"。今年圣诞要什么礼物呢？别来烦我，自己去跟圣诞老人写信吧。于是在狗狗九岁那年，他和"圣诞老人"有了以下的交流：

2010 年 12 月 6 日

亲爱的三塔：

今年出乎我的意料之外，我的成绩单里有两个 2 分和十二个 3 分。所以今年我要的礼物是请你帮我变聪明，我想每个科目都好，尤其语文变得好。我不知道这事是不是可能，很多同学都跟我说世界上没人能够帮别人变聪明的。

如果这忙你不能帮的话，那么就请你给我 LEGO Power Functions Passenger Train Set 7938 吧。我还希望你能帮忙捐礼物到医院或者穷人家去，我的老师告诉我们说还有很多穷人家的小孩很可怜。当然你如果直接给他们钱是最好的。

还有你可不可以到中国也跑一趟呢？我妈妈说你以前不送圣诞礼物到中国去的，所以我表姐从来没有拿到过。当然如果路实在太远了那你也不必辛苦自己了，虽然我可以帮你准备咖啡好让你在路上提神。

哦，不知道你可不可以多给我些礼物，因为今天老师问班上的小朋友想要多少礼物的时候，他们都说要 5 个以上（很多要 10 个，一半要 15 个，还有个叫卡尔的要了 20 个呢），只有我一个人要了 1 个。

对了，你是喜欢普通的牛奶呢，还是巧克力牛奶？你喜欢什么样的饼干？告诉我我好帮你准备。

祝你圣诞快乐！

你忠诚的，

狗狗

2010 年 12 月 7 日

亲爱的狗狗：

真高兴今年你写信给我了。你长高了吗？变聪明了吗？

我也很高兴你信任我、告诉我你的成绩。这说明你是一个很认真的学生，在乎自己的学业表现。但是你也不要对 2

分和3分太在意，一个小朋友最最重要的是尽了自己最大的努力去学习。你尽力了吗？有没有少看点电视？每天都做爸爸妈妈给你的功课了吗？每天都练琴了吗？有没有每个礼拜都学中文？如果这些你都做到的话，你就不必为了成绩单不开心了。学校的评分标准今年变掉了，读完一学年才能拿到4分的。而且老师的观察并不一定是对的，因为他们的学生太多了，有的时候他们管不过来。但如果你没有尽力而为，那你就真的要努力了。

这个圣诞如你所愿我会给你两个礼物：

1. LEGO Power Functions Passenger Train Set 7938。
2. 一个专门教你写好玩故事的英文老师。

关于送礼物给穷孩子，谢谢你关心他们。你不仅是个认真读书的孩子，而且还是个有爱心的孩子。但是你不应该让别人代你做善事，如果你有诚意的话，你应该用自己的钱给他们买礼物。

爱你的，

三塔

p.s. 如果你今年圣诞还是去旅行的话，你就不必为我准备牛奶和饼干了。谢谢你。

2010年12月7日

亲爱的三塔：

　　我今年长高很多了，也变得更聪明了。谢谢你指导我如何正确看待我的成绩单，你跟我爸爸妈妈讲的倒是一样的喏。在你提到的努力学习的单子里，除了学中文，我样样都做到了。谢谢你今年给我两个圣诞礼物，我是非常感激的。写故事的英文老师？那是谁啊？关于捐礼物给穷孩子，那么我就等春天来的时候摆摊卖旧货挣钱吧，我也会想办法卖我的卡通画来挣钱给他们买礼物的。

你忠诚的，

狗狗

　　p.s. 我们今年圣诞倒是又要出去玩了，我们坐邮船去巴哈马。

　　原来我以为这个写信的游戏还可以继续玩下去的，但是第二年叫他写信他已经不干了。同学里有哥哥姐姐的，老早戳穿圣诞老人就是爸爸妈妈扮的这个把戏了。而我们家里还在说，他似乎也将信将疑。接下来的几年里，信虽不写了，但礼物还是只管问"三塔"要的，而那礼物的递交方式，也还是老样子，圣诞前夜神龙不见首尾，"圣"诞了之后的早上，礼物依旧躺在圣诞树下。

　　后来问起他，"什么时候开始知道没有三塔这回事？"他说其实早就知道了。"那我们把礼物放在树下，你也没有质疑啊？""重要的是有礼物,怎么来的不用管。"这是他的回答。原来这个游戏到后来玩到我们自己头上来了呀。

今年狗狗十六岁了,问起圣诞礼物,说要一把电吉他,既然是电的,就要带一个功率放大器。我们讨论了一个大家都可以接受的价位,跟他说,自己到网上去找吧,用我的信用卡付钱。现在的礼物,不但不必麻烦三塔钻烟囱,连我也只有在付钱的时候有用,其他都不必参与了。

无常之美

撒谎的孩子不开心

　　吃过晚饭我要出去走走,临走时照例叫狗狗来锁门。平时这一刻他总归要上来跟我哆一哆的:要么吵着要跟我同去,要么吵着叫我别去,半真半假之间才不情愿地锁上门。今天他没来哆人,很爽气地锁了门,三步并两步就跳回到沙发上去看电视了。那里在放卡通版的《阿凡达》,这个神怪故事,狗狗迷得很,买书、买游戏、看连续剧,非常忠实地追随了两年多了。

　　八月一过,北方的天就黑得早了。今天晚饭又开得迟,才走了几步,天色就完全黑了下来,于是我决定抄近路回家。门铃按过,听见狗狗从沙发里跳出来,"咚咚咚"地从走廊里跑出来开门。他摆开架势,给我做了一个阿凡达的动作。电视还开着,恶魔还在追赶阿凡达。

　　"还在看啊?"我随口问。
　　"我才开的,刚才拉过一会儿琴了!"狗狗又跳回到老地方猫着了。
　　"今天怎么这么乖?"我有点意外,他今天下午已经上过一个小时的提琴课了。
　　抬头看看钟,自己才走了不到半个小时的路,这孩子动作倒是蛮快的嘛。我一边想,一边坐下来换球鞋。门口的鞋凳上还放着我下午回来顺手扔在那里的手袋,手袋下面,压着两份琴谱。

"狗狗,你刚才拉的什么曲子啊?"

"就是今天在老师那里拉的亨德尔呀!"那边一面答,一面继续在看电视。

我把手袋提起来确认一下琴谱,正是亨德尔的协奏曲。

"狗狗你过来。"那边听见我的声音很严肃,马上就过来了。

"狗狗,你刚才真的拉琴了吗?"他一听,摇摇头,眼圈马上就红了。

"那你为什么要说自己拉过琴了呢?"

"因为我今天电视看得太多了,没有做正经事情。"

"你没有做正经事情,所以心里不高兴对吗?"狗狗点头,他看上去懊恼极了。

"那你现在没做正经事情还撒谎,不是更不高兴了吗?"狗狗听了,开始大颗大颗掉眼泪。

"狗狗,如果你撒谎,世界上最最不高兴的人是谁,你知道吗?"我把他搂在怀里问。

"是我自己呀。"他开始大声抽泣。

我点点头,"那妈妈现在教你一个可以让自己高兴起来的办法,你想不想试试看?"

狗狗猛点头,他的表情轻松一点了。

"你现在真的去拉一会儿琴,这样你就既做了正经事情又不撒谎了。"

"哦。"他马上就关了电视去拉琴了。

现在他已经在我身边睡熟了。我看着他童真的脸,心下是安慰的,一个知道撒谎会让自己不开心的孩子,我想我不用太担心。

棒打鸳鸯

　　狗狗八个月大的时候，我带他回上海。机场里有个四五岁的小女孩路过，看到童车里的狗狗，她马上露出一副"这个肉球球真好玩"的表情，不由分说就俯身到狗狗嘴上亲了一下。狗狗被突然地亲了一下，有点不高兴。他抓着手里的大塑料钥匙串囫囵摇了摇，伸出舌头舔舔嘴唇，即刻皱了眉，那女孩子的口水滋味显然不怎么好。

　　到了上海以后，家里人带我们去刚刚建好的新天地见世面。那里有陈逸飞开的礼品店，一块肥皂卖出金条似的价钱。我正在那里翻金条，听见店里花枝招展的销售小姐们一窝蜂拥过来抢着抱狗狗，生意也不要做了：

　　"好了好了，你抱了很长时间了，轮到我抱一歇了。"

　　"哎哟，小弟弟呀，你这么小看见美女就晓得流口水啊？"

　　……

　　狗狗被几个美女在臂弯里抱过来抱过去，他半皱着眉，亦不恼，只一味口水嗒嗒滴个不休，手里依旧随时就会撒手的样子抓着那串宝贝大钥匙圈。

　　狗狗长大后，也不见得特别招他同龄的女孩子待见。读幼稚班时他单恋了金发的凯伦一场，为此还跟印度裔的好兄弟简谢争风吃醋，差点反目成仇。后来这场恋爱不了了之。小学毕业典礼上，我特意留心凯伦，她已长成一个木嘿嘿的大女孩子了，而狗狗和简谢依然还是好朋友。

比起读书来，我们其实一直觉得小朋友的社交能力更加重要。老师总是说，你们家的狗狗很活跃，在班是上属于来事的那一拨，很受小朋友拥护的。可是在我们眼里，尤其是在待人接物上，狗狗是个毛病多多的孩子。

三年级开学的时候，我们这里突然冒出来好多新小朋友，都跟狗狗一起在马路对面上校车的。劳伦是跟狗狗同一年级的，伊丽莎比狗狗高一级，钱德勒是伊丽莎的弟弟，又比狗狗低一级。

开学第一天，这几个孩子聚到一起等校车。那几个孩子才一分钟就混熟了打来打去，只有狗狗懑憨憨站在一边，也不跟小朋友一起闹。好几个礼拜过去了，他也还是这样子，只偶尔跟大家讲几句话。

到了下大雪或者大雨，劳伦爸爸开了车让小朋友上他车里等校车，摇下车窗请狗狗一起去温暖，他摇摇头亦是不肯上，不知道是难为情，还是答应过我们"不可以上陌生人的车"的缘故。

问他为什么等车时不跟大家玩，答"跟女孩子没什么好玩的"，比他年级低的男孩子，他又不怎么看得起。然而看他站在那里的身体语言，分明紧张兮兮也不像"跟女孩子没什么好玩"的样子。我们叹了一口气：有些事情是急不来的，只有慢慢教导或者等他自己慢慢领悟吧。

四年级时他跟劳伦同班了。开学的时候，狗狗还是少言寡语地站着，可是不知什么时候，这两个孩子突然就要好起来。一好起来他们就好得不可开交，天天要腻在一起玩了。一放学，他飞跑回家书包一扔就要去劳伦家。他总也没功课的，都在学校里课间休息的时候"呼噜呼噜"就做完了。有时要捉牢他，等拉完琴了才让他去劳伦家里玩。

他平时到男孩子家玩，我们蛮麻烦的。通常规矩都是先要打电话跟对方父母预约，讲好几点到几点，还要开车接送。而去劳伦家，对面几步路而已，省了我们好多手脚。有时劳伦从家里光着脚就跑我们家来了，有时她要玩到她妈妈怪不好意思地过来敲门叫她回家吃晚饭。

这两个孩子大多数时候跑到家后面的公园里打球。劳伦上过私家篮球课的，举手投篮有点样子；而狗狗也一本正经上过网球课的，挥拍也不算太难看。春天来的时候，两个白皙的孩子马上晒得红红的，过了两天就又黑又结实起来，真是好看的样子呢。

有时他们也跟了劳伦的哥哥玩电子游戏，一跟一个叫"马里奥"的东西纠缠起来就没完没了，一定要人去敲门才能把他催回来。每次我去接他，劳伦爸爸总是夸奖狗狗，说他是个"好青年""还教我的两个孩子欣赏古典音乐呢"。

其实他教人欣赏音乐是假，扎台型是真的。劳伦来玩时，狗狗特意挑了节奏快技巧复杂的曲子拉给她听。"哇，像专业的一样啊！"劳伦惊叹。我们听了暗笑，在女孩子那里，我们就给他面子不戳穿他的西洋镜了。

女孩子一来玩，就连我们家长的态度都变掉了。若是隔两条街的罗比来玩，到了吃饭的时候还不走，而原先又没讲好要留饭，爸爸就要在罗比走后教训狗狗的，"做事情没有计划"云云。而劳伦突然要留饭,大家都吃进没话讲。我还特意去煎一碟小笼包给她吃,只因狗狗的那一班狐朋狗友提起油煎的"little bun",都是喜欢得打耳光都不肯放的。天知道劳伦还不卖面子,她不喜欢煎小笼包,我一时也来不及叫外卖的比萨饼,只好又去煎块葱油饼孝敬她。

"你看你看,看见媳妇眉开眼笑。"先生嘲笑我。

"你还不是一样,换了男小人玩你的电脑,你老早光火来。现在劳伦玩你的 iPad,你还不是没脾气。"

到了四年级,美国的家长都开始准许孩子们到小朋友家过夜,这叫 sleepover,算是社交的一种训练,孩子们对此向往不已。狗狗常常算给我听,谁谁已经过夜三次了,谁谁又过夜五次了,而他一次也没有。

"为什么没人请你呢?"

"他们想请的呀!可是他们知道亚裔孩子的爸爸妈妈不会答应的呀!"狗狗委屈得要死。

自从虎妈写书提到反对女儿到同学家过夜,整个亚裔社会都给脸谱化了。其实我是不反对孩子到信得过的好朋友家过夜的,但是我因为没有打算回请狗狗的小朋友来过夜,所以对这事也没有积极张罗。家里实在不够大,又有个生病、掉毛,还会抓人的讨厌的猫公公。

"你再耐心等等吧,等妈妈买了大点的房子,一定请你的好朋友来过夜。"

狗狗正无限向往这个他从来没份参与的活动,那个星期六劳伦倒又一次请她的好朋友，也是狗狗同班的妮可儿来过夜了。那天晚上温度蛮低的，两个女孩子裹着厚厚的毛毯坐在露台上叽叽喳喳谈山海经，劳伦妈妈还特意给她们点了火把取暖。劳伦的露台正对着狗狗卧室的窗口，两个女孩子对着我们的窗口大声喊话，"过来呀，过来玩呀！"

对面火光摇曳，撩拨得狗狗心里更加痒痒了。他实在很想去玩的，可是已经很晚了，他也知道妈妈不会同意的，只好跟女孩子隔窗喊了晚安就灰头土脸地去洗澡。

我看他这么可怜的样子，就想让他去玩一会儿好了："等下洗完澡，你穿了厚衣服、带上手机可以去玩会儿，妈妈打你手机时就回来。"

"真的吗？"狗狗喜出望外，大叫一声"谢谢妈妈"就兴奋地从浴室里跳出来。这个会教人欣赏古典音乐的"好青年"身体也来不及擦，水淋淋光着屁股跑到窗前，掀开窗户就跟女孩子们大声通报好消息去了，而他的小鸡鸡上还挂着水珠子呢。

我本来预备过一个钟头给他电话的，想不到他才去十分钟就回来了。第二天劳伦妈妈跟我打招呼，说对不起，两个女孩子影响狗狗休息，就熄了火把，把她们赶到地下室去疯了。

如果我不让狗狗去玩，他要嘀嘀咕咕不开心很久，现在让他去玩而没玩成，他也心满意足不怨我了。

火把夜过后狗狗跟劳伦益发玩得近乎了。有时他去找劳伦，人家去上篮球课去了，要过半个钟头才回来。半个钟头里他坐立不安，干什么都没心思。半个钟头再去敲门，人家还没回来呢。过十分钟还要去第三次，爸爸就不许去要训人了，"怎么这么没出息！"

这样巴巴地小心等候着人家女孩子，"你是不是真的喜欢劳伦啊?"我们问狗狗。

"才不是，学校里谣言都说喜欢她的人是泰勒，但是她不喜欢泰勒。"泰勒也是狗狗的好朋友，他是个高个子的爱尔兰后裔，也喜欢打篮球。

"那劳伦不喜欢泰勒，是不是喜欢你呢?"

"没有的事。"

"那你们为什么老是一起玩呢?"

"我们住得近，又没别的人玩呀!"

这天，没有别的人玩的两个孩子吃过晚饭，又到门前的山坡上去玩了。这次他们也没玩球，就只是爬到山坡上一前一后滚下来，滚下来后再爬上去，再滚下来。

"你看他们像不像普通的美国小夫妻，也没啥心事，就一直戆白相。"先生拍拍吃饱的肚子说。

"真的蛮像的喏。"我看着窗外的孩子们。其实很多美国年轻人心思很单纯的，哪里有那么多出人头地、读名牌大学、赚大钱的沉重想法?

"等再过半年，我们搬了新房子，马上就棒打鸳鸯了。"原来先生已经都预见好了。

我大笑着再回头去看窗外的孩子们。饭厅里有两扇窗，窗框是白色的，窗外就是那一大片葱绿绵延的山坡。两个孩子在白色的窗框里不停地出现：滚下来，爬上去。他们浑身粘满青草，咯咯笑个不停。童稚的清脆的笑声，在山坡上回响，袅袅余音久久地回荡在黄昏的天空里。

十七岁的生日礼物

　　狗狗小的时候，生日庆祝对他而言自然是比天还大的事，而对我们来说，这一天也是难得可以不克制地乱宠他的日子：玩几天就不再有兴趣的不便宜的玩具、只吃两口就扔的五颜六彩的蛋糕、游乐场里低智商的游戏、剧场里好莱坞的傻瓜电影、可以放开肚子大吃特吃的垃圾食品，还有随便他闹到几点的 sleep over。

　　这样的生日派对一直要持续到第二天吃过早中饭才散。疯了一夜的小伙伴们被家长一个个接走后，狗狗在房里倒头大睡，我则要面对一个被七八个精力过剩的男孩子大闹过的天宫。家里到处都是被踩得粉碎的土豆片、当作子弹来打的爆米花、滚到床底下的巧克力，当然还有每次必会在墙脚出没的陌生臭袜子。虽然我打扫得腰酸背痛，但是直起身来叹口气后还是预备来年再让他疯一场。美国的孩子上大学就永久地离家了，我又能有多少次拾陌生臭袜子的荣幸呢。

　　原来我以为至少能把陌生臭袜子一直拾到狗狗读大学的。看到人家爸爸送给十六岁的女儿的生日礼物是一本精美的相册，里面是孩子从小到大的留影，封面印着"甜蜜的十六岁"这样动人可爱的字眼；或者看到有妈妈给十六岁的儿子的生日礼物是一条自己缝制的百衲被，上面精心拼搭的是孩子从小到大的衣服，我就感动得不得了，心里盼着等他长到十六岁的时候，我也能献出一样表达爱心的宝贝。但是想不到狗狗十四岁进入高中读九年级以后，他对生日庆祝的兴趣突然消失了。

说起来这一切都是来自不同朋友圈的影响。进入高中以后，狗狗就参加了学校里各种各样的俱乐部。俱乐部里高年级的部长们都在为申请大学忙碌。谁说美国没有升学指挥棒的？其实任何一个教育系统规范化的国家都会有的。因为规范需要评估，有评估就会有标准，这标准不就是指挥棒吗？只不过美国的指挥棒不是单单指向分数这一根，它更有点像猪八戒的钉耙，一举起来就又向四面八方。而常青藤们都是派天蓬元帅把门的，莘莘学子一心渴望进入西天极乐世界，心甘情愿被钉耙叉开的九齿支使得团团转。

进了高中的狗狗目睹一心想去西天取经的学长们像陀螺一样被常青的蔓藤抽打，个个都兴兴头头地转个不停，也跟着人来疯起来。他顾不得脸上肉嘟嘟的婴儿肥还在，就抖擞精神加入了去西天取经的帮会，身不由己地高速旋转起来。从此，除了升学的"正经事"，狗狗再也不浪费时间寻开心了。问起他以前生日派对上的那些可爱的捣蛋鬼们，狗狗说他们的个子都比以前高出一个头了，但还是在把爆米花当子弹打着玩，至于大学是在西天还是东瀛，他们对此事一点也不关心。

其实看到狗狗累得一坐到我车里就像瘟鸡堕头一般睡将过去，我真希望他也能浪费点时间去扔爆米花。简单糊涂地快乐着有什么不好呢？美国这个地方又饿不死人，他长大后总会有一份错不到哪里去的工可以打。

当然，如果狗狗真的是一个凡事都不上心的孩子，那我又会有不一样的担心了吧。我们像是降生在生命长河里的水珠，每一滴都被动地随波逐流，无论被浪花带到河流的哪一边，都会觉得河对岸的青草更绿一些。扔爆米花固然是一种随大流，但是被成功的欲望指挥着绕着猪八戒的钉耙辛苦打转，何尝又不是一种随大流呢！

生日不再请大闹天宫的小朋友们一起来庆祝之后，狗狗的生日礼物也成人化起来。前几年他一直要求每年添一把琴做礼物，结果十六岁的生日礼物是一把德国琴，现在家里墙壁上也挂得差不多了。

今天他十七岁了，非但不要聚会，连生日礼物要什么都支支吾吾讲不出，因为没什么兴趣。他说下课后已经和几个扔爆米花的同学去咖啡馆喝过甜水了，那几个同学合起来送了他一个三明治，这就算过完了生日。正是忙着准备大学申请材料的时节，生日怎么过也实在无所谓了。材料的其他部分都是长年的积累，现在一样一样填进去便好，让人头痛而又极为重要的，是那个 650 字的申请文书。

其实他已经写过几个版本了。一个本是十一年级里最后一次英文课的作业，他写的是学琴到半途换到一个凶神恶煞的老师门下的故事。那个美国女老师极为严厉，对学生和家长极尽嘲讽但不打击之能事，别的白人学生都逃走了，只有狗狗硬着头皮挺下来。当然后来就一路进步，于是从中获得人生领悟若干。英文老师说写得非常好，可以直接用了。我们读了是觉得好，但只是一般的好，没有特色的好。狗狗也同意我们的感觉。

另一个是他在全美高中生作文比赛中的得奖文章，写的是他自己的头发。从三岁时的蘑菇头，后来的板刷头、三七开，一直到现在的飞机头，据说每个发型的变化都是与他的成长阶段合拍的。写是写得蛮风趣的，字里行间充满了一个智慧少年的意气飞扬。本来题目倒是别致，但是如果缩到650字的话，剩下的恐怕更像是一个发型师的工作手记了。

最后到底应该写什么，我们已经讨论过好几次了。一开始建议他从自己是少数族裔的角度来讨论全球日益多元化这个趋势。我们在挪威旅行的时候，遇到一个出租车司机，是以难民身份移民的索马里人，然而在交谈里这个司机对挪威的抱怨和敌意让我们大感意外。其实作为少数族裔的我们，更加明白主流社会的善意应该经由真诚而不伪善的表达，才能通往原本的崇高含义。然而这个题目太大了，狗狗虽然喜欢这个题目，但是写得很吃力，两个礼拜过去也没有什么进展，以至于生日都过得有点焦虑了。

匆匆吃过晚饭后，我们三个人又讨论了几个小时，大家头脑风暴的结论是建议他写小时候打争上游的事情。狗狗那时拿到好牌就喜上眉梢来不及要赢，拿到坏牌就拉长脸发脾气乱打。爸爸一直跟他说，打牌就像人生，而牌品就是人品。拿到好牌的时候要谨慎，可能别人会更好；而拿到坏牌的时候也要把它当作是好牌一样认真打，不能自暴自弃。每个人的运气到头来都是均衡的，谨慎又积极地打好每一副牌的人，才会最后赢。

我们讨论到后来，狗狗兴奋起来，大叫这个题目太好了。这不仅是个有趣的题目，而且爸爸的教诲是深深根植在狗狗心里的。写作就是这样的，常常会卡住，但只要是一直在牵挂一份表达，突然在某个时刻，文思就会顺畅起来。他一边飞快打字写下大纲，一边跟大家 Hi Five，还学着黑人饶舌歌手的样子摇头摆尾起来，到底还是一个孩子啊。

虽然一直以来我对美国大学申请的科学性持有怀疑，但是在这一刻里我至少肯定了设定申请文书这一栏目的意义。在人生这个关键的转折点上，这份申请文书固然是大学了解学子的窗口，但更重要的是让孩子思考和总结之后前瞻：自己应该以怎样的姿态来面对未来。

我很欣慰在他十七岁生日的这一天，我们一起讨论选定了这个申请文书的主题。虽然我没有准备相册和百衲被，但我确信我们给了狗狗最好的生日礼物。我伸手摸了摸他的头发，现在不像小时候的蘑菇头那么柔顺好摸了，全是硬邦邦的发胶。看着他面对电脑屏幕那个全神贯注的样子，我明白这是他最后一个和爸爸妈妈一起过的生日了。

隔壁人家过情人节

在清晨的校园里,我看见一个亚裔小男生捧着鲜花在车站上等人。他长得很瘦弱,也许是还不习惯做这样的事情吧,在他喜滋滋的等待里,混杂着一丝生涩的表情,那副很厚的眼镜片,也遮挡不住他心里的难为情。

从校车上跳下一个背着大书包的女孩子,也是一样瘦弱。当她意外地看见他和那束玫瑰,惊喜之下,她像花一样灿烂地笑了。那女孩生得其实不漂亮,国字面,扁鼻三角眼,笑的时候嘴一直咧到耳根去,露出好大的一口板牙。在男孩儿眼镜片的反光里,看得见女孩儿的板牙一粒一粒又白又大地闪着亮晶晶幸福的光芒。这一对人儿,因为内心的喜悦,使得他们平常的长相看上去也变得那么讨喜了。

我的情绪也被他们的喜悦感染到了,寒风吹在脸上,刺刺地只觉得清新宜人。是情人节了,多了这些鲜艳的玫瑰在来往学生的臂弯里,太平盛世里的日子,仿佛降临这个校园了。

走进办公室的时候,看到丝戴芬的桌上已经摆着一篮子的玫瑰了。玫瑰真是漂亮的东西,闲闲地在那里一放,平凡的办公室立刻就蓬荜生辉起来。丝戴芬的篮子里,还有一只气球,心字形的,上面印满了红唇和许多表达爱的字眼。有人从花篮边上走过时，那气球就要往上扬一扬，心和唇和爱就在那里一摇一摆的，有点像从前跳"忠字舞"的意思。

那一篮子的玫瑰，让办公室里的人都有些心猿意马不能安静工作了，大家开始闲聊起情人节的事情来。强是南京来的，普通话和英文都有很重的口音。他和太太的感情是极好的那种，所以他的口头禅就是"又要给我罗婆骂死掉了"。现在他又在那里中英文夹杂着大声抱怨，说太太一大早就把他给"骂死掉了"。因为今天是情人节，他什么都没给太太准备。而与他们同屋的男生，昨晚漏夜跑去加油站给太太买了玫瑰和长毛绒玩具。"我罗婆跟人家一比，马上就气死掉了。"强叹气道，大家听了大笑起来。

正说笑间，安妮的一打玫瑰也送到了。安妮虽然没有气球，但是她的玫瑰看上去真是娇艳欲滴。大家盛赞这打玫瑰漂亮，"可以开好几天呢"。而有种便宜的玫瑰，据说到了下班就会凋谢的，"那就很没面子了"。

一个上午，办公室里的每个人对这特别的一天都多少有了交代，就剩我这里还没什么动静。丝戴芬忍不住问："寒，你的情人节一定挺浪漫的吧?"我一向都是看着别人过这个节日的，她这一问，倒是让我仔细地想了想自己的情人节来。从前是曾经收到过不相干的人送的卡片、唱片什么的，不过，"成打的玫瑰或巧克力我是从来都没有收到过的，"我老实回答，"烛光晚餐也从来没有人请我去吃过。"

这回答实在太让人扫兴了，大家沉默了一下子，就撂下我，转头说起贝蒂浪漫的经历来。去年情人节，贝蒂的男朋友差了一个墨西哥人来唱西班牙情歌给她听。那墨西哥人戴了一顶编织精致的呢帽子，弹得一手好吉他，一双尖头皮鞋还会咯咯响地打节奏，那把深情的嗓子，真是赛过胡里奥·依格来西亚斯（Julio Iglesias）。贝蒂感动得要死，后来很快就嫁了。

我听他们这一说，感动倒是不曾感动，就是有些担心起来。我这边不是到这会儿还没什么动静嘛，万一等下也来一顶墨西哥帽子唱歌给我听，那我可如何是好。来者若是安德鲁·波切里（Andrea Bocelli），那倒也算了，反正他看不见，我只要出耳朵听他的情歌就好了。倘若来者是胡里奥·依格来西亚斯，深情款款的歌声里，还有媚眼飞将过来，那我是接招不接？

担了一个下午的心，总算混到下班。一坐上他来接我回家的车，就赶紧问起他一天的日程。知道他早上去一家公司做项目，中午同小巴辣子谈话，下午给上司写报告，期间并没有时间和心思关心墨西哥帽子出没。

就知道自己的担心是多余的，我笑着把头转开去。车窗外面，看见丝戴芬正走过。她背着一个大书包，捧着那个大花篮在雪地里深一脚浅一脚地走。心字形的气球在风里飞扬着，一下飞过来打到她的左脸，一下又飞过去打到她的右脸。

我看她走得辛苦，恨不得下车去帮她一把。于是我想，若是她的花篮直接给送去家里，岂不是免了她搬运的麻烦。然而若真是这样的话，她被他爱着也就没有人知道了。情人节好像就是要爱来爱去给大家看的意思，商家也因着这层意思发点财。要是每个人都关了门在家里只爱给自己人看，那不是一点闹猛也没有了。

见我望着丝戴芬的花篮出神,他问:"嗯,要不要我们也到外面去吃顿饭?"

"做啥呀?"我收回视线,"平常不是周末才去外面吃的嘛,我们还是回家去吃好了。"

回到家,我即刻换了衣服去烧饭,吃过饭我们就去看猜字、猜完字我们接着去看书。书看到一半的时候,他拍拍我的手咬文嚼字地说:"哎,今天是'圣——瓦——伦——丁'节哎。"

"隔壁人家有喜事我是知道的呀,"我从书里抬起头来看看他,"不过人家'生娃又抢钉'打造新房子,跟我们也没什么相干呀。"

他眨着眼睛笑起来,就把我的手握得更紧一些了。于是我们就这样手握着手又各自埋头看书去了。

奶奶的鱼脑石

　　绵绵秋雨的下班路上，我的车夹裹在闪烁着红色尾灯的车河里爬行，以前下班后赶去幼儿园接狗狗遭遇堵车时的焦虑感突然涌上心头。多少次踩着关门的最后一分钟扑进教室，幼儿园里的灯只关剩下一盏了。小朋友都走光后，那里冷清得像是个孤儿院。肥胖的老师面带愠色，而狗狗愁眉苦脸、孤零零地瑟缩在角落的椅子上，手中饭盒上的小火车托马斯却还不解人情地露着狡黠的笑容。虽然上了妈妈的车，在儿童座椅上坐定系好安全带，狗狗就会一扫愁云开始叽里咕噜话多起来，但是做父母的，是多么不想看到孩子脸上有哪怕一丝丝的阴霾啊，尤其当这阴霾是由我们自身能力的局限造成的时候。

　　"家有一老就如一宝"的说法，在我娘家，只有我是最深有体会的，因为我明白家无一宝的日常生活会有多狼狈。哥哥在国内生活，孩子还没出生的时候就开始请保姆了。而我父母，是连给软软的婴儿洗澡换尿片都不会的人，我们兄妹俩，都是由奶奶带大的。

　　没有老人帮手的双职工家庭，平常的日子虽然忙碌紧张，但是还算有规律的。可孩子一旦生病，生活的节奏即刻就乱了。我小的时候常常生病，学校里流行什么病毒，热感冒冷感冒的，我每次总是会接招跟着发烧。幸亏我们有奶奶，父母照常上班，什么都没有影响到。

我其实有点喜欢生病的日子，可以赖床了。我放心地躺在父母的大床上，一直睡到自然醒，醒来时大家都上班上学去了。阳光照在我的脸上，床上很温暖，家里和弄堂里安静得仿佛听得到时间在走动。我已经习惯是集体的一分子了，当集体在惯性运作的时候我没有参与，这暂时脱离轨道的安静也让我有点落寞恍惚，仿佛世界将我遗忘了。

好在奶奶在家的。阳光下，奶奶弯腰坐在小板凳上，怀里抱着一个菜篮子，她在拣菜。从前菠菜的根，有很深的暗红色，她在很小心地把菜根里夹着的泥块挑出来。有的时候她给芋艿细细地削皮，把黑色的根须当心地挖出来，务必不多切掉白色的果肉。削完芋艿的时候，奶奶的手上倒也不见得红，但是会痒很久。如果用水洗过芋艿之后再削皮，手反而会更痒。更多的时候奶奶用修理自己眉毛的镊子给猪肉拔毛，那块雪白的肉皮上还有一个青紫色的图章。奶奶近视得厉害，上了年纪后又老花了，一副从来没有更换过的玳瑁眼镜戴上又摘下，终究还是看不清楚。她把猪肉高高地举到阳光里，仔细端详是否还有毛。阳光里有一些灰尘在慢慢地旋转降落，时间在那一刻仿佛停止了，就像奶奶留在地上的身影一样。但其实阳光是一直在房间里移动的，等我吃了药睡去又醒来，奶奶的小板凳已经跟着阳光挪到房间那头去了。

这时就是隔壁小学排队做课间操的时间了。他们的操场不够大，做操的队伍要穿过校门，一直拐弯排到我们弄堂里面来。"增强人民体质，保卫伟大祖国"的前奏念完后，大家开始原地踏步走。

如果不生病赖学，我此刻也该是另一个体操队列中的一分子。而现在隔着窗帘，我成了一个旁观者，这熟极而流的动作端得让人感觉陌生起来，我怎么生出游离集体之外的恐慌感来。

奶奶看到我在窗边出神，就把埋在菜篮里的头抬起来，对我也仿佛是对她自己说："从前我读书果阵时，都系做过番鬼佬嘅童子军㗎！"说着她就兴致高昂地突然站起来一个立正，篮子里的菜滚了一地。她接着喊将一声"过路 King March！"居然就开始在房里走起正步来，边走还边喊："Left，Left，Left，Right，Left！"

平常只与一日三餐有关的奶奶、和整个外部世界完全脱节的奶奶突然腰板笔挺做起操来，这让人有点措手不及。我觉得这很滑稽，又有点不屑，因为妈妈总是说，奶奶"最冇知识"！户口本里奶奶的职业填的是"家务"，学历填的是"初中"。她能用算盘，也爱读《文汇报》和《新民晚报》，但我没看她写过字。奶奶果真读过番鬼佬的学堂吗？我有一点狐疑。

现在回想起来，在讨厌她的儿媳妇下班回家之前，坐在阳光里拣菜的奶奶其实是放松和快乐的。奶奶在亲戚间是出名的厨师，在食材丰富的情况下，她能烧一桌非常地道的粤菜；在供给有限的时候，她也能尽力在饭桌上翻出新的花样。所以，即使是在从前贫瘠的生活里，我们兄妹俩也没有在吃上受过委屈。奶奶该是知道自己厨艺过人的，当哥哥和我长大上学，不再需要她换尿片之后，她明白自己的存在价值已经退居到菜场和厨房里去了。当奶奶抱着菜篮子，像炼丹那样精细缓慢地拣菜的时候，我想在她的下意识里，也是紧紧地抱着她的尊严吧。

奶奶在快乐的时候是会唱歌的。因为只会讲广东话，除了家人之外,跟弄堂里的邻居几乎没有交流的奶奶突然亮开嗓门唱起歌来,那是比她做体操都更让人错愕的。"赤公,你放学返嚟掟低个书包,就之唔理佢!"这是在叙述一个广东民间故事吗?是谁那么调皮捣蛋不爱读书?"但系你考试啊将将啊考第一!哈!真系个聪明人!"这歌词怎么突然一个转弯,唱的原来是个学霸的故事?可是奶奶的歌声最终凄楚起来,那个调子一直低下去、低下去、低到仿佛一个人在神像前的喃喃自语,"啊,赤公,你走咗去边度,赤公,赤公……"

赤公是谁?那可是爷爷?爷爷读书很厉害,他当年是考取官费留学东京帝国大学的。可是他毕业回来没多久就害伤寒死了,走的时候,我爸爸才八个月大。但是奶奶为什么不再另外找一个人了呢?爸爸曾说,其实奶奶跟别人约会过一次的,只是约会的那天晚上回家,赫然看到爷爷坐在椅子上一再摇头不止。奶奶受了惊吓,从此就决定一个人带着我爸爸,孤儿寡母地过日子了。

我靠在床上,望着阳光下佝偻着身子的奶奶,想着那些遥远的事。爷爷当年的显灵,是真的吗?他是否就坐在眼前饭桌边那把老旧的椅子上摇头?爷爷过世时,奶奶该是像鲜花一样娇艳的吧,可是眼前的她已经头发花白了。这几十年里,"最冇知识"的奶奶,是如何带着爸爸长大的,她经历过多少磨难?

我像一个日落时分误入迷宫的孩子,在这些想象和疑问里焦虑地寻找出口,可是我转来转去找不到路。而太阳已经落山了,屋子里一片昏暗,快到儿媳妇下班回家的时间了,奶奶抱着她的菜篮子退居到厨房里去了。

从我懂事的时候起,就一直听妈妈说,是因为奶奶的存在,才使得我们家不如别人条件好的。姨妈家日子过得好，那是因为姨妈的公婆早死了；同事家日子过得好，那是因为人家的老人是有退休金的。只有我们的奶奶，五十岁上下就没了工作，要靠我爸爸过活。这一进一出的不同，就把我们家拖累了。

可是奶奶不靠爸爸又能靠谁呢？如果没有爸爸，奶奶会不会就要像车站边上那个摆地摊的宁波老太一样，已经老得像一粒干枣子了，还要在夏日的大太阳底下，坐在滚烫的柏油马路边，铺上一块湿毛巾卖三分钱一朵的白兰花？又或者，她会不会要像那个衣衫褴褛的爆炒米花的苏北老头一样，带一个满脸鼻涕的小孙子做帮手，在寒冬里找一个避风的角落，一边摇炉子一边拉风箱，忙半天才收八分钱？可就算是这样的营生，其实奶奶也未必能胜任的，她年轻时离开广东来上海之后，就只在广东人聚集的虹口居住，除了购物，她无法跟讲苏浙方言的人交流。

奶奶没有地方可以落脚，依靠儿子生活是必然的。而爸爸的家，成在虹口之外的地区，奶奶虽然语言不通，但也只好跟着来了。于是两个原本不相干、后来又不能相容的女人，在狭小的生存空间里相逢了。这对奶奶和妈妈两个人来说，是一场多么漫长的磨难啊。她们互相折磨着，彼此都不肯通融，而没有钱又"最有知识"的奶奶，始终是这场争战中弱势的那一个。

如果我们命中注定是要和一个讨厌的人日夜相处，如果这命运的安排我们无法逃遁，那么唯一的解救便是想办法去接受这个人。理解和温情，是这个充满磨难的世间唯一的润滑剂。可是上帝造人的时候，往往塑完了身型就忙着去弄下一个了，不是每颗心都来得及被赐予爱的能力的。

也许在爸爸妈妈相识的当初，爱是有过的，但是日子过到一半，那点温情就被柴米油盐的烦恼损耗殆尽了；也或者，爱本来就是世上一个稀罕的礼物，当初就不曾有，他们在一起不过也就是像千万个家庭一样，是适合的时候遇到适合成家的人罢了。

缺少温情和理解的家，是多么不想让人回啊，可是不回家，我又能去哪里呢？妈妈时时刻刻在埋怨；奶奶长久的隐忍里，充满倔强的抗争；而爸爸始终保持沉默，他早已经习惯什么都听不到了。可是我的耳朵没有失聪，它们时刻敏感着大人之间发生的所有的龃龉，从年初一一直紧张到大年三十。

按照广东人的老规矩，年初一是不可以打扫房间的，奶奶说。"边度嚟咁多规矩啊！"妈妈夺过扫帚就把地扫了。也许是因为新年第一天就扫过地了，于是这一年中家里总是冲突不断。到了大年三十的时候，奶奶要拜祭爷爷，她要用一只完整的鸡来做祭品。可那鸡是预备新年里红烧了请客的，烧过汤的鸡就只能白斩了。妈妈当然不允，奶奶也不说什么，她像猫一样待在边上等候时机。

年三十傍晚时，大家都大呼小叫忙乱不堪地准备年夜饭的时候，奶奶已经把一只烧过汤的鸡摆在碟子里端上桌了。那只鸡头脚齐全，白色眼皮安详地合拢，嘴里还含了一粒红枣。奶奶在桌上布上香火蜡烛和茶水，嘱我"打开个门一条罅"，说爷爷会随着一阵寒风回家的。奶奶刚举香拜了爷爷，还没来得及敬上茶水，寒风就把忙乱的大人吹了一个激灵，他们清醒过来，看明白桌上的情形了。"人都走咗咁耐，你仲搞乜鬼野！"这次连爸爸也发怒了。

奶奶也不还嘴，她只是急急忙忙地把茶水泼洒完就走开了。奶奶从不公开还嘴的，要在这个家里过下去，还还什么嘴呢。

我也走开了，走到弄堂的水井边上去踩枯叶。干枯的梧桐落叶一踩就发出脆脆的嚓嚓声。井边非常潮湿阴冷，没有风也冷得我的心因为剧烈的收缩而一阵一阵地疼痛。天很快就暗了，我看不清脚下踩的是什么，只听得见嚓嚓的响声。

邻居家的灯一盏一盏地亮了。年三十的灯是格外亮些的，连画镜线上那些平时舍不得用的日光灯也都打开了吧。看得见那些温暖的灯光下人影幢幢渐渐地热闹起来，觥筹交错之后，等下划拳声就会在寒冬的夜里像打雷一样炸响。

我真讨厌过年，虽然有好吃的，也有新衣服穿，可是奶奶的拜祭之事永远会在原本该是喜气团圆的年关里引起一场争执。在邻居们具有侵略性的欢声笑语里，我们家不但没有声势浩大的热闹，小小的饭桌上，就连和睦也是做不到的。过年，不过是再次向我印证家里的气氛和眼下的严冬是一样的寒冷。

"最冇知识"的奶奶如果肯有"最冇知识"的表现，比如满地打滚撒泼，比如高声叫骂，或者她就能在爱面子的爸爸妈妈那里为自己争取到一些利益吧。我们每年请裁缝上门做一批衣服，可是除了关照奶奶多烧几个菜，新衣的缝制与她是完全没有关系的。爸爸妈妈的大床上铺了电热毯又新置了羊毛毯，而奶奶垫的棉花胎和盖的旧棉被都已经很多年没有翻新了。奶奶几乎从不启口索要什么，她仿佛认定了自己是这个家里的低等公民。奶奶守着低人一等的地位而不索取，于是我们也就顺势在她的隐忍里漠视她的需求。

只有一次，记忆里唯一的一次，奶奶开口了：她要求多一些的零用钱。物价飞涨好多年了，她从不增加的零用钱已经少到买不全拜祭爷爷所需的一套祭品了。那天奶奶坚持了很久，妈妈自然是不搭理的,而爸爸又一次无情地拒绝了。

那天晚上,奶奶声嘶力竭地号哭起来。她的哭声像半夜里被打败的野猫的惨叫,那么凄厉、那么哀怨、那么原始、那么决绝。那一刻里我的世界像一艘卷入旋涡的小船,黑暗冰冷的海水把我掀起来又抛出去,我头晕目眩,几乎要窒息了。

无法在这样的哭声里待下去,我逃到水井边上去看月亮。那里好安静,月亮从白玉兰阔大的树叶间渐渐升上来,它不动声色又洞察一切地移过弄堂上方的天空。我和月亮彼此相看着,慢慢它就要落到对面公寓的屋顶上了。奶奶的哭声终于渐渐变成了呜咽,我该回家去了。

当我转过弄堂的拐角,赫然看到隔壁邻居的母女俩正立在我家门口听壁角。她们头颈伸得老长,侧耳趴在墙上倾听的姿势和神态在月影里显得很猥琐。她们没有料到我会突然出现,吓了一跳的同时又讪讪地想寻落场势。在电视台早早与人道晚安的岁月里,那个无法与邻居们交流的“广东老太”的哭声,想来给了她们一档刺激性的娱乐吧。我沉默着从她们中间走过,进屋时回头看了她们一眼,确信月光让她们看清了我脸上的鄙夷。我一腔的积郁,在那一刻里突然找到了奇异的发泄口。

日子很快就回到寻常的轨道里去,时间久了,我也渐渐地说服了自己:奶奶其实从未那么惨烈地伤心过,那夜凄楚的哭声不过是弄堂里打架的野猫在争吵罢了。奶奶依旧拣菜、烧饭,深夜里打开灯管已经发乌的八支光看报纸。她的动作越来越慢,视力越来越差了,那张报纸要贴近得几乎像面罩一样才能看得清。

妈妈已经为这八支光的电费抱怨很久了:又没工作单位,又不参加里弄的政治学习,又"最有知识",读报除了浪费电还有什么用。奶奶这样的消遣实在烦人,妈妈说迟早要停止订阅报纸了。

奶奶并不知道妈妈的不满,她依旧张张报纸都从头至尾细细地看了。有一日我放学后在小板凳上做功课,奶奶把《新民晚报》上《夜光杯》里的一个故事指给我看。故事说的是一个儿子出海打鱼,瞎眼的母亲跟着儿媳过日子。儿子回家后问一切可好,儿媳说,一切都好,天天孝敬婆婆吃黄鱼来着。瞎眼母亲说是的,天天有鱼吃,说着却落下泪来,从囊中掏出一袋小石头。原来天天吃的,只是鱼头。她把鱼头里的鱼脑石藏起来,等到儿子回家,就可以申冤了。

读完故事我回头看到题目里"虐待老人"等字眼,即刻觉得一身的血直往头上涌。我像弹簧一样跳起来,把报纸砸在地上,在心里狂喊:不是的,不是的,我们家没那么糟,那只是报纸上的故事,那只是别人家的故事!

奶奶的鱼脑石,我想她揣在怀里已经很久了吧。只是爸爸对那袋石头也视而不见,所以她最后只能向幼小的我来倾诉了。我和哥哥是奶奶在这个世界上最后的亲人,除了我们,她还能去哪里诉说?可是当时的我是那么一个幼小又懵懂的存在,在那个粗粝的环境中长大,我甚至连给奶奶一个安慰的拥抱都不懂得啊。那一刻里,我也让奶奶失望了吗?奶奶捡起报纸,也不说什么,又烧饭去了。对人间的无情,奶奶是否早就习以为常了?

当我和哥哥终于长大成人,长到完全能够明白奶奶一生的艰辛,长到有能力提供她好一点的物质生活的时候,奶奶已经等不及了。那一年的深秋,奶奶死在那间有寒风穿堂而过的小房间里,她的头上还是那支八支光，只是灯管已经完全发黑了。她盖着一床坚硬如盔甲的旧棉被，面对面地躺在爷爷的遗像下面。

哦，爷爷，眉清目秀的爷爷、睿智地微笑着的爷爷、一直在镜框里从容地端详我们的爷爷、永远地停留在二十八岁年华里的爷爷：眼前这位八十八岁的头发花白的老妇人，她曾经是你鲜花般的娇妻，在你撒手离开这个人世之后的六十年里，她独自抚养了你的儿子，又带大了你的孙辈，现在她怀揣着积攒了一生的鱼脑石要到天堂与你相会了，你可还认得她吗？

到了唯一疼惜过她的爷爷身边，奶奶应该不会再受苦了吧！有的时候我看见奶奶穿着黑地白碎花的丝质旗袍，袅袅婷婷地立在爷爷身边。她梳着S式样的发型、戴着金丝边眼镜、眉毛修成两条弯弯的柳叶、望着镜头娴静地抿嘴微笑，就像她年轻时留在相册里的样子。可是更多的时候，我听到奶奶那天夜里凄厉的哭声，那困兽一般绝望的哭声穿过几十年的光阴，在我的耳边不断撕扯，尤其是在这深秋的雨中。

如果我能早点懂事，早点用大人的方式引导爸爸妈妈换位思考，他们应该能像我一样明白奶奶的艰辛，明白她给予我们家的奉献。只是此刻的我，无法跟心里的痛讲和，我只好安慰自己说：从前日子里的人，都苦。

——写在奶奶去世 24 周年——

猫英俊臭臭

第一次见面时,它先是一副包打听的样子到我身边转了几圈,以主人的姿态撅起屁股在我的裤腿上蹭了一身黄毛,然后就走到墙角定定地端坐,两爪一前一后压在胳肢窝下,眼角的余光扫过我的存在,颇为不屑。

原先以为它不喜欢我便罢了,想不到上个礼拜先生出差,院子里恰巧又有几只小动物打闹,它登时发了脾气,跳起来就把我抓了,不仅抓破我的裤子,大腿上还留下两道血痕。

即刻就电话给先生告状了。那头放下开到一半的要紧会议,一个劲儿替它求饶:不过是吃你的醋罢了,千万别打它啊。

我们猜它最初是家养的,因为前爪去了指甲,外加又是个太监。先生认识它的时候,它已被遗弃,是一个流浪儿。冬天下雪的日子,它躲到学生公寓的洗衣房里取暖,平时就有一顿没一顿地到各学生家门口要饭吃,当然也到外面抓鸟和鼠类来充饥。据说因为需要喝水的缘故,还学会翻垃圾桶吃水分多的水果,诸如西瓜、草莓和番茄之类的。

它是聪明的,看出喂饭的人里我先生最有诚意,于是就天天来,慢慢就有点要落户的意思了。时不时,它也抓只鼠儿或小鸟回来摊在我先生房门口请他尝鲜,算是回报。

有一次先生出去开会,它在学生公寓里闯了祸,把拨弄它的小孩给咬了。报警之后,它当即给扣了起来,隔天就要被拉出去枪毙。先生开完会赶回家,到洗衣房去找它,遍寻不见,一路找到动物收容所,原来和一堆野的、犯事的主儿一起关在笼子里呢。它看到先生,仿佛见到救世主一般,战战兢兢地站起来,哀哀号叫。

收容所里的人说,得办正式领养手续才能带回家。于是就办了,那时先生已经爱上了它,心肝宝贝儿肉,没有它,他已经不行了。

于是它在赴刑前夜被带离大牢,从此就人模猫样起来:打了预防针,植了芯片,并先于我之前姓上了先生的姓,名克里斯,号猫英俊,字臭臭。领出收容所时,里面的人大摇其头:连"杀手"也有人要!他们想不通,这猫不怎么好看、不会撒娇、性情还凶,可是先生喜欢。什么是爱,你懂的。

人和动物之间一旦有了情感上的依傍,其他就不相干了,而人与人之间又何尝不是如此呢。先生平时很霸气的一个人,对这猫倒是呵护备至,以猫及人,我暗自揣测,跟了他,我的待遇也不至于太坏。

因见了这猫的待遇,我才跟着先生改了姓的,现在虽被抓出血痕,但也不能过河拆桥,把介绍人给赶出去。其实平时若它不来惹事,我一向是敬而远之,把它当成公公来孝敬的,吃饭倒水铲屎,当当心心,从不怠慢。毕竟,从盛年的猫英俊开始,它就陪着我先生读书,一直陪成了老态龙钟、得了糖尿病的臭臭。

我被臭臭抓破,先生表面上过意不去,但我知道他心里其实是安慰的。因为我们一直以为臭臭老了，如果一天不捏起它的头皮来打胰岛素，它就总是无精打采的。现在看到他爹还能一跳三尺高，说明老人家中气还很足嘛，所以先生反而宽心了。

他心宽，我心也便宽了。

无常之美

无常之美

　　日历翻到五月尾，就连这北方迟来的春天也已经熟透了。当林间越来越深的绿意渐渐沉淀出墨色，院子里的繁花开始一轮又一轮热烈地绽放起来。每天开车从高速公路上转入居民小区，总能见到又有一些不同品种的鲜花在邻居的花园里盛开了。这人与大自然和谐共处下的绚丽，让人心中充满欢娱。

　　其实不大喜欢"争奇斗艳"这种形容百花盛放的说法。每一种花，都有自己独特的美，它们悠然地张开花瓣迎向世间的阳光和风雨，满不在乎身旁站立的是谁。又"争"又"斗"的主观断言，是多么让人扫兴。暮春初夏时分大朵大朵粉色的芍药固然是富丽的，可是刚刚脱离严冬的时候，在不起眼的角落里突然冒出来的黄色的小水仙，也是一样打动人心，那些破土而出的亭亭玉立，渺小而又清晰地唤醒着春天。

　　算起来有缘读到黑子的摄影作品已经有一段时间了，当我随着他审美的眼光去观察世界的时候，"草木皆有情"，不再是一种空泛的文字。我分明能感觉到，那些伸展到窗前的树枝，都对天空充满殷殷的期盼，而脚边的小草舒展双翼，幽微中带着优雅从容的气度。原来所有的生命，即使再微小，也都是含情含露又富有尊

窗前的树枝

严的。

　　中学时代每天挤过人潮汹涌的南京路去上学,大自然离我们都市的孩子很遥远。那个时候非常向往明信片上印着的香山红叶,懊恼自己在秋天里只能去市中心的人民公园爬假山。到了美国之后,发现秋天降临时,其实家家户户的庭院俨然就像个小香山,久而久之就慢慢把对北京秋叶的向往放下了。

　　一直记得刚到美国的那一年,系里的秘书对我说,秋叶红的时候,这里美得你分明能感觉到上帝和你打了个照面。也许是当年"香山红叶"打下的烙印太深,也许是因为北京城里那些满族人遗留下来的色块浓烈的"格格味"曾经拥有过强的话语权,以前对秋天的欣赏,总是要等到叶子红透、上帝面对面地站定了,才开始"哇"地一声赞叹起来。但是自从我在黑子的相册里看到一些还未曾变红的、刚刚开始泛黄的、带着伤痕的秋叶，或者在一大片苍绿挺拔的树木间，悄然斜过一条细长的树枝，上面缀满青黄交替中的叶片，我突然有了了悟：其实最拨动我心弦的，不是绚烂到极致的美，而是在无常的变幻中的残缺之美。

幽微的小草

秋叶的伤痕

　　譬如好莱坞推崇的乔治·克鲁尼（George Clooney），他的样貌固然是完美的，他洁白整齐的牙齿，简直就是卫生间里无瑕的白瓷砖。但是这完美太杨子荣似的高大全，太政治正确了，怪不得传闻说他要从政。而杰里米·艾恩斯（Jeremy Irons）则不同，他若想竞选总统，放在哪一国都会是一个败局。他的眼睛生得太奇怪，好像两眼之间的距离比常人的宽，而他的神色忧伤，仿佛梦游般迷失在人间，于是他距离过宽的眼睛因此更丰富迷人了。一个总是知道自己要干什么的人、步步都不失算的人、永远在争斗中的人，其实是多么单调而无趣的人啊。

黑子的摄影点醒了我审美上的觉悟，从此我打量世界的眼光也不同了。眼前这五月里的繁花似锦，固然缤纷得让人心情愉悦，但是我总想念早春里那些鹅黄、青涩的新绿。那时貌似单一的绿色调里，其实蕴含着更多迷离变幻的韵味，只是奇怪我以前居然没有注意到这样的美。

早春时节就寝的时候，我故意不拉上窗帘。不像冬日的早晨，就算天亮了，光线也还是滞重的。初春的晨光是清亮的，光线透过树梢侵入我的窗口，不用等闹钟响，我自己就醒了。醒来翻个身，就可以看到窗外漫天里舒卷着黛青色的流云，它们很像是天空在长夜的等待之后积蓄起来的眼泪。而这深情的眼泪只在眼眶里噙着，并没有落下来。也许这些眼泪最终是不会落下来的，即使落下来也无济于事，因为没有人会真的在乎谁的伤悲。

湖的对岸是还没长出新芽的树林，清晨的太阳刚刚升起来，柔和的晨光不过是轻轻扫过树梢，却在那里抹上了一片炫目的光辉。枯黄的树林的下半部还留在阴影里，它们都在默默地等待阳光的来临。太阳会慢慢升起来的，阳光会慢慢往下移动，一直到把树根也照亮。

沉静的湖水在反射中见证着这些光与影的流动，所有该发生的一切都会发生的。可是为什么，这确定会发生的将来，依旧让人心慌。明明是春天了，清新的空气里，还是飘浮着不安的、肃杀的气氛。这无常的变幻中的日光、流云、水影的交织，怎么这么像古代打仗时两阵敌对的兵列：他们面对面地排开，旌旗在风中飘

无常之美

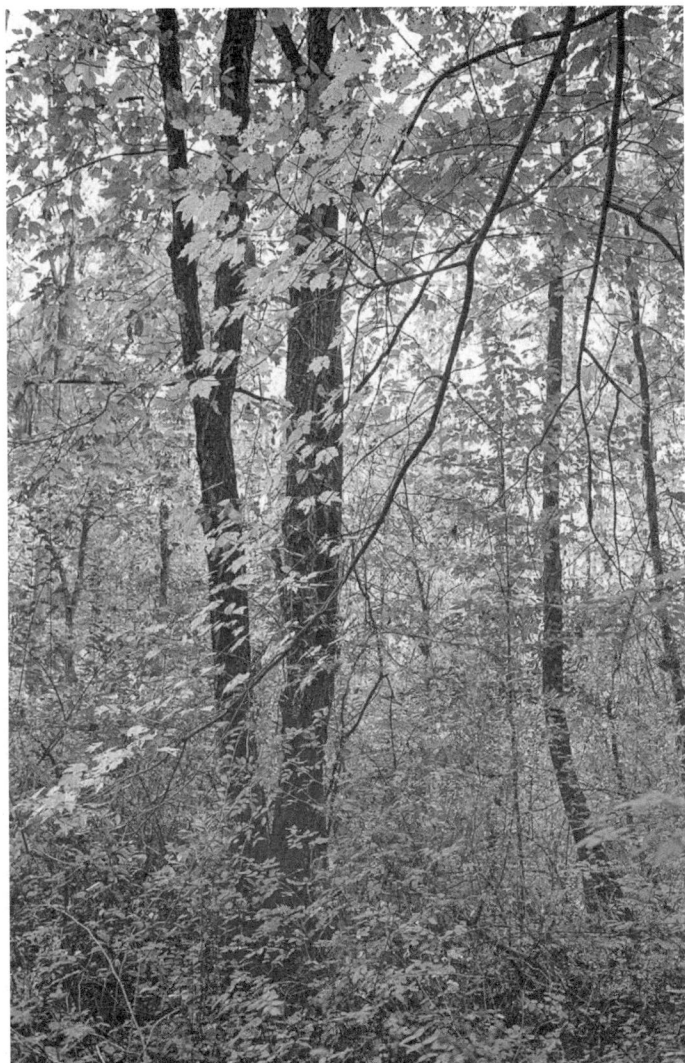

青黄交接之际

无常之美

扬,战鼓就要擂响了,死亡终将在生命的尽头等候,而下一刻里,士卒们生死未卜。

其实这撼动人心的场景,也就只维持半个小时左右。等我送了狗狗上学回家,战事就已经结束了。这时湖面上的晴空碧蓝如洗,只有几朵白云悠悠地飘过,整片树林安静地沐浴在阳光下,仿佛什么都不曾发生。这多像一场炽烈的爱情的冷却。无论两个诚挚的灵魂如何赤诚相待,千疮百孔的尘世里,其实找不到一处永恒的宁静的所在来安置这份虚空的热烈。

就只能让风将一切吹散了。最美的瞬间,不在枫叶红透的秋天,也不在繁花开尽的春天。苦苦地追逐、努力地把握、着意去填满欲壑,这样争斗的性情离恬淡的优美差得太远。世事变幻无常,这才是上帝创造的这个世界的本来面目。只有拂去那些尘埃,才能让心在变幻无常间开出安详的花朵。

——感谢黑子为本文配选相应的照片——

四月天

　　时令已转入四月，虽然路边还有残雪，但想来这北方的雪已经下够本了吧，是打理花草的时候了。

　　上午去 The Home Depot，叫上狗狗来帮忙。如果功课和拉琴都不太忙的时候，他总是爽快答应的。十五岁了，他可以帮着搬重的东西，也能在购物时提出有价值的建议。我开车的时候，他总喜欢用手机听音乐，今天放的是一段巴赫。我们一起听了一会儿。"不是太难拉是吗，这个曲子?"我问。"技术上不难，但要拉好很难。""为什么?"再问。"大家总以为巴赫很容易拉，但理解巴赫是很难的。""我明白，就好像一首诗里每一个字你都认识，但理解诗意不是那么直截了当，是吗?""就是这个意思。"

　　这段对话让我心情愉悦起来。本来我只想买泥的，但是顺手多搬了一盆蓝紫色的绣球和一盆栀子花。绣球是可以从春天一直繁盛地开放到初秋里去的，想要这样的团花簇锦点缀我的花园已经很久了，今年就挑个地方种下它吧。而栀子花，那是因为这也是故乡的花朵，就习惯性地凑上前去了。其实上海的栀子花，花朵要小些，散发的是清香；而这里的，花朵似乎要大许多，而且有种浓郁的奶油味。此花在两地的差别之大，简直就像东西方女性的不同似的。

给室内的花盆换完新泥，再来到花园，太阳已经有点西斜了。风吹过来时，依旧带有些寒意。湖对岸的哪家邻居几时挂了一串风铃，风断断续续地吹着，细碎的清音不断在空中散落，有一些，洒到了我的心上。

天空中有几朵散淡的白云，在还没有发芽的树枝间漫游。我站在湖边望着那些云朵，它们也幽幽地回望着我。在我们彼此遥遥的凝望里，我知道我是被爱着的，宇宙间每一个渺小的瞬间的过客，都沐浴着造物者浩瀚而细致入微的爱意。

湖边本来有一群小鸭子在游憩，它们听见我的脚步声，都来不及地逃走了。其中有一只好像比较不怕人，它离开鸭群缓缓地往湖中央游去。我好奇地顺着它的背影再细一看，哦，原来那是一只水獭。它的窝，是做在岸边的柳树底下的。

冬天过后，我还是第一次来到这里。被冰雪覆盖了一整个冬季的花园，此时遍地枯枝败叶，看上去有些颓朽。折断那些枯枝，拨开那些败叶，我发现花园里其实绿芽早已经冒出来了。那么多清新的绿意，带着微小但是勃发的生命力。

被我翻动过的泥土里，有些黑色的小虫子匆匆地逃走了，那些忙不迭的身影，与家里的两只猫急切地绕着我的脚跟催开饭的时候怎么这么像。我坐在小凳子上，一小块一小块地整理着那些泥土，心情和我坐在书桌前一句一句地理顺我的文字的时刻相似。

从什么时候开始，"诗和远方"成了一个流行语。但细细想来，诗其实并不在远方的，诗来自我们的心间。我一边这样想着，一边埋头整理花园。等我抬起头来,发现月亮都已经升上树梢了。我举起手机,摄下了这一刻的心情。对那些引导我用诗心看待世界的人,我的心中满是感激。

这样过了年

　　小时候，西方人各种名目的节日还没有渗入我们的文化，春节是一年里最重大的日子。这个重而大的日子，以及它所包含的种种沉甸甸的文化和种族上的意义，出国时自然是一同背出来了。

　　出国的第一个春节应该是和几个留学生一起过的。除夕那夜自己做了吃的，完了看香港武打片，牌和麻将却没有打。然后就是，算算国内的时间差不多了，就握住听筒给家里哆哆嗦嗦打长途。还没来得及哭，才在电话里"嗯啊"几句，十元钱"巨款"买的三分钟对话时间，就毫无预兆地没有了。

　　记得一个学长煲了一夜的汤，夸耀说这汤叫"僧跳墙"，因为比佛跳墙还鲜。大约因为太鲜了，所以非常苦。也大约因为讨厌一个人夸夸其谈，所以更觉得这汤难喝。于是就一直记得自己当年不懂事，喝了半调羹就搁下不肯再将就了。

　　如此就过了几个春节了。后来有一次在实验室改论文，做到半夜才发现那天原来是除夕。出得门来，夜黑风高不见一个人影，仰头只有孤星闪烁，于是难免自怜自恋，生出一些离乡背井的身世之感。

　　然而从此以后倒也放下过年的沉重感了，不仅只是过年，所有仪式性的东西都不在乎了。结婚没有婚纱照也不设筵席，毕业典礼也懒得去。生活里实质的部分，即使没有一个仪式来首肯也是没人拿得去的。

今天是农历年初一。大清早狗狗来我们的房间报告说，他们高中关门一天，因为大雪。我赶紧也查了一下自己大学的邮件，通知说只有上午关半天，那么下午的课还是赖不掉的。中午出得门去，上了高速之后，但见所有的大小车辆都在雪地里如乌龟般爬行，连平日里耀武扬威的十八轮集卡，也犯了错似的在路上羞涩起来。这样耐着性子爬了半路，打开手机再一看时，哦，学校又发了通知，下午也关门了。于是打道回府，如此雪地里白白转悠了两个小时。

回到家来，发现草坪和车道早已披上了白雪。湖虽没有结冰，但是非常冷。我在楼上看见湖里有几只不怕冷的小鸭子在那里玩水，它们潇洒地甩甩羽毛上的水珠子，似乎是在嘲笑四周烟囱里袅袅的烟雾，还有那个裹着厚厚的羽绒大衣的我。

我决定去湖边看看小鸭子们。想必是雪地里的脚步声动静太大，一瞬间它们都躲到船下去了。白雪覆盖的小船安静地在湖边俯卧着，花园里的小海马和小公鸡乖乖地戴着顶雪帽子，披着条雪毯子，看上去都冻成小呆子了。

昨天烧了好多菜，没吃完的都放在玻璃房这个天然的冰箱里了。等下拿出来热了吃，饭都不必烧了。

这样就算过了新年。

乔木初迁

找了很久的房子,终于在星期一拿到新居的钥匙了。

在亮得刺眼的白炽灯下,买卖双方在律师和经纪的监督下白纸黑字签了几十页的字,交换过支票后交出钥匙。好了,大家都没得反悔了。

年轻的买房的那一边,总是比年老的卖房的那一边要轻松一些的。放射科的老医生人到中年时买下这湖边的房子,之后经历了孩子成长离家、妻子离婚他嫁,到如今他已经在这里住了二十多年了。

查卖家资料时,我们知道这是一个老医生,知道他弄不动这房子了,知道他已经买了老年公寓。看房的时候,我们也看到他留在桌上的书《接受老去》。但是直至见到他,我们才发现他已经老得走不大动了。

没有人帮着料理生活起居的老医生勉强穿着整洁,哪里有他挂了一屋子的照片上那个神采飞扬的样子呢?他交出钥匙的时候,我心里有些伤感和抱歉。我的伤感其实是轻描淡写和矫情的,不像老医生,他所留下的,是二十多年的记忆;他要接受的,是无法逃避的衰老,那才是有切肤感受的。而我的抱歉是真切的,我们把价钱压得太低了。

其实我们本来在经济上是可以负担多一些的，但是我们知道老医生肯定要搬了，我们知道这房子在市面上放了很久都没有人接手——现在在美国买房子，网上随便查查，什么背景查不出来呢——所以一上来就开了低价。老医生其实也是不怎么在乎钱的，他只是象征性地还了价，就成交了。

我们离开律师楼的时候，大家说，恭喜你们噢。我听了倒觉得意外：大把的银子从这个转到那个的手上，又要人举手发誓，又要没完没了地签字，正式得人汗也出来了，哪里还预备听这客气话的。但这原本是一件值得恭喜的人生大事呀，就像毕业、就像结婚、就像生育那样。

我倒也没有十分兴奋的感觉，紧张和隔膜似乎更多一些。我们拿了已经磨损得很光滑的黄铜钥匙，去几乎搬空的房子里又看了看。虽然这是我非常喜欢的房子，但是这里的气味和结构都还是很陌生的，我跟这房子还不大亲呢。

天色还没暗尽，有几只鸭子在湖面上无声地游过，留下几道微澜。它们这是回家去吗？看着倒像是熟门熟路很自在的样子。

这里要轮到我来住下一个二十年了。

没有绿手指

狗狗小的时候，我们住的是连体公寓。每家门口都有小小的一个花坛，刚够物业种些花草，想跑几步是没有多余地方的。如果狗狗要踢球，只能去外面的山坡上。

山坡就在家门口，坡度可不小，球动不动就滚到马路上。路上车虽不多，但总是让人不放心的。于是那时就心心念念要换个带院子有大片草地的房子，可以让狗狗和他的小朋友在那里连滚带爬地放心踢球。

买房当然不能单看院子，学区、房价、投资回报、地税，这些七七八八的因素加起来，这房子一看就看了两年。等到双方请律师签了房屋买卖合同，狗狗都已长大，不会看到汽车不顾三七二十一地迎头撞上了。

当一个让狗狗可以疯跑的院子不那么重要的时候，院子倒是跟着房子一起来了，而且是个大得离谱的院子，连同一个太大的房子。当然，"大"，只是相对于我们家的人口和收入而言的，如果人口众多，又钱多得请得起管家，那再大也是无妨。

交了钱、收了钥匙再来到尚且陌生的家门前站定，奇怪，看房子的立场即刻就变了。眼前这一大片花园、草地和树林，还没有想象出狗狗和他的小朋友们如何在那里疯玩,脑子里先跳出来的,全是打理的麻烦。至于房子里这上上下下突然多出来的空间,除了装修之外,如何填满也成了个大问题。

车库里原房主留下些园艺工具。有个像猪八戒用的钉耙,铁的,奇重无比。我不知好歹扛到树林里耍了两把,梦想开垦点地盘种上几把鸡毛菜,结果僵硬的泥地没给撼动半寸,自己的脚倒给耙出两个窟窿。于是只好放弃去花园里侍弄花草,无奈绿苗苗还没长高的时候,家的花和野的草是无法分清的。我把花园打量许久,到底没个头绪,便决定退到草地里去拔野草。这个倒不难,瘦的是真草,肥的是假草。只是我不知道拔草要坐个小板凳,这样才不会累了腰椎。等我拔完一桶野草,发现自己已经站不起来了。没办法只好像大猩猩那样哈腰摸来爬去,老半天才进化到能直立行走。

园艺这个事情是讲天分的。以前有个同事,那个真叫本事大,普通一盆绿萝,虽任谁都能种得活,但只有他的绿萝碧绿生青得像是 PS 过一样。办公室里小小的一方窗台,给他花花草草地种得风生水起。大家问起他浇水施肥的种种,他只是笑嘻嘻地答非所问:"哎,我是有绿手指的人。"

想来这天赋的才能是教不会的,他不高兴跟我们多啰唆,所以拿绿手指来敷衍。我的手指肯定不绿,因为种的东西大部分以枯萎而告终。本来这也不是一个严重的缺点,最多花瓶里插一把假花了事。只是面对这个大院子里红的红、绿的绿,不绿的手指不知天高地厚就接手买下,这就很让人抖豁了。有时候我很懊悔:早知道有朝一日要到美国来应付这样的一片地,当初应该嫁农村来的同学的。那样不仅花园草地有人管,树林也可以砍了种上庄稼和蔬菜,山后还可以搭个棚棚,牛羊猪不行的话养几只三黄鸡来补补总可以的。然而现在打农村同学的主意已经太迟，只好让园艺公司来打我荷包的主意了。

这园艺公司一年四季都围着我的荷包转个不休。春天一到，他们来清扫被冬雪压得死死的枯叶残枝，然后施肥、剪树、补草籽。夏天了又每星期开个拖拉机来来回回割草，唉唉，其实你们少来两次好伐啦，草又不是胡子，长点就长点嘛，让我省点银子可以吗？秋天是最忙的季节了，红叶辉煌很好看是吗？它们好看过了是会掉下来的，那时整个院子就像是埋在落叶里一样。又不是北京香山，看过了红叶买张火车票就走人，这里是走不了的，只好让园艺公司开个有大肚皮的车来把叶子呼呼吸掉。冬天东西不长了，总算可以摁紧荷包了吧？雪又开始下个不停，雪不铲车怎么开出去呢？屋顶上的雪不扫，结成个大冰棍整天泰山压顶总也吓人吧？好了，只好请铲雪车轰隆轰隆耀武扬威地开进门。

不要以为一年到头半个荷包交给园艺公司，日子就太平了。狂风暴雨刮过，公司下一次的打理要排到下一个月，那这车道上和院子里密密麻麻掉了满地的枯枝怎么办？家里那两个眼不见为净的人好办，而眼见了不净的我就只好再次退化做回大猩猩了：拔野草还可以坐坐小板凳，捡树枝是要到处跑的。

捡树枝的当儿，我总是一边扶着腰，一边想念雷锋。小学里不知怎么给老师挑出来周末派到少年宫去讲故事。我在浅蓝色的背带裤里穿了白衬衣，戴上红领巾打上蝴蝶结，腮上抹得红通通的在少年宫的故事室里讲《雷锋的故事》。故事里的雷锋还小，补袜子和写日记都是后来的事了。少年雷锋到山上去砍柴，被地主婆欺负了。那坏女人不仅夺了他的柴，还在雷锋的小手臂上砍了几刀，

"鲜血顺着手指滴落在山路上",这个伤心的细节我到现在都还记得。

地主婆实在太坏了,小雷锋你到我院子里来吧。这里的柴都不用砍的,捡起来就行了,捡起来就都是你的。我的腰痛死了,这一年四季里满地都是捡也捡不完的树枝,小雷锋你在哪里嘛,我太需要你的帮助了。

无常之美

名牌名牌赤刮辣

　　昨天在超市里买了一盒 CK 的内裤,20 美元四条。现在美元跌价了,折合成人民币的话,也就是 30 元一条。这么算起来,CK 大概是比上海的三枪牌还要便宜了。回到家里把裤子扔进洗衣机里转一转,烘干了即刻穿上,软软的非常贴身。我拍拍屁股,难免自得:我这也算是穿上名牌内裤了嘛。

　　最早看到 CK 广告的时候,我还是一个穷学生。那时我的学校在一座庞大的城市里,每天我都要搭公车穿梭于水泥森林之间。当公车从隧道里钻出来的时候,迎面会撞见巨大的 CK 广告牌。广告牌上是个满脸雀斑的女孩:她瘦高、乱发,差不多跟真理一样赤裸裸的身体拗成 X 形,厚厚的红唇努将出来,眼皮正欲往下牵拉,却绝不是为了"那一低头的温柔",而是为了用余光挑衅那些刚从黑暗的隧道里钻出来的众生的。

　　这幅广告里的元素其实全是用来请人上当的:女人上了当,便去买它来穿;穿好了亦就幻变一个又热又不买账的雀斑,然后再让男人来上当。我当年没上当,倒不是因为下意识里不想变身雀斑,而是因为我没钱,同时也还没有建立什么品牌意识。

　　那时为了写论文,我跟实验室里的师兄弟们一起搭了一套装置来做实验。入学的时候,导师给了我们每人一个研究大方向,细节就此不来管账,只关心我们到时候能不能出文章。师兄来读博之前读过硕士而且做过讲师,所以他对研究懂得多一些。我和师弟是什么都不懂的,只够份在师兄的训导面前唯唯诺诺。所以搭实验台时,师兄派我们做什么,我们就都老老实实去做了。我们这三个人,跟着同一个导师、做着类似的题目、又共用一个实验台,关系自然就密切起来。

师兄有一个非常漂亮的太太。每次她到我们实验室来的时候,不袒胸便露脐。不过她把自己这局部的真理收拾得非常赏心悦目。她善于运用一些诸如丝巾、腰带、发卡这样的小饰物,不露声色地把自己的真理点缀得更具说服力。师兄心里对自己太太的美是很清楚的,他一有机会就要带太太出来露露面,享受众人羡慕或者妒忌的眼光。

可师兄对太太的美那么在意,对自己的穿着却是漫不经心。他整日套件看不出颜色的旧汗衫,那汗衫因为洗得太多而走了形。腿上一年四季裹条麻袋一样的裤子,任由膝盖那里鼓出两个大馒头。我和师弟问他,太太那般讲究,为什么他自己却这么随便呢?师兄答:"现在是穷学生,袋袋里没钞票还穿件名牌反而戆答答,索性等毕业寻着工作再改头换面。"关于穿衣的话题,大家聊过山海经,也就搁开不提了。

师弟那时还没有过女朋友。有一次我们大家一起看了一部香港电影叫《八两金》,内容是讲张艾嘉演的一个大陆妹喜欢上归国华侨洪金宝的故事。张艾嘉用洋径浜的英文向洪金宝打探:"你咩过蕊吗(你 marry 过吗)?"洪金宝其实心里也是钟情于张艾嘉的,经此一问,情急之下,大声为自己辩护:"我连屎都没 ki 过(我没

kiss过)!"这一对答,听得我们爆笑起来。笑完了,师兄转过头来望着师弟,只见他的厚镜片在日光灯下一闪一闪,小眼睛在镜片后面一眨一眨。他拍拍师弟的肩膀,很同情地说:"可怜啊,你这个连屎都没 ki 过的家伙。"

师兄不仅在研究上要摆老资格,关于女色的事情上,也是常要掼点派头的。他老是跟我们讲述自己如何把漂亮的太太从另一个很帅的男生手里抢过来的战绩,兴致好的时候也会一提再提结婚以前的女朋友。那个女朋友,据说是让他从头到脚都 touch 过的,后来嫁给了他研究生时的同学。关于这件事情,师兄说起时总是面露得色:"同学当然是晓得的,但也只好吃进。"师弟听了这个话题,喉结上上下下蠕动好一阵。我听了,暗自思忖,这关于 touch 的真理,其实难免"放之四海而皆准",焉知师兄他自己不曾"只好吃进"呢。

过了没多久,师兄率先把实验做完了。他拿了博士,很顺利地在一个国家研究院找到工作。当他回实验室来看望我们这一对还在苦海里挣扎的难弟难妹的时候,果然如他以前所预告的,一扫汗衫麻袋的形象,全身名牌地改头换面了。他摇摇摆摆地走进来,让我们看他夹克衫上的小鳄鱼,我们即刻"哇"地叫了一声赞叹起来;他接着把夹克衫脱下来,小心翼翼地挂在椅背上,然后转身再让我们看他衬衫上的小鳄鱼,我们又"哇"地叫了一声。两声"哇"过,我们以为已经激动完毕,正欲询问他工作的情形,想不到师兄指着自己的肚脐眼,再问:"你们看看我这 CK 的皮带怎么样?""……好……"我们"哇"得没有那么卖力,敷衍着赞好了。那天师兄一出门,我就悄悄问师弟:"哎,你说师兄要是买了 CK 的内裤,但我们又看不见,他不是亏大了吗?"师弟听了笑得岔了气:"别人看不到的地方,师兄一定不会用名牌!"他很肯定地说。

好了,师兄一走,实验台前就剩下我和师弟俩相依为命了。可惜没再过多久,师弟找到了女朋友。他很快跟人家 ki 过屎,要跟人家到别地咩蕊去,连博士也不想做下去了。他走之前,留下一首打油诗鼓舞我的士气:"遥想公谨当年,师姐离家了,雌姿英发。短袖长裙,谈笑间,'屁挨着地'到手。"师弟一走,剩下我孤家寡人日日面对那个无趣的实验台。痛苦了很长一段时间以后,我的屁,终于挨着地了。

那么多年过去,我和师兄弟们早已失去联络。不晓得师弟咩过蕊后日子过得怎样,以他那么聪明的资质,若是最后肯屈尊让自己的屁也挨着地的话,他应该会成为一个不错的教授的。至于师兄嘛,现在 CK 的内裤都那么便宜了,即使别人看不到,也不妨买两条来穿穿吧。

到远方去

忙了几个月，搬迁所要做的一干大小事务终于处理妥当，约翰总算在狭小的舱位上坐定了，飞机还没有起飞。他紧锁着眉头，仿佛对飞机上这些在找地方安放行李还不肯坐下来的人很不满意。

"达令，放轻松点吧，你过去以后一切都会很好的。"久儿放下熟睡的安德鲁，给他系好安全带，然后转过身来安慰约翰。

"操他娘那个像屎一样的地方，连个鬼影子都看不到。"约翰嘟哝道。

"会比少年管教所更糟吗？"久儿微笑起来，她探身吻了一下约翰的耳垂，那里有一颗棕色的痣，这些年来的颜色似乎浅一点了，大概是因为肤色不再那么纯净的缘故。她伸出手来摸摸约翰的脸颊，手指在那颗痣上摩挲了好一会儿。

约翰侧过头来看久儿，她正抬眼望着他。久儿浅褐色的眼睛多像安详的湖水啊，跟那个叫达·芬奇还是拉斐尔什么鬼画的圣母的眼睛一样。约翰看见那汪湖水，即刻安静下来了，就好像当年在高中十年级的那堂课上一样。

一

那天历史老师在起劲地讲欧洲的文艺复兴。约翰看他一张一张地放着那些幻灯片,得意扬扬好像在炫耀自己家里的摆设一样,早就不耐烦了。"喂,伙计,"约翰把脚跷到课桌上对着老师喊,"那些幻灯片里的小孩光着屁股呢,你给我们看这些,小心我到校长那里告你恋童癖。"底下哄堂大笑,那个叫本杰明的黑人学生笑得索性兴奋地站起来手舞足蹈。

在一片混乱中,班主任领着一个陌生的女生出现在教室门口。她穿着白色的棉质连衣裤,柔软的金发像缎子一样披在肩上,其中有一缕编成一条细细的辫子从前额绕过去,很像刚才幻灯里看到的那个抱着白貂的女子的头饰。班主任介绍说,这是久儿,转学来的。

久儿在教室里看了一圈,只有约翰身边的位子是空着的。她不知道,这个位子其实一直是空着的,约翰实在太霸王,谁都不要跟他坐。久儿仿佛也没有留意约翰的坐相,她走到他边上,望着他的眼睛"嗨"了一声,就安静地坐下了。

她的安详的浅褐色的眼睛。

约翰被久儿望了这一眼,就感觉自己落水了,落入一汪浩瀚的湖水。那沉静的湖水缓缓地一浪一浪拍过来,摇晃着他,那个拍打的节奏那么温柔又那么肯定。这被卷裹着的摇晃感让约翰觉得很安全,这个感觉在他是非常陌生的。这一刻里约翰有一点恍惚,仿佛看到自己在水里呼出的透明气泡一个个升上晃动的湖面;他想,所谓母亲的摇篮,是否就是给人这样的感觉呢?

约翰这样想着就放下了搁在桌上的腿,他不想再吵吵闹闹了,也不为什么,就是突然觉得闹够了。

二

约翰其实是非常帅的。如果他的身量不像吃了酵母那样发起来，又不稀里马虎地把自己搞得胡子拉碴的，约翰的帅，可以跟汤姆·克鲁斯有一拼。汤姆·克鲁斯的招牌算是他的笑容，闪光灯下他露出一口白牙那么阳光灿烂地无邪一笑，美国健康形象的代言人非他不做第二人选。约翰虽然不是明星，但是也有招牌的，他的招牌是他的"四字经"。

在实验室里跟那些同他称兄道弟的技术员们在一起，约翰念叨"四字经"；系里教授们开会，大家正儿八经地讨论正事的时候，他照样"发"来"发"去的；给学生上课，工学院的课堂里只有少量的女生坐着，总该小心用词了吧？他毫无顾忌张口即"发"。

世界上有很多事情用常理是讲不通的。系主任考林整天穿件烫得笔挺的衬衣，系条颜色低调的领带，一开口总归是政治上正确的。可是有次开会他没忍住，小骂了一句"妈的"，大家即刻噤若寒蝉。考林意识到自己的失态，马上打圆场把面前一玻璃缸的巧克力拿出来请大家吃。大家不敢不拿，连患了糖尿病的胖教授丹尼也犹犹豫豫挑了一粒塞进肥唇里。可是约翰一年四季穿条烂牛仔裤，走到哪儿"发"到哪儿，众人却一点也没觉得不妥。哪天约翰情绪不高不念经了，大家倒反而还略感失落。系里的那些男生们，更是认定约翰乃天下第一酷人。那个老拿年级第一名的大卫，便很明确地宣称"以后要跟约翰一样"。

约翰成为大家的偶像，光靠他"四字经"的招牌当然是不够的。教授群里，聪明人是不稀奇的；不那么聪明的至少能量足、野心大；

如果聪明、能量、野心都不大够的话，那么醋瓶子至少还是有的。因此一般教授们提起别的同行来，不买账的情绪总是居多。然而这约翰是个奇人，任何人说到他时，嘴里倒还是敬他三分的。

约翰读本科时因为成绩好，最末一年做毕业课题的时候，就被考林慧眼挖了去跟着自己做项目。当其他学生都还没摸着做课题的门道的时候，约翰不仅科研项目做上了手，而且已经雄心勃勃地开始规划自己的博士论文了。等到毕业的时候，别的同学都满世界疯玩去了，唯独约翰骂骂咧咧抱了个睡袋去了实验室。平常人拿个博士学位，读完硕士再花个四五年的时间也是正常的，而约翰这样没日没夜地弄下来，本科以后三年就给他戴上了博士帽。

按照美国高校的惯例，自家毕业的博士一般是不留校任教的，因为学术界里有"近亲繁殖不健康"这一说法。可是约翰却理所当然留在系里做了助理教授，一口"四字经"绝对没有给他造成半点障碍。开绿灯要他留下来的签名从系里、院里、人事科，一路刷刷地签到校长办公室，上上下下那整个叫一个"巴不得"。

约翰搞定了他想要的工作，这才放心地搓搓长满金毛的大手：现在轮到他带老婆出去玩一阵了。"不仅要玩，还操他娘的要政府掏钱请我到国外去玩。"约翰很得意地又念起"四字经"了，他申请到了政府的一笔研究资助，可以到日本的一个国家实验室去做博士后。美国这边学校里的教职反正已经申请到了，考林也愿意替他保留职位，先到日本去玩几年再回来工作不迟。

虽说那时约翰刚毕业，不过是个乳臭未干的新鲜博士，然而在日本却被奉为上宾。约翰聪明勤奋又跟汤姆·克鲁斯一样帅，日本人自然把他视如上帝的骄子。"任何人在日本，只要你是一个白人，尤其是一个美国的白人，你就操他娘的可以像皇帝一样地生活。"每当说起这段经历的时候，约翰嘴唇上的胡子就翘了起来，他总是伸出一根手指，反复撸着那一撮金毛，很享受的样子。

约翰从日本回美国之后没几年，就在学术界干得起风生水起了：很有声望的出版社邀请他和考林一起写了一本学术专著，专著大卖之后师徒俩又乘胜追击写了本人手一册的教科书；那么难拿的科研经费约翰每年总是和考林一起一捞几大笔；在他领域里的各大学术杂志轮番请他去当编辑自不待说，动不动世界各地著名的学术会议还要请他去做 keynote speech（主讲）。总而言之，约翰的"发"功的确是了的，他真的大发了：很快升了副教授，做了副系主任，连自家的身量也挡不住这发达的运势，日益茁壮起来了。

三

虽然约翰是如此出挑的一个教授，但他的出身却是让人难以想象的。说起来其实是当年约翰的小爸爸和小妈妈不懂事，初次尝试把"四字经"付诸实践，就不当心把约翰"发"了出来。约翰的小妈妈生完他就从床上爬起来，她看看这个会动的小东西，觉得这一切跟自己也不太相干，就拍拍屁股走掉了。小约翰倒是跟着父亲长大的。说是父亲，其实当年也不过就是个十八岁的大男孩而已。美国一大半的孩子到了十八岁就离家独立了，没有父母搭手帮忙，他自己的生活都勉强才能搞定，何况还拖了一个精力过剩的小男孩。做爸爸的大男孩有时被逼急了没有办法就出手打人，打过一次就有第二次，慢慢居然打上了瘾，成了自己发泄情绪的一种途径，小约翰给虐待得非常厉害。

在拳打脚踢之下，约翰鼻青眼肿地长大了，自然长不成好人家小孩的样子。后来政府判约翰的小爸爸虐待儿童，把他的抚养权拿走了。这样约翰就只能不停地在不同的寄养家庭转来转去，等到他手脚长利索，便不再耐烦这样的安排了。他索性离家出走，混到纽约的街头当了一个小流氓。他这一混，好在没有混出人命，但是却把自己混进了少年管教所。等约翰受够了管教，重回人间，进入一个正常高中读书的时候，他已经十六岁了。

"我十六岁的时候"，是约翰常常挂在嘴边的话。他倒不见得在乎那一年他又可以像一个正常的孩子一样受教育，他在乎那特殊的一年，是因为"我十六岁的时候遇到了久儿"。

这个一张嘴不"发"这便"发"那的约翰，有他在的教室，几乎要校警出面才能维持秩序。久儿的出现，让他变成了一个听话的乖小孩，他周身膨胀的流气仿佛被久儿纤细的手指毫不费力地戳了一个洞，就此泄漏了。

久儿自己就是一个毫不费力的女生。她从来不像班上其他女生那样，把乳沟挤得像大峡谷那般深，也不把眼圈画得像蓝色的知更鸟般的浓烈，约翰甚至不记得她穿过什么样夺目的衣服。久儿只是天然带着一种安详的气息，她的安详把约翰罩住了。

当攻击性的神态从约翰脸上消隐下去的时候，他望着久儿的蓝眼睛就变得像孩童一样天真干净了。久儿发现约翰的耳垂上有一颗棕色的痣，当他安静下来的时候，那颗痣躲藏在他金色的发梢里，像一头被丢弃在草垛里小狗，显得孤单又无助。久儿总是忍不住伸手去摩挲那只小狗，每当这个时候，约翰就真的像小狗一样把头伏在久儿怀里了。他长久地安静地伏在那里，嘴里不停喃喃自语，听不清他说些什么。

他们到了十八岁合法的年龄就结婚了，都不想等到高中毕业。

四

谁都知道，约翰总是把太太挂在嘴边。他带课题组的人到外面公司讨论项目，回来晚了便在路上买快餐吃。"嗯，久儿吩咐我不要吃垃圾食品。"约翰一边在 drive through（有的地方卖快餐在车上就可以预定，开到下一个窗口付钱拿快餐）的窗口付钱，一边自言自语。等汉堡套餐拿到手里，他把那一大纸袋向空中举了举像告饶似的又道："久儿，你只是叫我不吃麦当劳，但这是汉堡王，呵呵，不能算我不听你话的。"

这约翰平时讲话要宝惯了，跟他不熟悉的人只当他又来搞笑。后来这样的情形碰得多了，大家才发现原来他听久儿的话是真的。喝下午茶的时光是系办公室八卦的黄金档，秘书们说起约翰和久儿来，个个露出羡慕的神色："唉唉，从没见过对太太这么好的丈夫。""噢哦喔，"那个印度裔的古教授最夸张了，他一迭连声感叹，"约翰岂止只是对太太好，他简直是崇拜久儿呢！"古教授年纪虽大，腰板僵硬了脖子却依旧灵活，他说这话时把脖子摇摆得像跳新疆舞似的（印度人表示赞同的时候是摇头的）。

约翰这样帅，周身才华却没有半点古板的学究气，一口"四字经"外加一条破牛仔裤，这桀骜不驯的样子更给这个教授增添了奇特的魅力。学校里的女学生们早就对他青睐有加了，她们远远地看到约翰，就开始不由自主地放电。而约翰一向是对这些电波都视而不见的，他像鲁滨孙似的，一袭破衣烂衫在电眼的扫射中遽然而过、心无旁骛。

这久儿到底是一个什么样子性感妖娆又强悍的尤物,可以征服约翰这等人物,让他这样心悦诚服? 女生们一边好奇,一边心里暗暗不服。听说久儿生完安德鲁,做了几年家庭妇女以后新近决定要回学校读心理学的博士了,大家有机会见着她的。

那天系办公室里好像新来了一个秘书。新秘书一席布衣,身材胖大,一头金发随意地披在肩上,看着有点凌乱。她好像也不怎么积极打理系里的事,只安静地在角落里自顾自地看书。大家正犹豫要不要上去打声招呼,只听得身后的约翰叫道:"久儿,今天的心理学课上得如何?"女生们吃惊地看着眼前的久儿:人到中年的她,是个再普通不过的妇女,看着也比约翰年长许多,只是她慈眉善目,举止安详。

大概对于男人来说,尤物一样的女人,只是好玩的女人;而好女人,是那种像母亲一样的女人吧。见过久儿真面目的女生们,倒也就此安了心,她们不再跟约翰放电了:对一个孩子来说,母亲的地位是任谁都无法撼动的。

五

不再捣乱认真听课以后的约翰学东西有多快,久儿十六岁的时候就知道。她常常抚摸着约翰的耳垂想,在他躁动不安的身上,只有这颗痣是乖的,是不惹祸不会脱口而出"四字经"的。在这点皮肤上的小色素里,久儿仿佛看到了约翰体内蕴藏着的巨大的能量。她不停地用手指梳理约翰的一头乱发,不知道眼前这个像头小兽般的男孩子,他聪明的头脑和旺盛的精力,最远能把他带到哪里去。

"从认识久儿的第一天起,她就一直鼓励我,她一直说我所能做的,远远不止眼前的这些。"当大家称赞约翰的成就时,他总是这样回答,仿佛对眼下事业上的积累不甚以为然。

"学术上我其实不过是走了点狗屎运。"话题一绕开久儿,约翰的流氓腔马上就回来了。也许是从小出没少年管教所的缘故,约翰不像一般正途出身的教授们。那些人谈起自家的学问来,盔甲预先备好,另操一把长矛,而约翰,是对自己的学术成就也可以随便念"四字经"的。

简单地说,约翰是做噪声控制的。先前学术界就有些花里胡哨的控制算法在那里,只是电脑技术还不是很发达的时候,因为速度不够快,那些算法就没有什么实用性。在约翰出道的那些年里,计算机的速度日新月异地快起来,他的博士导师考林刚好又备有一套昂贵的实验设备。约翰每天只睡三小时,抢在全世界的头里把那些算法都实验性地证明了一遍。等到其他人发现这是个热门的研究方向,呼啦啦地跟风过来的时候,约翰已经把可做的题目都做了个七七八八。结果,"操他娘的那帮小子已经没啥好玩的可做了。"说起这些,约翰狡黠地笑了,他露出一口白牙,齐刷刷像匹马一样。

正如久儿所预见的,约翰能做的,果然远远不止普通教授能做的这些。除了学术上超人般的成就之外,精力旺盛的约翰一边教学带博士生,一边兼职读了个 MBA,外加还协助校方的 IT 管理,看起来是摩拳擦掌地要迈向仕途了。

然而有一件事情却让约翰越来越不爽了。他以为自己升正教授可以像当年读博士和留校那般一路顺风的,想不到"操他娘的考林那只碍事猴(asshole)不让我升,操他娘的我帮他写了那么多书和文章,拿了那么多科研经费。"约翰在办公室里大发牢骚,又拿手指去撸胡子,这次是因为气得口水飞沾上去的缘故。

考林当然不能让约翰升得那么快,那不就等同于自掘坟墓嘛。如果约翰升上来以后,很快风头就会盖过自己,到时候无论写论文、带博士生,还是申请科研经费,什么都抢不过这个小子,谁能像他那样骂骂咧咧地每天只睡三小时? 所以无论如何要卡住约翰的飞速扩张,至少要卡到自己升至院长的那一刻。

师徒俩的关系已经坏到极点了。平时系里开会,约翰要么不来,要来也是公然挑衅。他不断地讲怪话,冷嘲热讽,"四字经"像机关枪一样"嗒嗒嗒"地扫向考林,只差没把腿举起来搁会议桌上了。

每当这种时候,古教授的脖子突然不摇摆了,僵硬得像他的老腰一样;胖教授丹尼也不敢说话,他就是把两张肥唇努个不休,他一紧张就会这样的;其他教授们也个个都正襟危坐,唯恐引火烧身;秘书的眼珠子像装了一副滑轮,在各人身上溜来溜去;只有主持会议的考林依旧衬衣笔挺,和颜悦色。

考林的话不管怎么讲,横竖总是在政治上正确的;不管你如何攻击他,眼看他中枪躺下了,可三两下又能像个不倒翁似的立起来在你眼前摇头晃脑。约翰拿他的恩师没办法,除了将自己的"经文"念得越来越色彩斑斓之外,他总不能像小时候在纽约街头混黑帮那样出手打人。

到底约翰不是考林的对手,他修完 MBA 就走了。地处偏远的蒙大拿州立大学给了他正教授,而且人家还请他做了系主任。自从十六岁遇到久儿之后,约翰从来没有这么失败过。有一团压抑着的闷气始终在他胸腔里上上下下盘旋,约翰他突然明白拳头的好处了，就像当年他的小爸爸揍他一样，那的确是最简单最直接的发泄。约翰一拳砸在书桌上，把自己的手砸得生疼。疼过之后，他一边念着"四字经"，一边回邮件接受了这个职位。

现在约翰迷迷糊糊地把头歪靠在久儿的肩上睡着了。久儿左手十指交叉紧握着约翰的手，右手揽着安德鲁的小肩膀。她把头仰天靠在飞机的座椅上，浅褐色的眼睛望着前方。飞机准点起飞了。

无常之美

错失金龟婿

　　刚刚出国的那一段日子,是盈盈生命里的最低潮。除了需要适应新环境之外,许多困扰都在那时扑面而来。盈盈虽然拿了一份奖学金,但是想到讨论课题时导师凑得过分近的大鼻子、博士论文的艰难、未来前途的迷茫,每天走去校园的脚步,总像是灌了铅一样沉重。她常常要逃到学校的中文图书馆去,仿佛只有在自己熟悉的语言文字里,那一颗孤单无助的心才可以找到一些安慰。

　　盈盈是在中文图书馆里认识图书管理员艳娟的。那时节校园里的大陆留学生很少,女留学生更少了。所以盈盈才去了第二次,艳娟就来攀谈了。相谈之下,知道艳娟才二十岁,原先是流水线上的工人,因为工厂合资了,她的那条流水线就由一个香港人来管理。香港人看中她,于是艳娟很快就结婚移民到此地。她新近刚购了车买了房,并把妈妈也接了出来。当艳娟款款说着这些事情的时候,盈盈看得出,她是由衷地觉得幸运的。艳娟的那些小姐妹们还在嘈杂的车间里三班倒呢,就是在她眼皮底下的盈盈,虽然多读了几天书,还不是照样天天坐着破旧的公车,叮叮当当地回到有一股异味的学生宿舍里去。

　　及至艳娟知道盈盈是同乡,就一定要请她到家里去吃饭。艳娟妈妈是非常直爽和热情的,进得门去,她先打量了盈盈一下,推让着接过小礼品，开口便下了结论："侬在上海的时候肯定是住打蜡地板的。"

盈盈一下子不知道应该用怎样的逻辑来反应她，只好尽量客气地回道："阿姨侬福气好，现在你们家肯定是比在上海的时候宽敞多了。"

她自以为这是一句恭维话，想不到艳娟妈妈断然否定："勿是噢，阿拉老早也是用抽水马桶的。"

这下盈盈后悔不迭，方才应该说"你们艳娟一看就是一个用惯抽水马桶的人"才对呀！于是她赶紧亡羊补牢，称赞艳娟漂亮聪明，婚姻机会把握得好。

"这倒是真的，阿娟第一趟谈朋友，就给她觅着金龟婿呀！"艳娟妈妈非常自豪。

在明亮的餐厅里，艳娟的脸上满是幸福的笑容。她的确是令人羡慕的，盈盈想，不知道什么时候自己才能安定下来，有一个安稳的家呢。想到那些乱成一团的心事，她一时间就有一些黯然。

"勿是我讲侬，"艳娟妈妈语重心长地拍拍盈盈的手，"小姑娘去读啥个'控制工程'，自家跟自家过勿去嘛。照我讲，像阿娟一样，嫁一个有钞票的男人，'控制'牢他，顶实惠！"她接着说，"等阿拉女婿出差回来，让他把弟弟介绍给侬做男朋友吧！"随后她吩咐艳娟，"去把他们的照片拿出来给她看看。"

照片里站着两个面相忠厚的中年男子，分不清谁是哥哥谁是弟弟，但都是已经谢顶发福的矮胖子。

"谢谢阿姨这样关心我，侬的好意我心领了。"盈盈把照片还给艳娟妈妈，就知道要被她看成不实惠的，但还是告诉她，"我已经有男朋友了，只是他人还在上海。"

那晚当盈盈坐公车回宿舍的时候,想到将一个二十岁的如花似玉的身体从女孩变成女人的,竟是经由照片上这样一只中年矮胖的肚子,她禁不住觉得这实在是无法弥补的遗憾。

　　公车在异国的夜色里摇晃,盈盈的心头漫起了一片没有着落的忧伤。她想起他了,他是他们系里最英俊的男生。一入大学,就看见他在寸草不生的操场上踢球,那青春的姿态真是矫健极了。秋风扬起时,漫天的尘土里看见他卷曲的长发在风里飞舞;周末舞会上,他满场子流利地走着太空步,像麦克尔·杰克逊一样潇洒。大学第一个寒假快来的时候,盈盈去图书馆的文学部借书,迎面撞见他。看到他手里的莱蒙托夫,她就笑他:"你也是一个多余的'毕巧林'!"而他看到盈盈手里的茨威格,大有深意地回答:"不知道寒假里'毕巧林'会不会收到《陌生女人的来信》呢?"

　　他们就这样开始相爱了。照着书里描写的爱情来爱,爱得醉生梦死、昏天黑地。直到出了国门之后,盈盈才像是被一脚从云里雾里踹到生活的现实里来。原来茨威格的细腻和莱蒙托夫的愤懑,全然都是不管用的东西。要在异乡生存,只有蓝天下属于自己的一栋房子和可以在这栋房子里住下去的身份是最可靠的。而这些东西,香港人的弟弟是有的。如果愿意嫁给他,盈盈马上就拥有这些东西了。她甚至可以退学,再也不需要面对一只具有侵略性的大鼻子为论文愁眉不展了。

　　可是,房子和身份之外是要搭上一只中年的矮胖肚子的,而且这一只肚子在熄灯以后肯定是要来亲她的。不管这一只肚子在别的地方有多么好,单就这一层,盈盈怕自己是没有福气消受的。她想念的,是秋风里飞扬的卷发、舞会上流利的脚步。她能够与之有肌肤之亲的,恐怕只能是这样一张年轻英俊的脸。所以,房子和身份,是只能靠自己去争取了。也许要五年,也许更长久。也许一切都有了以后,那一只年轻的结实的肚子也会变胖,那一头乌黑的飞扬的卷发也会脱落,可是她不能错过那些年轻的夜,那些年轻的夜里,有让她心头起雾的诗行。

这样想着,宿舍就到了,盈盈的心情已经没有那么糟了。

迎着风

度过漫长的寒冬，新英格兰的春天终于降临了。明媚的阳光透过还没有完全舒张伸展的小树叶，明晃晃地洒了一草地，微风拂面而来，不再带有凉意了。在这宜人的时节，我常爱走到后院的树林里跟那些安静的草木说说话。冬天里冰雪覆盖了通往林间的去路，几个月没见它们了。

山坡旁的小道，等盛夏来时就走不通了。鸟儿衔了种子来，种下一种带刺的灌木。待夏日长得茂盛时，那些灌木的枝条看着长长弯弯的，像一个亭亭的女子很妩媚。其间还有暗红色乌亮的小果子点缀着，但那些枝条其实是很凶的，里面有尖尖的利齿长出来，一不小心很容易就被刺破手脚了。

小道的尽头有棵大树，我这才发现树干上有个很大的窟窿，一些藤蔓悄悄地在那里寄生。我现在有一点点懂树了，猜这棵树很有可能已经空心了。

见过做家具设计的朋友把空心的大树做成的木雕。被剖开的树干中间有个天然的、心形一般的空缺，那颗空了的心被木雕背面一盏透明的磨砂玻璃灯照着，光线昏黄柔和，心形四周的树瘤光滑圆润，一颗颗仿佛是沉甸甸下坠着的泪珠。整件雕饰流露着一种无以名状的哀伤，因这哀伤是由大自然传递来的，所以这种共鸣更

无常之美

加有摄人魂魄的浩瀚之感。

　　朋友看我在木雕前呆立许久,遂告诉我说这件设计的名字是《流泪的心》。这个题目真是击中了我的心:其实大自然里所有的草木都跟人一样,是有情感的。远远观望时,也许它们都披着一身欣欣向荣的勃发之气,走近了,才惊讶地听见它们亲近又谦卑的倾诉。那诉求,是不用语言,而是用一种逆来顺受的忍耐来表达的,通过一种静默的、超然置身事外的姿态。

　　我扬起脸来看看眼前的这棵大树。茂密的枝条在微风里摇摆着跟我招手,高入云霄的树梢也"沙沙"地回应着我的仰视。它看上去多像一个祥和的、智慧的长者,就像泰戈尔那样。这一刻里,我和树之间是亲爱的。许多童话故事里的老树,都被画成白胡须眉的样子,想来画家必是和我此刻一样,有着类似的感受。

　　我忍不住伸出手来抚摸那些粗糙的树皮,有许多小虫子正忙忙碌碌地在树皮的缝隙里穿行,彼此交头接耳的,仿佛国会里议政一般。现在这棵树虽然是稳稳地站在这里,但说不定哪天突然就病倒了,谁知道呢?在这一大片的原始森林边住了一段时间以后,我现在明白了,树木的生老病死是无法防范的,就像人一样,好端端地过着日子,突然就误会了、病了、老了、永别了……

　　树木倒下了,会空出一片天;人离开了,会空了一颗心。天空里突然的留白起初是让人很不适应的,一抬头总是觉得陌生;而心里初生的空洞则像冰冷的火车,隆隆作响压过胸口,让人日夜痛个不停。

　　但是,一切慢慢都会好起来的。鸟和风会再带来一些种子,新的树来年又开始抽条了;人也会的,又有一些新鲜事物来到生活当中,然后空着的心慢慢也就填满了。如此周而复始,直到下一次永别。

　　生命多像娜夜在《起风了》这首诗里歌咏的芦苇。在遥远的地方,那野茫茫一片的芦苇啊,其实你不需要苦苦地思想,也不需要被赋予深刻的内容。如果我们被偶然带到世间了,那就生长吧。在起风的时刻,不需要挣扎,只需要顺着命运,迎着风。